Lotte mischt mit



edition oberkassel

**Klaus Heimann,** Jahrgang 1959. Schon als Jugendlicher liebte er es, anderen Kindern Märchen oder aus dem Stegreif erfundene Geschichten zu erzählen. Die Lust am Erzählen begleitete ihn ins Erwachsenenalter und er begann mit dem Schreiben. Bisher verfasste er Kurzprosa, Lieder, ein Kindermusical und mehrere Romane. Neben seiner Heimatstadt Essen und dem Ruhrgebiet liefern Klaus Heimann Reiseerlebnisse Inspiration für sein schriftstellerisches Schaffen. 2015 erschien sein erster Kriminalroman „Taxi zum Nordkap". Ihm folgten und folgen noch weitere. Klaus Heimann ist Mitglied im Syndikat, der Autorengruppe deutschsprachige Kriminalliteratur.

bei edition oberkassel:

Taxi zum Nordkap

Spur nach Namibia

Gang zum Friedhof

Mord eines Anderen

Tod einer Bikerin

# LOTTE MISCHT MIT

KLAUS HEIMANN

Kriminalroman

EDITION OBERKASSEL

Verlag: edition oberkassel Verlag Detlef Knut, Lütticher Str. 15, 40547 Düsseldorf
Umschlaggestaltung: Detlef Knut unter Verwendung eines Fotos von © Inna Luzan / iStock.com
Lektorat: Helge Hoffmann
gesetzt mit Adobe InDesign



www.editionoberkassel.de
info@edition-oberkassel.de



Originalausgabe 2020
Printed in Europe

ISBN(Print): 978-3-95813-223-8
ISBN(Ebook): 978-3-95813-224-5

Sie stand am Wohnzimmerfenster und blickte zwischen den mächtigen alten Bäumen hindurch auf das glitzernde Wasser der Havel. Wie so oft.

Es klingelte. Sie sah auf die Wanduhr. Wer sollte um diese Zeit vorbeikommen? Sie ging, um zu öffnen.

Die Überraschung ließ sie kurz stutzen. Damit hatte sie nach so langer Zeit nicht gerechnet. Die Begrüßung fiel knapp und freudlos aus. Von beiden Seiten.

Sie führte den Besuch ins Wohnzimmer. Ihre Mutter war auf dem Sofa sitzen geblieben. Als sie zusammen eintraten, nickte sie nur mit dem Kopf. Man einigte sich darauf, Tee zu trinken. Sie ging in die Küche und erhitzte das Wasser. Dann füllte sie den losen Tee in den Einsatz der Glaskanne und goss das heiße Wasser hinein. Sie wählte das alltägliche Geschirr. Tassen, Löffel, Zuckertopf mit Kandis und Teekanne drapierte sie auf dem zerkratzten Tablett aus Teakholz. Die ganze Zeit über wechselte der Besuch kein Wort mit ihrer Mutter. Jedenfalls bekam sie durch die offen stehende Küchentür nichts davon mit. Das Tablett in den Händen, kehrte sie ins Wohnzimmer zurück.

Zuerst sah sie die Mutter. Ihre Augen waren weit aufgerissen. Warum stand in ihrem faltigen Gesicht ein solcher Schrecken geschrieben? Mit einer beinahe unmerklichen Kinnbewegung lenkte sie die Aufmerksamkeit ihrer Tochter auf den Besuch.

Als sie herumwirbelte, starrte sie in die Mündung einer Pistole. Fast zeitgleich krachte der Schuss. Das Tablett fiel zu Boden. Den zweiten Schuss hörte sie schon nicht mehr.

# Urlaubsbekanntschaft

»Lucy ist schwanger!«

Die Neuigkeit quillt aus mir heraus, als Ecki gerade in Guidos Kneipe hineingestolpert ist. Mein Tresenkumpel und ich treffen uns einigermaßen regelmäßig hier. Ecki – mit vollem Namen Eckhard Schulz – arbeitet bei der Schutzpolizei. Ich, Siegfried Siebert, für gute Bekannte einfach Sigi, war bei der Kripo. Man hat mich in den vorzeitigen Ruhestand geschickt, nachdem ich vor Jahren bei einer leichtsinnigen Aktion angeschossen wurde. Im fernen Namibia. Alte Geschichte.

Lucy ist meine Tochter. Das einzige Kind von Lotte, meiner Frau und mir. Sie lebt mit Tom, ihrem Freund, in Berlin. Er ist Lehrer, Lucy arbeitet an der Uni. Als Kunsthistorikerin. Dass die beiden Nachwuchs geplant haben, halte ich für unwahrscheinlich. Eher hat unsere liebenswert verpeilte Tochter vergessen zu verhüten. Egal. Lotte und ich freuen uns riesig auf das Enkelkind.

»Hallo, Sigi! Das sind ja Nachrichten. Dafür spendierst du mir aber einen!« Ecki drückt mich derart kräftig an seinen voluminösen Körper, dass ich beinahe husten muss, weil mir die Luft wegbleibt.

»Nicht so heftig. Schließlich bin ich demnächst Opa. Nur einen spendieren? Den ganzen Abend halte ich dich frei!«

Hatte ich das gerade wirklich gesagt?

Im Grunde bin ich knauserig veranlagt. Ich weiß noch, wie entrüstet ich war, als Lucy uns damals offenbarte, sie wolle in Berlin studieren. Das war überwiegend auf Lottes und meine Kosten geschehen. Heute bin ich froh, dass wir sie unterstützt haben. Meine Angetraute und ich sind mächtig stolz auf den Erfolg unserer Kleinen. Sie hat sogar ihren Doktor gebaut.

Wie unsere Tochter das wohl unter einen Hut bekommen wird, Kind und Beruf? Wir Großeltern können sie von Essen aus schlecht dabei unterstützen. Ach was, das wird. Tom ist ein prächtiger Bursche und er wird Lucy nach Kräften entlasten. Da bin ich ganz sicher.

Guido, der Wirt, schaut mich aus dem Rund des hufeisenförmigen Tresens aus dunklem Holz aufmunternd an.

»Zwei Pilschen, die Herren?«

»Gerne. Heute gibt es was zu feiern!«

»So? Was denn?«

»Ich werde Großpapa!«

»Glückwunsch. Die erste Lage geht aufs Haus. Bei so einer Nachricht kann ich mich doch nicht lumpen lassen!«

Guido macht sich daran, die Biere zu zapfen. Der Schaum arbeitet sich im Glas nach oben. Unser Wirt lässt ihn etwas ruhen. Wie sich das gehört für ein vernünftiges Pils.

»Der Sigi wird Opa! Mann, wie die Zeit vergeht«, sinniert Ecki.

»Da sagst du was Wahres. Gestern noch bist du Mördern hinterhergehechtet, heute kriegt deine Tochter Nachwuchs.«

»Was sagt denn Lotte dazu? Arbeitet sie eigentlich noch?«

»In wenigen Tagen wird sie dreiundsechzig. Den Rentenantrag hat sie längst gestellt.«

»Oh, oh. Mama ante Portas«, neckt mich Ecki.

»Wir sind beide fest entschlossen, das Beste daraus zu machen. Wir haben durchaus Chancen, ein Rentnerteam zu werden. Bilde ich mir jedenfalls ein.«

»Und ein Großeltern-Tandem, was? Geht mir Lucy und

Tom nur nicht auf den Zeiger mit eurer neu gewonnenen Freiheit.«

Unser Wirt hat an einer anderen Ecke der Theke zu schaffen. Er bedient zunächst die Gäste dort - zwei Frauen, die dem Weißwein zusprechen -, ehe er unsere Gerstenkaltschalen vollendet. Mir wird angesichts der festen Schaumkronen ganz sehnsuchtsvoll ums Zäpfchen.

Endlich nimmt Guido zwei Bierdeckel von einem bereitstehenden Stapel, legt sie vor uns auf den Tresen und stellt die Gläser darauf ab.

»Wohl bekomm's, die Herren. Und alles Gute für den werdenden neuen Erdenbürger. Für Oma und Opa natürlich auch.«

Wir nehmen uns die Biere zur Brust und prosten unserem Gastgeber zu. Dann nehmen Ecki und ich den ersten, durstigen Schluck. Das ist unbestritten der beste einer ansehnlichen Reihe Schlucke an so einem Abend.

Seufzend stellt mein Zechkumpan sein Glas wieder ab.

»Wenn ich mich recht erinnere, hattet ihr es manchmal schwer als Zweiergespann, Lotte und du.«

Ich wiege den Kopf. Das Thema ist mir unangenehm, trage ich schließlich die Hauptschuld an diesen Phasen. Keine Ruhmesblätter.

»Der Job, weißt du. Immer, wenn ich mich in einen Fall verbissen hatte, dann habe ich nicht mehr nach links und rechts geschaut. Dann war mir die Familie manchmal zu gleichgültig. Ich kenne diese Schwäche.«

»Und trotzdem bist du letztes Jahr in den Werden-Fall eingestiegen. Ganz alleine. Als Pensionär.«

Schulterzucken meinerseits. »Wenn ich eines aus dem Werden-Fall gelernt habe, dann bestimmt, dass wir mehr an einem Strang ziehen müssen, wir werdenden Großeltern. Ich mag Lotte immer noch sehr. Selbst nach beinahe vier Jahrzehnten Ehe. Ich bereue die Eigenmächtigkeiten, die ich hinter ihrem Rücken begangen habe aufrichtig.« Mehr will ich heute nicht dazu sagen.

Plötzlich fällt mir der Doppelmord wieder ein, der uns seinerzeit beide in die Ermittlungen hineingezogen hatte. Als Team hatten meine Holde und ich damals nicht unbedingt agiert – auch wenn wir am Ende auf gewisse Art gemeinsam erfolgreich gewesen waren. Ich schmunzele in mich hinein.

Ecki beobachtet mich. »Woran denkst du?«

»An unseren Doppelmord.«

»Ah, der Herr denkt an die Sache in Borbeck. In der Lotte quasi undercover unterwegs gewesen war.«

»Genau daran musste ich denken. Das war der letzte Fall vor dieser Taxifahrt zum Nordkap.«

Ecki nickt bedächtig mit dem Kopf. »Ja, ja. So harmlos kann ein Fall anfangen. Mit einer Urlaubsreise. Verträgst du noch ein Gezapftes?«

Ich schaue ihn schräg an. »Habe ich mich verhört?«

Er kichert. »Könnte ja sein, dass Lotte dich auf Alkdiät gesetzt hat.«

»Jetzt mach aber mal 'nen Punkt. Guido, zwei Pils!«

Unser Wirt gibt mir mittels hochgerecktem Daumen zu verstehen, dass er die Bestellung mitbekommen hat. Er reichert zwei vorgezapfte Biertulpen mit einer Schaumkrone an und tauscht die vollen gegen die vor uns stehenden leeren Gläser. Zwei Striche auf meinem Deckel und fort ist er.

Ich grabe weiter in meiner Erinnerung.

»Eigentlich waren das damals drei Geschichten. Die von der Frau, die von dem Mann und natürlich die von Lotte und mir.«

»Leg einfach los, Sigi. Bleibt mir ja doch nicht erspart. Wir stehen hier trocken und warm, das Bier ist angenehm temperiert und süffig, ab und zu kommt Guido mit einem Kurzen um die Ecke – dazu gehört einfach eine deiner Fall-Geschichten. Warum nicht die vom Doppelmord im Urlaub?«

***

»Ein schönes Fleckchen ist das hier. Das war ein guter Tipp von Lucy!«

Lotte stand im Schlafzimmer unserer Ferienwohnung in Werder an der Havel und schaute aus dem Fenster auf den Marktplatz mit der alten Eiche. Unser Quartier lag auf der Insel mit dem historischen Stadtkern, nur über eine kopfsteingepflasterte Brücke erreichbar. Vor einer Stunde waren wir angekommen. Mittlerweile waren die Koffer ausgepackt und unsere paar Brocken im Bad und im Kleiderschrank verstaut. Uns stand der Sinn nach einem ersten Erkundungsrundgang.

Eine Woche Urlaub hatten wir geplant, einen Besuch des hiesigen traditionellen Baumblütenfests Ende April. Am nächsten Tag wollten wir unsere Tochter Lucy treffen, die im benachbarten Berlin studierte. Doch zunächst hieß es einkaufen und den Ort inspizieren.

Wir zogen unsere Jacken und Schuhe an und verließen das Haus. Die Straßen säumte eine historische Bausubstanz, verträumt und herausgeputzt.

Auf einer Insel führen naturgemäß alle Wege zum Wasser.

Nach drei Wendungen erreichten wir das Havelufer. An einem Schiffsanleger wurden Ausflugsfahrten angepriesen.

»Das wäre auch mal eine schöne Idee«, meinte Lotte.

Ich rümpfte die Nase. Sigi Siebert auf spießiger Bötchen-Tour. Naja.

Ein Stück weiter das Ufer entlang, trafen wir auf eine Fischbude. Nebenan ein Fischlokal. Mein Magen knurrte und erinnerte mich daran, dass er seit der Mettwurst in Höhe Hannover nichts mehr zu arbeiten erhalten hatte.

»Was hältst du von einem Aalbrötchen, Schatz?«

Bei dem Gedanken daran, lief mir das Wasser im Munde zusammen. Ich nickte zustimmend zu Lottes Idee.

Meine Allerbeste war schnell bei der Hand. »Ich besorge uns zwei.«

Drei Minuten später bissen wir in die mit frisch geräuchertem Aal belegten, knackigen Brötchen. Wunderbar!

Wir schlenderten weiter.

»Sieh mal, Sigi. Noch jemand aus Essen.«

Der rote Golf parkte am Straßenrand vor einem Hotel.

»Warum nicht? Längst kein Geheimtipp mehr, Deutschlands Osten.«

»Ich habe jedenfalls vor Lucys Vorschlag nichts von Werder an der Havel gehört.«

»Aber vom Ribbeck auf Ribbeck im Havelland.«

Lotte lachte. »Na klar, dem mit dem Birnbaum. Wir mussten das Gedicht in der Grundschule noch auswendig lernen.«

»Vielleicht kommen wir da ja auch noch hin.«

»Mal sehen.«

Wir setzten unseren Weg fort. Er führte uns an einer markanten Kirche und einer Windmühle vorbei. Eine richtige Einkaufsmöglichkeit hatten wir bis jetzt nicht entdeckt.

»Wir werden wohl kurz mit dem Auto von der Insel runterfahren müssen. Hier sieht es schlecht aus mit Lebensmitteln«, überlegte ich laut.

»Es hängt mir zwar zum Hals heraus, das Fahren, aber was bleibt uns übrig? Los. Je eher, desto besser.«

Lotte hatte den ganzen Weg hierher alleine kutschieren müssen. Ich hatte das Autofahren vor Jahren an den Nagel gehängt. Aus Gründen, die ich selbst nicht benennen kann. Meine patente Frau trägt das immerhin mit Fassung.

Gleich nach dem Verlassen der Insel fanden wir einen Supermarkt, in dem wir das Notwendigste einkauften. Nachdem wir unsere Vorräte in die Ferienwohnung geschleppt hatten und ein paar Flaschen Bier und der Schnaps im Kühlschrank verstaut waren - meine wichtigsten Handgriffe beim Einräumen der Besorgungen -, rief ich unsere Tochter per Handy an. Sie meldete sich in der für sie typischen Art, indem sie ihren Vornamen als Frage aussprach: »Lucy?«

»Hallo Töchterlein. Papa hier. Wir sind da.«

»Tag Paps. Super. Gefällt es euch in Werder?«

»Ja, echt nett hier. War eine gute Empfehlung von dir ...« Mein Vorrat an Gesprächsstoff war damit versiegt. »Warte, ich gebe dir Mama.«

Ich gab das Handy an Lotte weiter. Sofort füllte sich unser Ferienquartier mit munterem Mutter-Geschnatter. Blumig schilderte Lotte, was wir auf unserem Inspektionsgang schon an Weltsehenswürdigkeiten entdeckt hatten, dann fügte sie den neuesten Tratsch aus der Heimat an. So ging das immer. Während meine Gespräche mit unserer Tochter eher einsilbig verliefen, kamen die Mädels aus dem Schwatzen gar nicht wieder heraus.

»Wann treffen wir uns?«, kam Lotte nach einer guten halben Stunde anscheinend langsam zum Ende.

»Aha. Also nicht morgen. Übermorgen am Bahnhof in Werder? Zehn Uhr? Na gut, elf. Prima, Lucy ... Wir freuen uns auch. Richte ich Papa aus. Tschüss. Tschüüüsss. Ja, tschüüüüüssssss.«

Lotte drückte das Gespräch weg und gab mir das Handy zurück.

»Lucy kann erst übermorgen kommen. Sie hat noch zu tun an der Uni«, informierte sie mich.

Ich sah auf meine Armbanduhr. »Sollen wir essen gehen?«

»Ist mir noch zu früh, so kurz nach dem Aalbrötchen. Können wir nicht schon mal ausbaldowern, wo der Bahnhof liegt?«

»Klar.«

Eine Karte der Gegend hatte ich bereits zu Hause besorgt. Ich ging nicht gerne unvorbereitet auf Reisen.

Ich breitete den Faltplan aus und fuhr mit dem Finger die Straßen nach. Es schien nicht kompliziert, den Bahnhof zu finden. Er lag jedoch etwas entfernt und es empfahl sich, das Fahrrad zu nehmen.

Beim Blick auf die Karte überlegte ich, dass wir auf unseren Touren stets die Möglichkeiten im Auge behalten sollten, die Havel und etliche Seen zu überqueren. Es war in solchem Gelände wichtig, den Überblick zu behalten, um nicht irgendwo an einem Ufer zu stranden. In Nähe des Bahnhofs schien eine Brücke auf die gegenüberliegende Havelseite zu führen. Auf unserem Weg dorthin könnten wir gleich danach suchen.

Unsere Fahrräder hatten wir von zu Hause mitgebracht. Die

Vermieterin hatte uns bei unserer Ankunft zwei Stellplätze in einem Schuppen gezeigt, die wir benutzen durften. Ich hatte unsere Drahtesel vom Autodach gehievt und dort abgestellt.

Wir verließen das Anwesen diesmal auf der Gartenseite und holten die Räder aus dem Schuppen. Wieder ging es herunter von der Insel, ein kurzes Stück durch wuseligen Kleinstadtverkehr, dann rechts in eine ruhigere Straße, neben der eine Fahrradspur auf dem breiten Bordstein angelegt war. Wenige Minuten später erreichten wir den Bahnhof. Das war wirklich nicht schwer gewesen. Den Einstieg zur Überquerung der Havel fanden wir dagegen nicht.

»Vielleicht fragen wir jemanden?«, schlug Lotte entnervt vor.

Orientierung in fremden Gefilden war keine Disziplin, bei der sie langen Atem aufbrachte.

Passanten in Angelegenheiten zu bemühen, die derart offensichtlich der Karte zu entnehmen waren, ging jedoch entschieden gegen meine Hauptkommissars-Ehre.

»Hat ja noch Zeit«, brummelte ich und ignorierte Lottes Vorschlag.

Hungrig kehrten wir von unserer ersten Orientierungsfahrt zurück. Die Fahrräder wanderten wieder in den Schuppen und wir machten uns kurz frisch. Dann setzten wir uns, quer über den Marktplatz, zu einem kleinen Restaurant in Marsch, das wir, noch die Reste des Aalbrötchens aus den Zahnlücken leckend, vorhin schon für den gemütlichen Ausklang des Tages ausgeguckt hatten.

Es war rappelvoll in der Bude. Alle Tische besetzt. Bei mir setzt so etwas Flucht-Reflexe frei.

Ganz anders Lotte. Ihr ist es nie zu eng. Entschlossen schritt sie auf eine junge Frau zu, die hier kellnerte.

»Entschuldigen Sie. Können Sie absehen, ob hier demnächst etwas frei wird?«

Die junge Frau rollte die Augen. »Das kann dauern. Fragen Sie doch, ob Sie sich irgendwo dazusetzen dürfen.« Damit ließ uns die Bedienung ratlos im Lokal stehen.

Wir ließen unsere Blicke durch den gemütlichen Raum schweifen.

»Da hinten sitzen nur zwei an einem Sechsertisch«, rief Lotte und zeigte mit dem Finger in die Richtung. Schon setzte sie sich in Bewegung. Konnte ich anders, als ihr folgen?

Am Tisch saß ein Pärchen, etwa in unserem Alter. Die Frau trug blondes oder blond gefärbtes – welcher Mann kann so etwas schon unterscheiden? – schulterlanges Haar. Den Kopf des Mannes zierte eine ausgeprägte Glatze, umfriedet von einem millimeterkurz geschorenen, silbernen Haarkranz.

Meine Allerbeste blieb die treibende Kraft in Sachen Tischbeschaffung.

»Guten Abend. Verzeihen Sie, sind diese beiden Plätze noch frei?«

Die beiden Frauen verstanden sich auf Anhieb. »Ja. Bitte, setzen Sie sich doch.«

Wir rutschten auf die gegenüberstehenden äußeren Stühle und ließen jeweils einen Platz zu unseren Nachbarn frei. Automatisch bildeten sich eine Männer- und eine Frauenseite.

Die Bedienung brachte die Speisekarte. Ich bestellte ein großes Bier, Lotte einen Rotwein. Dann studierten wir die aufgelisteten Gerichte.

Das Pärchen neben uns setzte sein Gespräch fort. Es ging

um Pläne für den nächsten Tag. Sie schienen ebenfalls Fahrräder mitgebracht zu haben. Dann fiel das Stichwort, das uns aufhorchen ließ.

»Im Juni werden wir dann endlich den Ruhrtal-Radweg in Angriff nehmen. Ist ja fast eine Schande. Wir wohnen nebenan und fahren immer nur das Stück zwischen Hattingen und Mülheim.«

Lotte, die mir ohnehin mehr auf das Gespräch nebenan als auf die Speisekarte konzentriert gewesen schien, schnappte gleich nach dem Gesprächsfetzen. Kontakt schloss meine Angetraute schnell.

»Entschuldigen Sie. Ich habe gerade mitbekommen, dass Sie in der Nähe der Ruhr wohnen. Darf ich fragen, woher Sie kommen?«

»Natürlich«, antwortete die Blonde. »Aus Essen.«

»Nein. Was für ein Zufall. Wir kommen auch aus Essen. Wir wohnen in Rüttenscheid. Vorhin haben wir ein Auto mit Essener Kennzeichen gesehen. Könnte das Ihres sein?«

»Wir fahren einen roten Golf.«

»Den Typ weiß ich nicht mehr. Rot war der Wagen. Siebert übrigens, unser Name.«

»Wir sind die Lindemanns.«

Während unsere Frauen Bekanntschaft schlossen, musterten wir Männer uns stumm. Auf den ersten Blick nicht unsympathisch, der Silberbekränzte.

»Rutschen Sie doch näher heran. Wir müssen ja nicht über die Stühle hinweg miteinander plaudern«, schlug Frau Lindemann vor.

Lotte folgte der Einladung spontan. »Gerne.«

Notgedrungen tat ich es ihr nach. Das geht mir manchmal

zu schnell mit ihr. Ich hatte mich eigentlich auf eine Woche Familie gefreut. Ohne neue Bekanntschaften.

Lindemanns erhoben sich. Wir reichten uns alle vier gegenseitig die Hände. Dann setzten wir uns.

»Wo wohnen Sie? Auch in Werder?«, trieb die Blonde die begonnene Plauderei weiter.

»Wir haben eine Ferienwohnung gemietet, direkt am Markt. Hier gleich um die Ecke. Und Sie?«

»Wir sind im benachbarten Hotel untergebracht. Wir sind vorgestern angekommen.«

»Wir erst heute Mittag …«

Wieder sahen wir Männer uns an. Wir ahnten, dass sich auf der gegenüberliegenden Tischseite soeben ein echtes Frauengespräch entspann. Da würden wir keinen Satz dazwischen bekommen. Was blieb uns übrig, als eine eigene Unterhaltung anfangen?

»Kennen Sie sich hier aus?«, versuchte ich es mit ihm.

»Wir sind zum ersten Mal hier.«

Pause.

Zum Glück brachte die Bedienung in diesem Moment die Getränke. Reihum in die Augen schauend, prosteten wir uns zu. Meine Göttergattin hatte im ersten Überschwang ganz vergessen, sich ein Essen auszusuchen. Auf ihre diesbezügliche Nachfrage schickten wir die Kellnerin unverrichteter Dinge wieder fort und baten sie, später wiederzukommen.

»Haben Sie hier schon gegessen? Können Sie etwas empfehlen?«, fragte Lotte die Blonde.

»Fisch würde ich vorne essen. In dem Lokal, das auch die Bude betreibt. Da waren wir gestern.«

»Ach, eigentlich reicht mir ein Salat …«, bezog meine Angetraute den Tisch in ihre Entscheidungsfindung ein. Prompt diskutierte die Blonde mit ihr die halbe Speisekarte.

»Was haben Sie bestellt?«, erkundigte ich mich bei meinem Tischnachbar, um dieser Diskussion zu entgehen.

»Steak.«

Präzise, die Auskunft. Ein Wort, alles klar. So mag ich das.

Nachdem Lotte im Anschluss an endloses Palaver endlich feststellte, dass sie richtig Hunger hätte und ein Salat vielleicht doch zu bescheiden sei, schloss sie sich meiner Wahl »Havelschnitzel« an. Ich habe die Frauensleute echt im Verdacht, dass sie nur so kompliziert sind, damit sie quatschen können. Irgendwie müssen sie mehr Worte pro Tag loswerden als wir Männer.

Nachdem wir unsere Bestellung endlich aufgegeben hatten, fühlte sich auch der Silberbekränzte gemüßigt, etwas zur Unterhaltung beizutragen.

Er wandte sich nicht an die Runde, sondern direkt an mich: »Haben Sie Räder dabei?«

»Ja. Hier kann man anscheinend gut fahren.«

»Gestern habe ich mir eine Karte besorgt. Sieht nach schönen Touren aus.«

»In der Nähe des Bahnhofs soll es eine Brücke über die Havel geben. Die haben wir vorhin gesucht, aber den Einstieg nicht gefunden.«

»Es geht über die Eisenbahnbrücke. Den Weg haben wir heute ausprobiert. Fantastische Gegend da drüben!«

Seine Frau hatte unser Gespräch mitbekommen und hakte ein.

»Morgen früh will Jens einen alten Freund treffen. Da bin ich alleine. Darf ich mich euch anschließen? Dann kann ich euch den Weg zeigen.«

»Gerne!«, jubelte Lotte.

Na, das würde morgen eine nette Schwatzrunde zu Drahtesel geben.

»Ach komm, sind wir doch nicht so kompliziert. Ich bin die Charlotte.«

»Ich bin die Frauke und mein Mann heißt Jens.«

»Siegfried. Nennt mich ruhig Sigi. Das tun alle. Und Charlotte dürft Ihr gerne Lotte nennen.«

Ich weiß, dass meine Holde die Verstümmelung ihres Namens überhaupt nicht mag. Das klinge naiv, meint sie. Die kleine Spitze hatte sie aber für ihr übereifriges Anbandeln unbedingt verdient!

Ein grimmiger Mahnblick traf mich, während vier Hände eifrig nach einem Partner zum Schütteln suchten.

»Das begießen wir jetzt aber mit einem Schnaps«, hörte ich mich sagen. Den hatte ich selbst aus etlichen Gründen nötiger als alle anderen, wie mir schien.

Während die Damen zu einem weichgespülten Ramazzotti griffen, wählten Jens und ich einen Willi. Geschmack besaß mein neuer Duzbruder zum Glück. Wir stießen alle vier miteinander an. Dann besiegelte der Schnaps unsere Verbrüderung.

»Von der Sprache her hätte ich dich nicht nach Essen gesteckt, Jens«, stellte ich fest.

»Das stimmt«, antwortete mein Tischnachbar. »Ich bin in Anhalt aufgewachsen. Da bleibt der Slang an dir kleben. Später habe ich in Potsdam und in Chemnitz gelebt. Erst nach dem Fall der Mauer habe ich zu euch rübergemacht.«

Lotte bekam große Augen. »Ach, interessant. Kommst du auch aus dem Osten, Frauke?«

»Ja. Mein Heimatort liegt östlich von Berlin.«

»Das hört man aber nicht«, stellte ich fest.

Lotte interessierte etwas anderes: »Erzählt mal. Wie war das denn damals so in der DDR?«

Erwähnte ich bereits, dass meine Angetraute eine ziemlich Direkte ist?

Unsere Tischnachbarn zierten sich etwas. Es war Jens, der meiner vorwitzigen Frau ein paar Brocken hinwarf. Ich spürte, dass ihm dieses Thema nicht behagte. Lag das an dem immer noch spannungsgeladenen Verhältnis zwischen Ossi und Wessi? Fühlte sich Ossi im dritten Jahrzehnt nach der Wiedervereinigung immer noch als Deutscher zweiter Klasse? Ich finde das schade. Wer kann schon was für seine Herkunft? Was zählt, ist doch der Mensch an sich.

Ich bemühte mich, das Gespräch in eine andere Richtung zu treiben.

Ich fragte Jens, was ihn nach Essen geführt hätte.

»Die Arbeit natürlich. Bei uns zu Hause ging doch alles den Bach runter. Ich habe einen guten Draht zu einem der Männer gehabt, der von seiner Firma geschickt worden ist, um unseren Laden auf Vordermann zu bringen. Energieversorgung, wisst Ihr. Na, jedenfalls hat der mir einen Kontakt zur Zentrale verschafft. Da war gerade ein Job frei, der genau zu meiner Fachrichtung passte ...«

Das Essen kam auf den Tisch. Jens und ich bestellten ein weiteres Bier. Beim Zulangen merke ich erst, wie hungrig ich mittlerweile wirklich war. Es schmeckte ausgezeichnet.

Die Frauen unterhielten sich während des Essens munter weiter. Jetzt tauschten sie wichtige Informationen über ihre Familienkonstellation aus.

Unsere Urlaubsbekanntschaft hatte keine Kinder, was meine Angetraute prompt auf Lucy brachte. Sie lobte unsere Tochter über den grünen Klee und stellte ihr Studium als das einzig mögliche hin, das ihren Talenten wirklich entsprach. Mir war das neu. Für mich hatte Lucy nach dem Fach gesucht, das ihr am wenigsten praktisches Talent abforderte. Ich schwieg jedoch zu Lottes blumenreichen Ausschmückungen. Dass wir das alles finanzierten, überging sie glatt.

Wir Männer schwiegen während des Essens. Die Angler und Jäger kommunizieren still und effektiv. Was stand am heutigen Abend denn schon zur Klärung an?

Danach befragt, hätten wir wahrscheinlich gleichlautend geantwortet: Nickes!

Nachdem wir aufgegessen hatten, wurde der Abend nicht mehr allzu lang. Lotte und ich verließen das Lokal gegen halb zehn, nicht ohne, dass meine Göttergattin die Essener Telefonnummer von Frauke Lindemann abgefischt und im Gegenzug unsere hinterlassen hätte.

Der Marktplatz war menschenleer. In der alten Eiche hatten sie Lichterschlangen verlegt, die bis in die Spitzen der Äste reichten. Wie eine Kunstskulptur erleuchtete der Baum den Platz.

Lotte hakte mich unter. »Wie romantisch!«

Wir blieben eine Weile unter dem Baum stehen und verfolgten die leuchtenden Spuren in seinem Geäst. Dann gingen wir die paar Schritte zu unserem Feriendomizil hinüber. Ich schloss auf und wir stiegen – immer noch Arm in Arm – die Treppe zu unserer Wohnung hinauf.

Nachdem wir beide die notwendigen Handgriffe der Abendtoilette vollbracht hatten, fielen wir erschöpft in die Federn.

Anreise, Spaziergang, Einkaufen, den Bahnhof suchen, Kneipe – das langte für den ersten Tag.

# Fahrradtour mit einem Platten

Am nächsten Morgen besorgte ich in der Nähe der Brücke, die auf die Insel führte, ein paar Brötchen zum Frühstück. Als ich zurückkehrte, hatte Lotte bereits den Tisch gedeckt und Eier gekocht. Wir genossen die Zeitlosigkeit, die beim Frühstück im Urlaub herrscht. Eine Tageszeitung hatte ich ebenfalls mitgebracht. Alles, was Sigi Siebert für einen relaxten Start in den Tag benötigt.

Nach dem Aufräumen holten wir unsere Fahrräder aus dem Schuppen und schoben sie durch die Hintertür des Gartens zum verabredeten Treffpunkt. Frauke wartete dort bereits auf uns, bekleidet mit einer schwarzen Trainingshose und einem schwarzen Kapuzenshirt mit langen Armen. Sie war allerbester Laune. »Guten Morgen. Gut geschlafen?«

»Die erste Nacht im fremden Bett ist immer scheiße«, gab ich wahrheitsgemäß kund.

»Hör nicht auf den. Kommt in die Jahre, mein Bester«, lachte Lotte.

Dieser kleine Nadelstich war zu erwarten gewesen. Ich versuchte mich nicht zu ärgern und verbuchte die Bemerkung als Retourkutsche dafür, dass ich Lindemanns erlaubt hatte, meine Angetraute Lotte zu nennen.

Frauke fuhr voraus. Sie lenkte ihr Fahrrad auf denselben Weg zum Bahnhof, den wir gestern genommen hatten. Es war im Prinzip ganz einfach, den Einstieg zum kleinen Abzweig zu finden, der an der Eisenbahnbrücke endete. Wir hatten Tomaten auf den Augen gehabt. Wahrscheinlich eine Folge der anstrengenden Anreise.

Auf die Brücke hinauf führte eine Treppe. Zur Erleichterung des Fahrradtransports war an einer Seite eine Metallschiene angebracht. Wir fädelten unsere Drahtesel ein und schoben sie hinauf. Oben gab es parallel zur Eisenbahnlinie einen Übergang, etwa in Gehwegbreite. Auf der anderen Seite führte ebenfalls eine Treppe mit Metallschiene wieder hinab. Als wir unten waren, schwenkte Frauke auf einen unbefestigten, schmalen Weg nach rechts.

Die ganze Zeit über ratschten die beiden Frauen miteinander – wie erwartet. Es wurde über Auswüchse der aktuellen Mode gelästert, sich über Ausflugsziele im Havelland ausgetauscht, über Passanten hergezogen. Es dauerte nicht lange, da hatte ich abgeschaltet. Ich genoss lieber die Ausblicke aufs Wasser und das sonnige Wetter. Sollte die Damenwelt ihrem Lieblingszeitvertreib nachgehen.

Wir fuhren durch einen schmalen Grünstreifen, der von Büschen und Bäumen markiert wurde, und gelangten nach einigen hundert Metern an einen beschaulichen Strand. In der Nähe gab es einen Steg, an dem Boote vertäut lagen. Seitlich im Wasser ein Schilffeld, dahinter die Insel mit der Altstadt von Werder. Der Kirchturm grüßte über die in der Sonne glitzernde Havel hinweg.

»Hier ist es aber schön«, brach Lotte in spontane Verzückung aus.

»Da steht eine Bank. Sollen wir einen Moment bleiben?«, schlug Frauke vor.

Es war wirklich idyllisch hier. Auch, wenn wir kaum Strecke gemacht hatten, willigten Lotte und ich in den Vorschlag ein.

Wir nahmen auf der Bank Platz und blickten aufs Wasser. Ein Graureiher schwebte durch unsere Postkartenaussicht.

Eine leichte Brise kräuselte die Havel. Sieht aus wie Cellulite - dachte ich. Zum Glück zähmte ich meine Zunge. Diese Assoziation teilte ich lieber nicht mit meinen Begleiterinnen!

Lotte nahm meinen Arm und legte ihren Kopf auf meine Schulter. Ich streichelte einmal sanft über ihre Wange. Man kennt sich ja so lange.

In diese Stimmung platzte plötzlich Frauke hinein: »Verflixt. Ich habe meine Herztablette vergessen. Ich muss zurück.«

Lotte wurde wieder munter. »Das wird wohl nicht so schlimm sein.«

»Hast du eine Ahnung! Mein Herz ist ziemlich im Eimer. Ich muss meine Tabletten nehmen. Seid Ihr mir böse? Ihr kennt ja jetzt den Weg über die Eisenbahnbrücke.« Richtig hektisch wurde Frauke.

»Wenn du meinst«, erwiderte Lotte verschnupft. Sie hatte deutlich darauf gesetzt, wesentlich ausgiebiger zum Plaudern zu kommen. Das konnte ich ihr natürlich nicht bieten.

Im Grunde war auch mir die Beschäftigung der beiden Frauen miteinander nicht ganz unlieb gewesen.

»Sollen wir auf dich warten?«, schlug ich vor.

»Nein, nein. Eine Dreiviertelstunde brauche ich bestimmt. Das ist nett von euch.«

»Sehen wir uns denn heute Abend?«, hoffte meine Angetraute.

»Ihr wisst ja, wo wir wohnen. Fragt einfach nach. Tschüss Ihr zwei. Schönen Tag Euch!«

Frauke stieg auf ihr Fahrrad und verschwand in die Richtung, aus der wir gekommen waren.

»Bis heute Abend«, rief ihr Lotte nach. Ihr Tonfall verriet Enttäuschung. »Die hat es aber verdammt eilig!«

»Wenn sie doch ihre Tabletten nehmen muss«, beschwichtigte ich und zog die Fahrradkarte aus meiner Gepäcktasche. Wir studierten sie gemeinsam und stimmten kurz miteinander ab, wo es weitergehen sollte.

Nun hielten wir es nicht mehr länger am Strand aus. Ein paar Kilometer sollten wir durchaus drauflegen. Wir bestiegen unsere Räder und fuhren weiter nach Wildpark West hinein.

Kurz darauf durchradelten wir eine Wohngegend, die mit ihrem wohlsituierten Gepräge so ziemlich alles ausstach, was wir jemals auf dem platten Land gesehen hatten. Von nordischer Holzbauweise, in Falunrot angestrichen mit weißen Kanten, Fenstern und Türen, bis hin zu moderner, schicker, kantiger Architektur, reichte das Spektrum. Auf der Havelseite erstreckten sich riesige Gärten mit altem Baumbestand bis ans Ufer. Keine Gegend für den Geldbeutel von Otto-Normalverbraucher.

»Sieh dir das an«, geriet Lotte ins Schwärmen. »So müsste unsereins wohnen!«

Ich kehrte den Praktiker hervor. »Möchtest du solche Flächen putzen? Was meinst du, wie viel Raum die bewohnen. Dreimal, viermal so viel wie wir. Und obendrein der Garten.«

»Lass mich doch mal träumen«, konterte Lotte.

Als wir am Ende des Ortes angelangt waren und ich gerade Gas geben wollte, bremste mich meine Allerbeste aus. »Sigi, lass uns noch eine Runde drehen.«

»Warum?« Ich verspürte wenig Lust, den gepflegten Luxus, der uns hier entgegenschlug, weiter anzugaffen.

»Bitte!«

Ich gab nach. Wenn Lotte es sich wünschte …

Wir fuhren eine Schleife, die von der Havel wegführte. Für mich setzten sich die Eindrücke nur fort, für Lotte schien sich die Welt zu weiten.

»Schau mal dort, den Eingang.« – »Ist das ein schönes Haus.« – »Die könnten mehr daraus machen.« – »So viel Kitsch auf einem Flecken. Tss, tss …«

Geduldig fuhr ich im Schneckentempo hinter ihr her. Aber was war das? War das Hinterrad an Lottes Drahtesel etwa platt? Merkte sie in ihrem aufgedrehten Zustand denn gar nichts davon? Frauen!

»Halt bitte mal an, Schatz!«

Lotte betätigte den Rücktritt. Sie blieb mit den Zehenspitzen abgestützt auf dem Sattel sitzen. Ich stellte mein Gefährt am Wegrand ab und ging zu ihr. Skeptisch befühlte ich den luftleeren Reifen.

»Völlig herunter.«

»Pumpst du ihn mir auf?«

»Das wird nichts. Aufgepumpt habe ich ihn erst zu Hause. Du hast einen richtigen Platten. Steig doch mal ab.«

Lotte knurrte. Widerwillig hievte sie ihren Allerwertesten vom Sattel. Ich bat sie, ihr Fahrrad hinten anzuheben. Mit der Handfläche strich ich über die Lauffläche. Schon blieb mein Mittelfinger an etwas Hartem, Scharfen hängen. Ich sah genauer hin: Ein Schraubenkopf ragte aus der Reifendecke.

»Da hast du dir was Schönes reingefahren. Der Schlauch ist hinüber, den muss ich flicken.«

»Oh Gott. Hier?«

»Natürlich hier. Weiterfahren kannst du damit auf keinen Fall.«

»Hast du denn Werkzeug dabei?«

»Klaro. Ein Mann ist auf so was vorbereitet.«

»Püüh«, kommentierte Lotte meine Allzeit-bereit-Äußerung mit einem Laut, der mir deutlich zu verstehen gab, was sie davon hielt.

»Bist du sicher, dass du das hinkriegst? Bei deinem Talent?«

Mein Puls kletterte spontan um mindestens dreißig Zähler. Warum nahm ich wohl Werkzeug mit, wenn ich mir nicht zutraute, es einzusetzen?

»Keine zehn Minuten, dann geht es weiter«, großkotzte ich.

Meine Angetraute half mir dabei, das Fahrrad umzudrehen und auf Lenker und Sattel abzustellen. Sah komplizierter aus, als gedacht. Richtig: Mein Vater hatte es mir in meiner Kindheit an einem Fahrrad ohne Gangschaltung gezeigt.

»Ich habe mehr als einmal zugeschaut, wie man einen Schlauch flickt«, sprach ich mir selbst Mut zu.

Die Hand am Kinn überlegte ich, wie am sinnvollsten vorzugehen wäre. Das dauerte meiner Göttergattin bereits zu lange.

»Fängst du bald mal an?«

Noch hatte ich mich im Griff. »Bitte lass mich in Ruhe arbeiten, Schatz, ja?«

Nach drei Fehlversuchen fand ich endlich den passenden Maulschlüssel. Ich schraubte die beiden Hutmuttern am Hinterrad los und versuchte es aus den Fallenden herauszudrücken. Ging nicht. Ich ruckte etwas heftiger. Das Fahrrad begann zu schwanken. Immer noch nicht.

Natürlich hatte das Auskundschaften der Sachlage bereits den größten Teil meines zu knapp geschätzten Zeitfensters aufgefressen. Meine Angetraute hielt mit ihrer Ungeduld nicht länger hinter dem Berg.

»Wie lange muss ich noch hier stehen? Das Hinterrad ist ja nicht mal ausgebaut.«

Das war zu viel. »Jetzt halt endlich die Klappe. Wie soll man arbeiten, wenn man andauernd kritisiert wird?«

»Ich kritisiere nicht. Ich frage nur.«

»Natürlich kritisierst du.«

Geübt im Umgang mit Erregungszuständen ihres Mannes, verstummte Lotte, um das Zünden weiterer Stufen auf der ehelichen Eskalationsleiter zu vermeiden.

Es gelang mir immer noch nicht, das Hinterrad aus seinen Fallenden zu befreien. In der durch weibliche Ungeduld aufgeheizten Stimmung brachte das mein Innerstes zum Kochen. Ich fluchte ungeniert und nicht zitierfähig.

Meine Beste hatte endgültig genug von mir.

»Wenn du jetzt anfängst zu fluchen, Sigi, dann gehe ich. In einer halben Stunde bin ich wieder zurück. Die wird dem Profi wohl reichen, um ein kleines Löchlein in einem Fahrradschlauch zuzupflastern.« Sprach's und verschwand.

Lottes Eigenmächtigkeit machte mich rasend. Ich ruckte und ruckte. Für meinen ungestümen Krafteinsatz erwies sich die Lagerung des Fahrrads auf Lenker und Sattel als zu instabil. Es stürzte um und schlug mir dabei schmerzhaft gegen das Schienbein. Ich schrie auf.

Meine Holde war noch nicht weit genug entfernt, um das nicht mitzubekommen.

Sie entrüstete sich aus der Ferne: »Du spinnst doch. Mach mein Rad nicht kaputt, du Grobmotoriker.«

Dann setzte sie ihre Flucht fort. Mit dem geschulten Auge des Ehemanns erkannte ich an der Art, wie sie sich bewegte, dass sie mit Wut in allen vier Backen davonstürmte.

Das schmerzhafte Malheur dämpfte meinen Zorn auf tote Gegenstände etwas. Missmutig rieb ich mir das Schienbein und richtete den Drahtesel wieder auf. Dann sah ich mir die Baustelle genauer an. Irgendetwas klemmte. Ich verfiel erneut ins Grübeln. Da ragte ein Hebel aus der Schaltnarbe heraus, der am Rahmen befestigt war. Ich erinnerte mich. Lottes Fahrrad besaß Rücktritt. Also losgeschraubt, das Ding.

Ich unternahm den nächsten Versuch, das Hinterrad aus seiner Halterung zu befreien. Leider dosierte ich dabei den Krafteinsatz so wie bei den vorausgegangenen, vergeblichen Versuchen. Das völlig lockere Rad sauste aus den Fallenden heraus, die Antriebskette rasselte vom Zahnkranz der Schaltung herunter. Ich spürte einen kurzen Widerstand. Knack. Das dünne Drahtseil der Schaltung hatte meinem Rucken nachgegeben. Es war kurz vor seinem Ende abgerissen. Leider hatte ich vergessen, es vor dem Ausbau des Hinterrads zu lösen.

Ich fluchte gottlästerlich. Das würde ein Spezialist in Ordnung bringen müssen. Hier war ich mit meinem Latein definitiv am Ende.

Unter diesen Umständen machte das Flicken des Schlauchs keinen Sinn mehr. Ich ersparte mir weitere Versuche. Unter Aufbringung letzter Geduldreserven befestigte ich das Hinterrad wieder an Ort und Stelle. Dann setzte ich mich bedröppelt neben dem Fahrrad in den Straßenstaub. Ein Häufchen Elend.

Was für eine Blamage Lotte gegenüber!

Meiner Gattin beliebte es, länger als die angekündigte halbe Stunde auszubleiben. Nun war es an mir, ungeduldig zu werden. Endlich erspähte ich sie, die Straße entlang auf mich zuschlendernd. Ohne jede Eile. Ich blieb aus Protest einfach sitzen.

Als Lotte endlich bei mir angekommen war, wich die Entspannung aus ihren Zügen.

»Wie siehst du denn aus? Sogar im Gesicht hast du dich beferkelt. Warte, ich richte dich wieder her, damit ich mich mit dir in der Öffentlichkeit zeigen kann.«

Meine Angetraute zupfte ein Papiertaschentuch aus ihrer Windjacke hervor, bespuckte es und wischte mir damit über die Stirn. Das hatte zuletzt meine Mutter getan. Genauso kam ich mir vor: Wie ein dreckiges Kind. Eine sinnfällige Geste für meine Schmach. Mein Mut war mittlerweile so weit in sich zusammengesunken, dass ich die Prozedur demütig und widerspruchslos über mich ergehen ließ.

Endlich schien Lotte ein Ende mit ihrer Wischerei zu finden.

»Können wir jetzt weiterfahren?«, fragte sie, während sie meine Schläfe abtupfte.

»Nein«, gab ich kleinlaut zu. »Du wirst schieben müssen.«

Unter normalen Umständen hätte ich jetzt etwas zu hören gekriegt. Ehe jedoch neues Gezeter über mein blamiertes Haupt ausgegossen wurde, rettete mich ein scharfer Knall. Dann sofort noch einer. Lotte zuckte derart zusammen, dass sie mit ihrem Taschentuch abrutschte und mir damit über Nase und Kinn fuhr.

»Was war das denn?«

Auch ich hatte mich erschreckt, wenn auch nicht so heftig wie meine Angetraute.

»Wenn ich es nicht besser wüsste, würde ich sagen: Schüsse!«

Irgendwie empfand ich ein wenig Dankbarkeit für denjenigen, der geschossen hatte.

»Schüsse?« In Lottes Augen breitete sich Panik aus. »Habe ich dir noch gar nicht erzählt. Da vorne bei den Palästen direkt am Ufer ist so eine merkwürdige Gestalt herumgeschlichen. Ganz in schwarz gekleidet. Kapuze auf – bei dem Wetter! Die hat bei einer der dicksten Villen angeklingelt.«

»Und? Hat jemand geöffnet?«

»Ja. Ziemlich schnell sogar.«

»Wurde die Gestalt reingelassen?«

»Ohne Zögern.«

»Dann ist ja alles in Butter.«

»Mir war das jedenfalls unheimlich. Ich habe gemacht, dass ich fortkam. Und jetzt diese Schüsse …«

Ich erhob mich aus dem Straßenstaub. Wir waren im Urlaub. Gingen mich potenzielle Schüsse etwas an?

Es hatte nicht nach einem Gewehr geklungen. Ein Jäger war es nicht gewesen. Meine Schnüffler-Stirn legte sich in Falten – das spürte ich deutlich. Bei mir immer ein untrügliches Zeichen dafür, dass Verbrechen in der Luft liegen. Gräueltaten, die aufgeklärt werden wollen.

Natürlich gingen Schüsse einen Sigi Siebert etwas an. Egal wo, egal in welcher Situation. Darauf war ich einfach gepolt.

# Doppelmord

Ich gab Lotte ein Zeichen, mir zu folgen. »Komm, Lotte. Wir sehen nach, was da los ist.«

»Meinst du?« So zaghaft hatte ihre Stimme vorhin beim Start meines Flickversuches nicht geklungen.

Wir packten unsere Fahrräder bei den Lenkern und schoben sie neben uns her. Die Richtung, in der das Haus liegen musste, bei dem Lotte die schwarze Gestalt gesehen hatte, stimmte nach meiner Einschätzung mit der Richtung, aus der die Knallgeräusche gekommen waren, überein.

Als wir die Straße »Am Ufer« erreichten, sahen wir schon, wie sich ein kleiner Menschenauflauf formierte.

Wo kamen diese Figuren so plötzlich her? Vor einer Stunde hatte der Ort noch den Eindruck gemacht, als wäre er völlig verwaist.

»Mein Gott. Die gehen genau zu dem Haus, wo dieses schwarze Ungetüm geklingelt hat. Sigi, das wird mir immer unheimlicher.«

»Ich bin ja bei dir«, versuchte ich meine Beste zu beruhigen. In Momenten wie diesen gelingt mir das gelegentlich sogar.

Wir erreichten die Villa, vor der sich drei Männer und fünf Frauen versammelt hatten. Aufgeregt schwatzten sie durcheinander. Ich drängelte zwischen ihnen hindurch aufs Haus zu.

»Sie sind nicht aus Wildpark West. Was tun Sie hier?«, fragte mich ein älterer Herr mit Vollglatze wichtigtuerisch.

Lotte nahm mich vor ihm in Schutz. »Mein Mann ist bei der Kripo!«

Ein wenig Stolz klang mit, der mein aufgewühltes Bastlerherz erwärmte. Allerdings hätte ich mich auch selbst zu erkennen geben können.

Stattdessen spulte ich meine Routine ab. »Sind Sie hergekommen, weil Sie Schüsse aus diesem Haus gehört haben?«

Wieder schob sich der Glatzkopf vor. »Genau deshalb. Zwei, um genau zu sein.«

»Hat irgendjemand einen schwarz gekleideten Verdächtigen aus diesem Haus herauskommen sehen?«

Murmeln machte sich breit. Kopfschütteln.

Ich hakte nach: »Also niemand?«

Keine Antwort, ratlose Gesten.

»Sie sollten sich nicht allzu sicher fühlen, so wie Sie hier herumstehen. Ich empfehle Ihnen, zurück in Ihre Wohnungen zu gehen, Fenster und Türen zu verriegeln und vorerst nur Besuchern zu öffnen, die Sie kennen. Es ist schon vorgekommen, dass jemand in Situationen wie diesen zur Geisel wurde«, deutete ich an, um den Platz zu räumen. Zu Anordnungen war ich hier natürlich nicht befugt.

»Hört auf den Mann«, rief der Wichtigtuerische in die Runde, um einen Rest seiner ziemlich schnell zusammengedampften Autorität zu retten. Damit löste er eine spontane Fluchtwelle aus. Das Trüppchen stob auseinander. Nur Lotte blieb bei mir. »Du bitte auch! Und verständige die Kollegen, wenn dein Abstand groß genug ist!«

»Ich werde dich doch jetzt nicht alleine lassen!«

»Doch, das wirst du. Sieh zu, dass dich einer von diesen Leuten mit ins Haus nimmt. Du bist genauso in Gefahr wie alle anderen. Abmarsch!« Mein Befehlston erschreckte Lotte. Da sie mich aus nahe liegenden Gründen bestens kannte, spürte sie den Ernst, der darin lag. Sie stellte ihr Fahrrad am Straßenrand auf den Ständer und trat ebenfalls die Flucht nach hinten an. Nicht, ohne mich zu ermahnen: »Sei bitte vorsichtig!« Gut gemeint, aber überflüssig.

Ich stellte mein Fahrrad neben Lottes ab, schlich an die Hauswand heran und ging in die Hocke. Oberhalb befand sich ein Fenster. Langsam schob ich den Kopf hoch und lugte hindurch. Ich interessierte mich offensichtlich für die Toilette. Sie war leer. Geduckt und möglichst lautlos schlich ich weiter die Wand entlang. Das nächste Fenster. Diesmal eine Art Arbeitszimmer. Wieder leer.

Ich erreichte die Hausecke und ließ meinen Kopf wie die Zunge eines Chamäleons vorschnellen. Die Blitzaufnahme der Seitenfront verriet mir, dass ich weiterhin Deckung unterhalb der Fenster fand. Also los. Als Nächstes die Küche. Niemand drin. Weiter …

Mittlerweile war ich an der Hinterfront der Villa angelangt, die zum Garten wies. Zwischen den alten Bäumen hindurch ließ sich die Havel erahnen. Dafür opferte ich natürlich nur einen oberflächlichen Blick. Ich wiederholte die Chamäleon-Nummer. Zum Garten hin besaß die Villa eine ausgedehnte, bodentiefe Fensteranlage. Davor eine riesige Terrasse, reich dekoriert mit Pflanzkübeln. Hier konnte ich keine Deckung unterhalb der Fenster finden. So, wie die Pflanzkübel verteilt standen, waren sie mir ebenfalls nicht nützlich.

Ich machte mich auf dem anthrazitfarbigen Naturstein der Terrasse lang. Von einem der mächtigen alten Bäume herunter hörte ich einen Vogel krächzen. Vorsichtig robbte ich, ständig den Kontakt zur Hauswand suchend, an die Fensterreihe heran. Ein Schiebeelement gab einen Spalt frei, durch den ein Mensch gerade hindurchpasste. War dort jemand geflüchtet?

Oder befand sich derjenige, der geschossen hatte, noch im Haus?

Zentimeter um Zentimeter reckte ich den Hals vor. Es gelang mir, ins Haus hineinzuspähen. Was ich in diesem Sekundenbruchteil sah, bestätigte meine Befürchtungen. Zwei Körper lagen auf dem Boden, dicht beieinander. Ansonsten schien sich niemand im geräumigen Wohnzimmer aufzuhalten.

Wie sollte ich weiter vorgehen? War der Täter noch drin, bestand Lebensgefahr für mich. Sollte ich lieber auf das Eintreffen der Kollegen warten?

Es war möglich, dass die beiden Menschen, die dort drinnen lagen, Hilfe benötigten. Je schneller, desto besser. Gemäß meinem Anspruch an mich selbst, besaß ich keine andere Wahl: Rein!

Ich griff nach einem trockenen Ast, der zufällig in meiner Nähe lag. Mit Wucht schleuderte ich ihn gegen die Glasfront. Ein scharfes Klatschen war die Antwort – wie ich es geplant hatte. Wäre der Täter noch im Haus, würde er nachsehen oder im Reflex einen weiteren Schuss abgeben.

Angestrengt horchte ich in die Villa hinein. Eine Minute lang blieb alles still. Es wurde immer unwahrscheinlicher, dass sich außer den beiden daliegenden Körpern noch jemand darin aufhielt. Sollte ich es wagen?

Lotte brachte mein Herz ein paar Schläge zum Stillstand.

»Was ist da los?«

Unbemerkt war meine Allerbeste von hinten an mich herangeschlichen. Aufrecht und arglos, dafür mit neugierig aufgerissenen Augen, stand sie direkt hinter mir. Am liebsten hätte ich sie zusammengefaltet, aber ich war Profi genug, um das der Sachlage geschuldet hinunterzuschlucken.

Mit einem Handzeichen bedeutete ich Lotte, sich sofort hinzuhocken. Sie befolgte meine Anweisung entgegen ihrer sonstigen Gewohnheiten auf der Stelle. Ich flüsterte ihr ins Ohr: »Ich werde drinnen nachsehen. Bleib unbedingt hier, hörst du!«

In Zeitlupe richtete ich mich auf. Allen Mut zusammennehmend, zwängte ich mich - nur den Körper einsetzend -, durch den verflixt engen Spalt des Schiebeelements ins Wohnzimmer. Dabei gab es ein wenig nach. Hier war entweder ein gertenschlanker Täter durchgeschlüpft oder er hatte die Tür wieder hinter sich zugezogen. An die dritte Möglichkeit, dass sie nur zum Lüften offenstand, mochte ich nicht denken.

Es waren zwei Frauen, die im Wohnzimmer lagen. Eine ältere, grauhaarige Dame im Strickkleid, seitlich von einem Sofa zusammengesackt und eine Jüngere, deren Leiche ich zuerst näher betrachtete. Sie lag seltsam verdreht auf dem Parkett, das Gesicht zum einfallenden Licht gewandt. Mitten auf der Stirn prangte ein Einschussloch. Neben ihrem leblosen Körper lag ein Tablett, daneben zersprungenes Porzellan. Der Tee, den sie zum Zeitpunkt ihrer Ermordung offenbar gerade servieren wollte, hatte sich mit der Blutlache unter ihrem Kopf vermischt. Hier kam jede Hilfe zu spät.

Ich ging zur Älteren hinüber. Ihr Gesicht lag halbschräg auf dem Boden, sodass sie mich aus einem erloschen Auge anglotzte. Unter ihrem Kopf tränkte ein Läufer reichlich Blut. Ich ging in die Knie und drehte sie etwas zur Seite. Ein Einschussloch. Mitten auf der Stirn.

Hinter mir knirschte der Mechanismus der Schiebetür. Erschrocken fuhr ich herum.

»Sind die tot?«, fragte Lotte überflüssigerweise. Entgegen

meiner Mahnung war sie hinter mir hergeschlichen. Ehe ich sie stoppen konnte, trat sie mit entsetzt aufgerissen Augen ins Wohnzimmer. Super – jetzt mussten wir der Spurensicherung unserer beider Spuren am Tatort plausibel machen. Nur Lottes Gesichtsausdruck verhinderte, dass ich sie lauthals anschrie. Kein schöner Anblick, so ein Mordopfer. Mein Kollege Erich hatte sich bis heute nicht daran gewöhnt.

Eine kleine Zurechtweisung war trotzdem angezeigt.

»Bist du von Sinnen? Du solltest doch draußen bleiben. Du zerstörst vielleicht wichtige Spuren!«

Meine Worte erreichten meine paralysierte Gattin nicht.

»Die armen, armen Frauen. Das war diese schwarze Figur.«

»Sachte, sachte. Wir wissen noch gar nichts. Hast du die Kollegen angerufen?«

Keine Antwort.

»Hallo! Hast du die Kollegen angerufen?«

»Nein«, piepste Lotte, dem Weinen nahe.

»Du verlässt jetzt augenblicklich mit mir diesen Tatort. Werde ich eben selbst anrufen.«

Ich musste Lotte am Arm herauszerren, so schockiert war sie.

Als ich im Garten mein Handy aus der Tasche holte, kam sie wieder zu sich. »Du brauchst die Polizei nicht zu rufen.«

»Aber du hast es doch nicht getan!«

»Ich nicht, aber dieser Mann. Der Vorlaute. Immerhin hat er mich zu sich hereingebeten, damit mir nichts geschieht.«

Aber hinter mir zum Tatort hineintrampeln, dachte ich, behielt es jedoch für mich.

Stattdessen bestimmte ich: »Wir warten draußen auf die Kollegen. Der Täter scheint ausgeflogen zu sein. Und für die beiden Frauen kommt jede Hilfe zu spät. Zwei Leichensäcke könnten wir ordern.«

Lotte konnte die Tränen endgültig nicht mehr zurückhalten. Ich führte sie vor die Villa. Dort setzte ich sie auf eine kniehohe Mauer, die das Grundstück zur Straße hin einfriedete. Ich versuchte, beruhigend auf sie einzureden.

Lotte schluchzte auf. »Die armen Frauen. Wer tut so etwas?«

»Das wird die hiesige Polizei schon herausbringen. Warte nur, bis die Kollegen hier sind.«

»Bring mich hier weg, Sigi.«

»Das wird nicht gehen. Du wirst eine Aussage machen müssen.«

Ihre tränengefluteten Augen maßen mich streng. »Eine Aussage? Was sollte ich auszusagen haben?«

»Was ist mit der schwarzen Gestalt?«

»Meinst du wirklich? Meine Güte, ich bin im Urlaub.«

»Darauf können die Kollegen keine Rücksicht nehmen, Schatz. Die müssen ihre Arbeit machen und deine Beobachtung gehört dazu.«

Neue Tränen liefen ihr über die geröteten Wangen. Hoffentlich würde sie die grausamen Bilder irgendwann los.

In etlichem Abstand zum Ort des Geschehens bildete sich nach und nach wieder eine Traube Schaulustiger. Zum Teil kannten wir die Herrschaften von unserem Eintreffen an der Villa, andere Gesichter kamen neu hinzu. Insgesamt ein paar mehr als vorhin.

Einen Moment später hörte ich die Sirenen. Ein Sanitätsfahrzeug und ein Streifenwagen bogen in die Straße ein. Zwei uniformierte Beamte stiegen aus und traten auf uns zu. Einer von ihnen richtete das Wort an mich: »Haben Sie uns gerufen?«

»Nein. Das war einer der Herren von denen da hinten.« Ich wies unbestimmt mit der Hand in Richtung der Gaffer. »Wir haben die Leichen entdeckt.«

»Leichen? Uns wurde nur etwas von Schussgeräuschen durchgegeben. Waren Sie etwa da drin?«

»Ja, ich war im Haus. Die Gartentür steht offen. Ich konnte mir selbst ein Bild vom Tatort verschaffen.«

»Wie kommen Sie dazu?«, fragte der Polizist empört. Berechtigterweise.

»Ich bin bei der Kripo. Allerdings in NRW. Hätte ja sein können, dass jemand meine Hilfe benötigt.«

Der Polizist zuckte die Schultern. »Ich informiere gleich die Spurensicherung. Halten Sie sich bitte für Fragen zur Verfügung. Ist sonst noch jemand im Haus?«

»Keine Ahnung. Mir kam es so vor, als ob der Täter ausgeflogen ist. Die Risikoeinschätzung kann ich Ihnen nicht abnehmen.«

Der Mann wandte sich an seinen Kollegen. »Was meinst du? Sollen wir rein?«

»Der Sani sollte rein. Komm, wir begleiten ihn.«

Die beiden verschwanden mit dem Sanitäter hinterm Haus. Ziemlich bald kehrte der Medizinmann zurück. »Nix zu machen«, hörten wir ihn murmeln. Er setzte sich in seinen Wagen und telefonierte.

Einige Zeit verging, ehe auch die Polizisten zurückkehrten. Ein ziviler Wagen fuhr vor. Ihm entstieg eine etwas knittrig wirkende Erscheinung, ein Mann um die sechzig. Er beachtete uns nicht und ging gleich auf die Uniformierten zu. Den kurzen Wortwechsel konnte ich von meinem Standort gut mithören.

»Morgen die Herren. Lage?«

»Morgen Herr Staudinger. Zwei erschossene Frauen. Täter flüchtig.«

»Wer hat sie entdeckt?«

»Der Zeuge dort. Ist übrigens ein Kollege. Aus NRW.«

Der Polizist, der geantwortet hatte, zeigte auf Lotte und mich.

Der Neuankömmling kam zu uns herüber.

»Guten Morgen. Staudinger. Kriminalpolizei. Sie sind bitte?«

»Siegfried Siebert ist mein Name. Das ist meine Frau Charlotte. Ich arbeite bei der Kripo Essen.«

»Aha«, ging Staudinger leichthin über unsere Berufsverwandtschaft hinweg. »Dann muss ich ja nicht lange erklären, worauf es ankommt. Was ist Ihre Aussage zu dem Ganzen hier?«

»Da drin liegen zwei Frauenleichen, beide mit einem Einschussloch mitten auf der Stirn. Die Schüsse haben wir von weiter weg gehört und sind dadurch aufmerksam geworden. Es waren genau zwei und sie fielen kurz hintereinander. Wahrscheinlich ist der Täter zur Gartenseite hin geflüchtet. Die Schiebetür zur Hinterseite stand bei unserem Eintreffen so weit offen, dass eine Person knapp durchschlüpfen konnte.«

Staudinger war aus dem Konzept gebracht. Solch differenzierte Aussagen hörte er wahrscheinlich höchst selten bei der ersten Befragung eines Zeugen.

»Haben Sie den Täter gesehen?«

»Ich nicht. Vielleicht meine Frau.«

Der Kriminalbeamte sah zu Lotte, die immer noch auf der Mauer kauerte.

»Was haben Sie beobachtet?«

Lottes Stimme bebte vom Heulen. »Eine schwarze Gestalt.«

»Bitte beruhigen Sie sich. Geht es etwas genauer? Was verstehen Sie unter einer schwarzen Gestalt? Von wo kam sie? Was bringt Sie zu der Vermutung, dass diese Gestalt der Täter ist?«

»Ich bitte Sie. Schwarze Klamotten bei dem Wetter und eine Kapuze auf.«

»Das reicht wohl kaum aus für einen konkreten Verdacht. Warten Sie bitte hier. Und versuchen Sie, ruhig durchzuatmen. Ich will mir kurz den Tatort ansehen.«

Staudinger verschwand um die Hausecke.

»Komischer Kauz«, schluchzte Lotte.

»Der macht nur seinen Job. Spricht mit bayerischem Akzent. Was hat den wohl hierher verschlagen?«, rätselte ich.

Staudinger ließ uns nicht lange warten. Höchstens zwei Minuten später kehrte er von seiner Inaugenscheinnahme des Tatorts zurück. Er gab den Uniformierten ein paar kurze Anweisungen und richtete sich dann wieder an uns.

»So, von vorne und ganz in Ruhe. Was haben Sie gesehen, gnädige Frau?«

Lotte hatte sich mittlerweile etwas beruhigt. Ihre Stimme flatterte nicht mehr.

»Da war diese schwarze Gestalt. Wie gesagt: Mit einer Kapuze auf dem Kopf. Die hat hier am Haus geklingelt.«

»Ein Mann oder eine Frau?«

Lotte kam ins Grübeln – das sah ich ihr an. »Tja, so ganz eindeutig kann ich Ihnen das nicht beantworten …«

»Wie würden Sie die Figur dieser schwarzen Gestalt, wie Sie sie nennen, beschreiben?«

»Schlank, eher sportlich, würde ich sagen.«

»Irgendwelche Auffälligkeiten im Bewegungsfluss? Ein Hinken, eine hängende Schulter, gebeugte Haltung?«

»So was ist mir nicht aufgefallen.«

»Wie groß?«

»Ein bisschen größer als ich vielleicht. Eins siebzig?«

»Können es auch eins sechzig oder eins achtzig gewesen sein?«

Lotte wurde durch Staudingers Fragerei ganz unsicher.

»Möglich.«

»Komplett schwarz gekleidet? Keine Abzeichen, Streifen an den Hosennähten oder ähnliche Dinge? An den Füßen? Sockenfarbe? Schuhe? Auch schwarz?«

»Da habe ich nicht drauf geachtet.«

»Viel ist das nicht gerade. Was hat diese schwarze Figur denn in Ihren Augen verdächtig gemacht?«

»Sie hat an der Tür geklingelt. Das sagte ich bereits.«

»Wenn also jemand eine Vorliebe für schwarze Kleidung hat und an einem Haus schellt, ist er für Sie verdächtig, ein Mörder zu sein?«

»Nein, aber …« Es war Staudinger tatsächlich gelungen, Lotte aus dem Konzept zu bringen. Sie verstummte.

»Verstehen Sie mich bitte nicht falsch. Meine Fragen zielen nur darauf ab, Ihre Erinnerung zu beflügeln. Sie mögen dadurch manchmal etwas unhöflich klingen. Das ist nicht so gemeint.«

Ein weiteres Polizeifahrzeug fuhr vor. Mehrere Personen stiegen aus. An ihrem Verhalten erkannten meine geschulten

Hauptkommissaraugen, dass es die Spurensicherung war. Eine Dame mittleren Alters kam zu Staudinger herüber.

»Ah, die Spusi«, begrüßte er die Kollegin.

Dann wandte er sich wieder Lotte und mir zu: »Wissen Sie, was wir jetzt machen? Sie geben einem der Kollegen hier Ihre Personalien und hinterlassen, wo wir Sie erreichen können. Verdauen Sie das Geschehene erst mal, besonders Sie, gnädige Frau. Morgen treffen wir uns um elf in der Henning-von-Treskow-Straße in Potsdam. Dort werden wir ausführlich über diese mysteriöse schwarze Gestalt reden. Vielleicht sortieren Sie bis dahin Ihre Beobachtungen, Frau Siebert, und erzählen mir hübsch der Reihe nach, was Sie gesehen haben. Ich habe größtes Verständnis dafür, dass Sie noch unter den Eindrücken der Tat stehen.«

Staudinger reichte mir eine Visitenkarte mit der Adresse seiner Dienststelle.

»Aber wir sind hier im Urlaub«, tat Lotte ihren Unwillen kund, »den möchten wir nicht in muffigen Amtsstuben absitzen. Außerdem ist mein Mann ebenfalls Kriminalbeamter.«

Was das wiederum heißen sollte, war mir schleierhaft. Staudinger wahrscheinlich auch.

Trotzdem sah er mich freundlich mit hochgezogenen Augenbrauen an.

»Richtig. Ich vergaß. Darf ich Sie bitten, Ihrer Frau ein wenig beim Sortieren zu helfen. Sie wissen ja, worauf es ankommt. Nun müssen Sie mich leider entschuldigen. Ich brenne darauf zu erfahren, wie die Spusi den Tatort sieht.«

Zum Abschied gab uns Staudinger beiden die Hand. Dann nahm er die Kollegin mit in den Garten.

Einer der Uniformierten ließ sich unsere Personalausweise

zeigen, und notierte unsere Urlaubsadresse sowie meine Handy-Nummer. Er verabschiedete uns und half seinen Kollegen weiter dabei, Haus und Garten mit Flatterband abzusperren. Alles wie bei uns.

»Fühlst du dich in der Lage, das Fahrrad zurückzuschieben?«, erkundigte ich mich besorgt bei Lotte.

Sie antwortete erstaunlich restauriert.

»Lass uns schnellstmöglich von hier abhauen. Was denkt dieser Kerl eigentlich? Dass ich ihm alles wie in einem Polizeibericht herunterrassele? Eingebildeter Fatzke.«

Daher wehte also der Wind. Meine Allerbeste schrieb die Präzision, die Staudinger an ihrer Aussage bemängelte, seiner Überheblichkeit zu. Na gut. Es war besser, sie hatte etwas zum Aufregen. Das brachte sie zurück auf den Damm.

Schweigend schoben wir unsere Fahrräder auf dem Weg zurück, den wir hergekommen waren. Am kleinen Strand hielten wir an und nahmen dort erneut die Bank in Beschlag. Mein Blick schweifte zur gegenüberliegenden Havel-Insel hinüber. Welch ein Frieden hier herrschte! Nur wenige hundert Meter vom Schauplatz eines Kapitalverbrechens entfernt.

»So habe ich mir unseren Urlaub nicht vorgestellt«, beklagte sich Lotte bei mir. »Reifen platt, zwei Erschossenen gegenüberstehen, Zeugenaussage bei der Kripo.«

»Das ist morgen Mittag überstanden. Danach starten wir durch.«

»Wir müssen Lucy noch absagen. Die wollte doch morgen früh kommen.«

Das hatte ich beinahe vergessen. Stimmte ja!

»Ich rufe Sie heute Abend an. Vielleicht können wir uns mit

ihr im Anschluss an unsere Aussage in Potsdam treffen und ein wenig bummeln.«

Lotte wurde plötzlich leiser. »Wie geht das vor sich, eine Aussage?«, flüsterte sie, als ob wir inmitten eines vollbesetzten Theaters säßen, in dem gerade ein Stück aufgeführt wurde.

Ich beschrieb ihr das Prozedere. »Du erzählst einfach der zeitlichen Reihenfolge nach, was du gesehen hast. Möglichst detailliert.«

»Da habe ich nicht den geringsten Bock drauf!«

»Beruhige dich. Das hat kaum ein Zeuge. Ich habe da einschlägige Erfahrungen, weißt du …«

Lotte schaute mich verwundert an. Endlich begriff sie, dass ich sie mit meiner Bemerkung trösten wollte und schenkte mir ein kleines, dankbares Lächeln.

Dann huschte ein neuer Schatten über ihr Gesicht.

»Die armen Frauen«, jammerte sie wieder.

***

Ecki hat mir aufmerksam zugehört. Er unterbricht mich das erste Mal.

»Wie hat Lotte das eigentlich weggesteckt?«

Worauf genau will Ecki hinaus? »Was weggesteckt?«

»Na, die beiden ermordeten Frauen. Leichen am Tatort, das ist nicht einfach. Mancher verdaut das nie. Kann man sich eigentlich jemals daran gewöhnen? Mit der Zeit stumpft man etwas ab. Aber es ist immer wieder schwer, dem Tod ins Gesicht zu sehen.«

»Das ist Jahre her, Ecki. Außerdem hat Lotte die beiden ermordeten Frauen nur ganz kurz gesehen. Ich bin ziemlich sicher, dass sich das Bild nicht bei ihr festsetzen konnte. Sie wird keine konkrete Erinnerung daran besitzen. Wir haben zu Hause ewig nicht darüber gesprochen. Ich denke, sie ist drüber weg. Lotte ist ziemlich robust.«

Mein Erzählfluss ist durch Eckis Zwischenfrage etwas aus dem Lot geraten.

»Wo mache ich nun weiter? Ach, ja. Es wird glaube ich Zeit, die Geschichte von der Frau zu erzählen. Was meinst du?«

»Die Sache von dieser ungewollten Schwangerschaft? Wie ewig die Motive für Mord zurückliegen können! Der Mensch trägt manches auf dem Buckel mit sich herum«, sinniert Ecki.

»Kannste wohl sagen. Als wir das Puzzle stückweise zusammengesetzt haben, damals, waren wir selbst erstaunt, was da alles zutage trat.«

»Allerbeste Zutaten für einen Doppelmord, finde ich.«

»Sollen wir nun mit ihrer Geschichte fortfahren?«, fasste ich nach.

»Meinetwegen. Ihre Geschichte, seine Geschichte, eure Geschichte … Leg einfach los.«

»Gut. Also ihre Geschichte. Ich erzähle sie dir in der Version, die uns die Frau später selbst serviert hat. Reden konnte sie …!«

# Ihre Geschichte

Sie starrte an die Decke. Immerzu an die weiße Decke. So als ob das hier nichts mit ihr zu tun hätte.

Dann überfielen sie wieder die Wehen. Wellen des Schmerzes.

»Pressen!«, rief ihr jemand zu, der am Fußende ihrer Liege stand.

Sie schloss die Augen, spannte den Körper, atmete aus und presste. Wann würde dieser Geburtsvorgang endlich ein Ende nehmen? Wann käme endlich dieses »Balg« aus ihr heraus, wie es der Vater die ganze Zeit über ausschließlich genannt hatte? Mit seinem Ausstoßen wäre ihr Martyrium der letzten Monate endlich zum Abschluss gebracht. Dann wäre sie endlich wieder frei vom Gewicht der Frucht und von der Last, dass sich ihr Leben nur noch darum drehte.

»Pressen, pressen, pressen!«

Abgegeben hatte sie die Mutter hier in der Klinik, als es so weit war. Wie einen Gegenstand, den man unauffällig loswerden will.

»Ich übergebe meine Tochter und ihr Unglück in ihre Hände.«

Bloß schnell weg. Niemand aus ihrer Familie wollte etwas mit ihrer Schande zu tun haben. Als Geächtete hatte sie zwischen Vater und Mutter gelebt. Versteckt hatte man sie vor den Augen der neugierigen Nachbarschaft, aus dem Leben im Viertel ausradiert. Nicht einmal mehr zum Training hatten sie die Eltern gehen lassen.

Die nächste Welle Wehen überfiel sie. Noch brutaler, noch

schmerzhafter. »Pressen, pressen, pressen!«, feuerte sie die Stimme zu ihren Füßen wieder an. Zwischen ihren gespreizten Oberschenkeln machten sich Hände zu schaffen. Nahm diese Geburt denn gar kein Ende? Wie lange hielt eine Frau so was aus?

Robert hatte sich lange aus dem Staub gemacht. In dem Moment, in dem sie ihm von ihrem gemeinsamen Kind erzählte, hatte er sie verstoßen. Beschimpft hatte er sie sogar. Sie hätte besser aufpassen müssen. Im Übrigen lege er keinen Wert mehr auf den Kontakt mit ihr. Mit einem Babybauch wäre sie für ihn sowieso nicht mehr attraktiv.

Wie hätte sie aufpassen sollen? Die Pille hätten die Eltern ihr nie erlaubt. Danach zu fragen, wäre überflüssig gewesen. Außerdem war es aus dem Moment heraus geschehen. Zu viel getrunken hatte sie, unerfahren, wie sie im Umgang mit Alkohol war. Wenn sie es recht bedachte, hatte Robert ihren Zustand schamlos ausgenutzt. Zwei, dreimal danach war es wieder dazu gekommen. Das war alles. Dadurch war sie zur »Hure« geworden. Ein weiteres Zitat ihres Vaters.

Wieder überfielen sie die Wehen. Heftiger als je zuvor. Sie schrie. Ein Laut des Schmerzes und der Wut auf alle Menschen, die sie in ihren schwersten Stunden allein gelassen hatten.

Dann merkte sie, dass sich etwas von ihr löste. Der Schrei dieses Etwas vermischte sich mit ihrem.

Sie blieb noch ein paar Tage in der Klinik. Die Schwestern waren nett zu ihr, auch wenn sie wussten, dass sie ihr Kind zur Adoption freigegeben hatte. Nach der Geburt hatte sie es nicht sehen dürfen. Gleich war es in einen Nebenraum gebracht worden. Nicht einmal die Frage aller Mütter, »Junge oder Mädchen«, hatte man ihr beantwortet. Ob es sich noch hier in der Klinik befand, sagte man ihr ebenso wenig. Sie hatte das Fragen aufgegeben. Kümmerte es sie überhaupt?

Die Eltern hatten ihr eingeredet, mit der Geburt käme alles wieder in Ordnung. Sie hatten sie zur Adoption gedrängt, gleich als sie ihr Geheimnis vor ihnen gelüftet hatte. Für einen Schwangerschaftsabbruch war es da bereits zu spät gewesen. Sie hatte sich Zeit gelassen mit der unangenehmen Beichte. Ihre eigene Einstellung zum Kind war da noch ein trüber Tümpel aus Gedanken und diffusen Gefühlen gewesen. Trotzdem hatte sie bereits damals gespürt, dass daran etwas nicht richtig war. Ein Kind einfach weggeben? Was wäre aus ihr geworden, hätte sie die Mutter einfach weggegeben? Was hätte solch ein Schicksal mit ihr angestellt? Durfte man das, ein Kind weggeben?

Die Mutter hatte sie zur Jugendhilfe begleitet. Die strenge Dame mit dem Knoten, zu der sie vorgelassen wurden, hatte sie über ihre Lesebrille hinweg wie Abschaum gemustert. Ihr war versichert worden, es gäbe viele Parteigetreue, die selbst keinen Nachwuchs bekommen konnten. Eine solche Familie würde man für ihr Kind aussuchen. Es sei das Beste, was man für den Wurm tun könne, so blutjung, wie seine Mutter noch sei. Unerfahren, noch gar nicht richtig im Leben angekommen. Das Kleine würde es bei den Adoptiveltern guthaben.

»Darf ich mein Kind ab und zu besuchen?«, traute sie sich zu fragen.

Sie wurde von der Matrone streng abgebügelt.

»Es ist nicht an dir, Forderungen zu stellen. Schlimm genug, dass du dem Staat solche Umstände bereitest.«

Es läge nicht im Interesse der Adoptiveltern und mit Sicherheit nicht im Interesse des Kindes, ohne klare Bezugsperson aufzuwachsen, führte sie aus. Unmittelbar nach der Geburt würde die Trennung vollzogen. Auf Dauer.

Auf dem Heimweg von der Beratung hatten sie erste Gewissensbisse geplagt. Sie war schließlich die Mutter, nicht irgendeine linientreue Tussi. Womöglich so eine, wie diese Matrone. Igitt. So einer wollte sie ihr Kind nicht ausliefern.

Ihre Mutter indes schien ganz zufrieden mit der aufgezeigten Lösung. »Ein sauberer Schnitt.« – so drückte sie sich später gegenüber dem Vater aus. Die beiden ahnten nicht, dass ihre Tochter das Gespräch an der angelehnten Wohnzimmertür belauschte. Angewidert zog sie sich zurück. Spielte sie denn hier überhaupt keine Rolle? Oder gar das Kind?

Jetzt lag sie in diesem weißen Bett mit anderen Wöchnerinnen zusammen in einem Zimmer. Ihre Zimmergenossinnen besuchten ihre Kinder auf der Säuglingsstation. Die Gesichter der jungen Mütter strahlten, wenn sie von dort zurückkehrten. Ihr nach außen getragenes Glück klagte sie an. Es war falsch gewesen! Sie hätte auf keinen Fall einwilligen dürfen! Sie hätte sich zur Wehr setzen müssen!

Vier Wochen nach der Geburt nahm sie ihr Training im Schießsportverein wieder auf. Sie traf sicher, besonders mit der Pistole. Verbissen arbeitete sie daran, den Trainingsrückstand durch die Schwangerschaft wieder aufzuholen. Dabei hätte sie auch während dieser Zeit weiterschießen können – hätten sie die Eltern gelassen. Aber die waren von Anfang an nur darauf bedacht gewesen, ihren »Fehltritt« – wieder so ein Wort des Vaters – vor der Welt zu verstecken.

Sie verfolgte konsequent ihren großen Traum, die DDR bei den Olympischen Spielen zu vertreten. 1984 in Los Angeles. Das war noch sieben Jahre hin. Die neue Trainerin hatte ihr Hoffnungen darauf gemacht. Sie war gut, die Zweitbeste in ihrer Staffel. Ein wenig fehlte noch, dann stände sie auf Nummer eins.

Ihre Familie genoss Vorteile durch ihr Talent. Kleine Vergünstigungen, die den Alltag erleichterten. So war das Regime. Hinterrücks, still und heimlich, wurden die Dinge geregelt, bis in den privaten Bereich hinein. Wer spurte, den lockte man mit hingeworfenen Brocken vom Tisch der Partei, wer sich versagte, bekam das zu spüren. Eine nette, große sozialistische Gemeinschaft. Ihre kritische Einstellung fand täglich neue Bestätigungen für diesen Eindruck.

Ein Kind hätte dem allem im Wege gestanden. Es hätte ihr Zeit abgeknapst vom Training. Ihre Olympiateilnahme wäre in Gefahr geraten. Ihre Familie wäre auf Normalmaß zurückgefallen, auf den Lebensstandard vor der Entdeckung ihres Talents. Ihre Eltern, so schätzte sie, hätten schwer daran zu knapsen gehabt.

Sie legte an und zielte. Ihre Hände hielten die Waffe ganz ruhig. Sie drückte ab. Der Knall erfüllte die Halle. Volltreffer. Ein anerkennender Blick von ihrer Trainerin. Stolz wallte in ihr auf. Sofort mischte sich Bitterkeit darunter, weil sie daran denken musste, wodurch sie sich diesen Blick erkauft hatte.

Wo war ihr Kind?

Ihre Schießleistung wurde immer besser. Längst war es ihr gelungen, die Nummer eins vom Thron zu stoßen.

Robert mied ihre Nähe. Trotzdem war es unvermeidlich,

dass sie sich im Verein über den Weg liefen. Verlegen lobte er ihre sportlichen Fortschritte. Dabei war alles Schmeicheln aus seiner Stimme verschwunden. Der sanfte Unterton, mit dem er sie damals rumbekommen hatte. Sie war sich sicher, dass er unter Beobachtung des Apparats geraten war. Einen neuen Fehltritt, wie mit ihr, durfte er sich wahrscheinlich nicht erlauben.

Eines Tages, im Anschluss an ihre Trainingseinheit, kam Robert mit einem Mann zu ihr. In mittlerem Alter, recht formell gekleidet mit Hut und Mantel. Die beiden baten sie, mit ihnen zusammen in ein Hinterzimmer der Halle zu gehen. Ihr wurde mulmig zumute. Was wollten die beiden von ihr?

Sie setzten sich an einem Tisch zusammen. Bald sah sie klar. Der Formelle war Mitarbeiter der Stasi. Man verdächtigte eine ihrer Kameradinnen, politisch gegen die Interessen der DDR zu agieren. Sie bereitete angeblich eine Demonstration vor. Subtil versuchte der Stasi-Mann, sie zum Aushorchen der Kameradin zu bewegen.

»Es wäre dein Schaden nicht. Du willst doch sicher weiter gefördert werden. Man könnte mehr für dich tun, als dich hier in der Provinz in einer zweitrangigen Staffel trainieren zu lassen. Es gäbe da Möglichkeiten«, deutete der Mann einschmeichelnd an. Sie solle an Los Angeles denken, spann er sein Spinnennetz fort. Wenn sie bewiese, dass sie die Heimat vor konterrevolutionären Umtrieben schützte, würden ihre Chancen für die Reise ins Vorreiter-Land des Klassenfeindes steigen.

Roberts Gesicht blieb während dieser Unterredung wie versteinert. Sie schaute oft zu ihm hinüber. Er machte ihr nichts vor. Sie saß hier, weil er damit etwas gegenüber dem Apparat gutmachen wollte. Wieder war sie sein Opfer. Diesmal nicht das seiner Triebe, sondern das seiner eigenen Verpflichtungen oder gar Verfehlungen gegenüber der Obrigkeit.

In ihr kroch Wut auf Robert hoch. Seine Gleichgültigkeit ihrem gemeinsamen Kind gegenüber, hatte sie ihm zwar nie verziehen, aber es war ihr gelungen, sie tief in ihrem Inneren einzukapseln. Dass er sie angeblich nicht liebte, darüber war sie hinweg. Sie kannte die Teamkollegin, um die es hier ging, recht gut. Sie waren Freundinnen. Das wusste Robert genau. Es war für sie unvorstellbar, ihre Vertrautheit mit der jungen Frau zu missbrauchen. Für Robert nicht und für diesen Bullen von der Stasi schon gar nicht.

»Ich kann in dieser Sache nicht helfen«, sprudelte sie trotzig heraus.

»Du weißt, was das bedeutet?«, fragte der Stasi-Arsch.

Sie bejahte.

»Du kannst es dir gerne ein paar Tage überlegen.« Der Typ schickte Robert einen intensiven Blick auf die andere Tischseite. Dieser Blick entlarvte das miese Spiel endgültig.

Sie wurde hinausgeschickt und die beiden Männer blieben alleine zurück. Sollte sie an der Tür lauschen? Nein, so tief würde sie nicht sinken. Energisch reckte sie das Kinn und begab sich auf den Heimweg.

Sie blieb auch auf zweifache Nachfrage von Robert standhaft. Er bekam zu verstehen, wie sie über die Angelegenheit dachte.

»Du hast bei mir verschissen. Sieh zu, wie du aus dem Schlamassel, in dem du offensichtlich steckst, herausfindest. Wem bist du bei denen eigentlich etwas schuldig?«

Robert kniff und trollte sich.

Wie sehr sie selbst ins System verstrickt war, verstand sie, als ausgerechnet ihr eigener Vater ins selbe Horn stieß.

»Du musst an die Republik glauben. Der Sozialismus ist gut für die Menschen. Wenn du unserem Staat helfen kannst, darfst du dich dem nicht verweigern.«

Jedem dieser Versuche des Vaters, in sie zu dringen, begegnete sie nur mit schmallippigem Schweigen. Doch irgendwann platzte ihr der Kragen.

»Bist du auch so einer?«

Gespieltes Unverständnis. »Was für einer?«

»So einer wie Robert, der für das Regime spitzelt. So einer wie diese Stasimumie, die Leute dazu aufwiegelt, Freunde auszuspionieren. Bist du so einer? Ein Spitzel?«

Sie fing sich eine schallende Ohrfeige ein. Danach ließ er sie in Ruhe.

Im Anschluss an diese Szene wurde das Schweigen zu Hause unerträglich. Nicht nur der Vater, auch die Mutter strafte sie, indem sie durch ihre Tochter hindurchblickte. Alle schienen verstrickt in diesen Sumpf. Sie vermisste jemanden, dem sie unbedingtes Vertrauen schenken konnte, ein Wesen, unverdorben und frei von kranker Ideologie. Jemanden, der ihr bedingungslos vertraute und dem sie ihre Liebe schenken konnte.

Sie vermisste ihr Kind.

Rein sportlich blieb sie auf der Höhe. Sie wurde sogar immer besser und überflügelte bald die beste Schützin ihrer Altersgruppe. Als in den Ferien ein Förderprogramm in der Hauptstadt ausgelobt wurde, schickte man jedoch nicht sie, sondern die Zweitbeste hin.

Sie stellte ihre Trainerin zur Rede: »Was bezweckst du damit?«

»Mir sind die Hände gebunden. Ich spreche nur Empfehlungen aus. Die Entscheidungen werden anderswo getroffen«, antwortete die Frau verlegen.

»Ich bin die Beste! Das weißt du genau.«

»Du triffst am genauesten. Die Beste bist du nach Ansicht der Vereinsleitung nicht.«

»Worauf kommt es denn bitteschön beim Schießen an, wenn nicht auf das Treffen?«

Der Gesichtsausdruck der Trainerin zeigte ihr, dass sie selbst peinlich berührt war von der Antwort, die sie ihr geben musste. »Auf Disziplin und Gehorsam.«

Natürlich! Das wieder!

»Ah, jetzt verstehe ich.«

Der Gesichtsausdruck der Frau wurde weich.

»Hör mir zu. Ich kann nicht so handeln, wie ich es gerne würde. Wenn die Sprache auf dich kommt, beiße ich auf Granit. Du wirst selbst am genauesten wissen, warum das so ist. Ich hätte jedenfalls dich geschickt.« Damit ließ sie die Trainerin stehen.

Sie knabberte sehr an diesem Vorfall. Am Abend zog sie sich ohne Abendbrot in ihr Zimmer zurück und heulte.

Doch sie war eine starke junge Frau. Ihre Verzweiflung währte nicht lange. Sie benötigte nur diesen einen Abend, um einen Schlussstrich zu ziehen. Am Folgetag beendete sie ihre Karriere als Sportschützin.

Das Regime verzieh ihr das Wegwerfen ihres Talents nicht. Ihre Akte – wenn es so eine gab – schien eine Markierung zu tragen. Einen roten Punkt. Ein Minus. Wie immer sie solche Akten kennzeichneten. Leute stigmatisierten.

Die ganzen nächsten Jahre über war sie gezwungen, gegen Widerstände zu kämpfen, wo andere leicht hindurchspazierten. Nur mit Mühe gelang es ihr nach dem Schulabschluss, einen Studienplatz zu ergattern. Sie wählte Chemie, weil das Fach als schwierig galt und deshalb von ihren Mitschülern gemieden wurde.

Immerhin gab ihr das die Möglichkeit, der Enge des Elternhauses zu entfliehen. Sie zog zu einer Freundin in Halle und schlief die ersten beiden Semester auf deren Wohnzimmercouch. Ein eigenes Zuhause war ihr verwehrt worden.

Ein Schießeisen nahm sie nie mehr in die Hand. Sie hatte abgeschlossen mit diesem Sport, ja, verachtete ihn mittlerweile. Waffen waren für sie zum Sinnbild des Gefängnisses geworden, in das unbequeme Geister eingesperrt wurden. Sie litt unter dem ständigen Gefühl, bespitzelt zu werden. Das empfand jedoch nur sie so. Ihre Freundin winkte ab, wenn sie das Gespräch auf die Stasi und ihre Spione lenkte.

»Das wird maßlos übertrieben«, belehrte sie ihre Mitbewohnerin gerne.

Sie sah es der Freundin nach. Ihr eigenes Schicksal repräsentierte nicht zwangsläufig das, was Otto Normalbürger in dieser DDR begegnete. Wer sich systemkonform und unauffällig verhielt, der entging den allgegenwärtigen Augen des Spitzelapparates. Ein Schuss Glaube an die heile Welt verstellte den meisten Zeitgenossen ohnehin den Blick dafür.

Sie lenkte sich durch ihr Studium ab, arbeitete hart und wurde eine Musterstudentin. Immerhin gelang ihr der drittbeste

Abschluss ihres Jahrgangs. Trotzdem dauerte es lange, bis ihr ein Arbeitsplatz angeboten wurde. In Bitterfeld. Wieder ein Ortswechsel.

Gleich am ersten Tag wurde sie von einem Mitarbeiter der Objektdienststelle des Werkes ermahnt, sich an die Regeln zu halten. Welche, das erwähnte er nicht.

»Mir liegen Auskünfte bezüglich Ihrer Person vor, dass Sie es in jungen Jahren an Engagement für unsere Republik haben vermissen lassen. Hier in Bitterfeld erhalten Sie eine neue Chance, sich zu bewähren. Ich habe Sie im Blick!«

Würde es nie ein Ende haben mit diesen Nachstellungen? Wann würden der rote Punkt oder das Minus von ihrer Akte endlich getilgt?

Immer häufiger träumte sie in den Nächten von einem Mädchen, das bei ihr schlief. Es besaß große, grüne Augen und lockiges, blondes Haar. Vielleicht vier, fünf Jahre alt. Sie hatte ihm eine Puppe geschenkt, die in den Armen des Kindes ruhte, während das Mädchen in ihren Armen schlief.

Regelmäßig wachte sie von diesem Traum auf. Schweißüberströmt.

Ihr eigenes Kind würde jetzt doppelt so alt sein wie dieses Mädchen. Sie wusste nicht mal, ob es ein Mädchen war. Genauso gut konnte es ein Junge sein mit Rotznase und Segelohren. Ganz gleich. Sie spürte die Wunde in ihrem Leben klaffen. An Schlaf war nicht mehr zu denken.

Ihrer Arbeit im Chemiewerk ging sie gewissenhaft und korrekt nach. Sie äußerte sich niemandem gegenüber zu politischen Themen und gab über sich selbst nur das Notwendigste preis. Es schien ihr besser so.

Von Männern hielt sie sich fern. Immer, wenn sie Gefallen an einem Kollegen fand, stiegen die Erinnerungen an Robert und an ihren Vater in ihr hoch. Gleich darauf die Ermahnungen des Kerls von der Objektdienststelle. Was, wenn ein Mann es nicht ehrlich mit ihr meinte und nur ein weiterer Baustein des Beobachtungsrings um sie war? Diese Enttäuschung wollte sie unbedingt vermeiden!

Eine kleine Genugtuung verspürte sie, als sich die DDR 1984 dem Olympiaboykott anschloss. Ihr Jugendtraum, für ihr Heimatland an den Olympischen Spielen teilzunehmen, wäre spätestens jetzt geplatzt. Jedwedes Training für diese Reise wäre umsonst gewesen. Kein Siegertreppchen, kein olympisches Metall für das ach so geliebte Vaterland. Sie feixte in sich hinein. Leid taten ihr nur die Athleten, die kein Forum als Gegenleistung für ihren immensen Einsatz erhalten würden.

In Bitterfeld lebte sie ein einsames, abgeschottetes Leben. Die Jahre schlichen dahin, ohne dass sich etwas daran änderte. Sie wollte es so.

Dann kam der Mauerfall.

Sie verfolgte die entscheidende Verlautbarung von Schabowski zufällig am Fernseher in ihrer Wohnung. Unmittelbar darauf hörte sie das Getrappel der Nachbarn auf dem Flur. Aufgeregte Stimmen drangen zu ihr vor. Die Nachricht war so ungeheuerlich, dass wild spekuliert wurde. Erst nach und nach wurde die Stimmung freudig, ja überschwänglich.

Sie blieb in ihrem Sessel hocken, erstarrt vor der Macht der Ereignisse. Ihr Gehirn glich einem Bienenstock, in dem die Gedanken wie Arbeiterinnen herumsummten. Was bedeutete das? Was bedeutete das für ihr eigenes Leben?

Auf der Straße setzten sich erste Autokorsos in Bewegung. Hupen wurden laut.

Die Menge skandierte Freiheitsparolen. »Wir fahren in den Westen!«

Unschlüssig schaute sie aus dem Fenster und sah dem übermütigen Treiben zu. Sie traute der Informationslage nicht. Zu plötzlich kam hier etwas ins Rollen, das ihre kühnsten Träume überstieg. Hatte die Freiheit bei der DDR angeklopft? Nach so langer Zeit?

Sie schaltete den Fernseher auf ein Westprogramm um. Tatsächlich. Die ersten Trabbis warteten vor den Schranken der Grenzübergänge in Berlin. Die Soldaten wirkten völlig überfordert mit der Situation. Gestern noch, ja heute Morgen noch, hatte für sie der Schießbefehl gegolten. Welcher Befehl galt nun?

Es wurde ein langer Abend. Langsam reifte in ihr das Bewusstsein, dass sie Zeitzeugin eines historischen Ereignisses war. Gebannt sah sie den Mauerspechten zu, wie sie mit primitivsten Werkzeugen Bröckchen aus dem Grenzwall schlugen, Andenken an diesen großartigen Tag.

Schon an diesem Abend wusste sie, dass sie ihre Heimat baldmöglichst gen Westen verlassen würde.

# Zeugenaussage geprobt

Irgendwann hatte sich Lotte so weit gefasst, dass wir die Fahrräder weiterschoben. Auf demselben Weg, der uns hergeführt hatte, brachten wir sie nach Werder zurück. Wir fanden ein Fahrradgeschäft und man sicherte uns zu, dass wir Lottes fahrbaren Untersatz gegen Abend abholen könnten.

Wir aßen in Werder bei einem Italiener zu Mittag.

»Mir lässt diese Aussage keine Ruhe, Sigi«, vertraute mir Lotte an, nachdem wir gewählt hatten. »Kannst du nicht mit mir üben?«

Das war ein seltsames Ansinnen. Eine Aussage auf Probe. Nun ja: Durfte ich das meiner verständlicherweise schockierten Gattin abschlagen?

»Versuchen wir's. Fang einfach da an, wo du diese schwarze Gestalt das erste Mal gesehen hast. Und dann erzähle der Reihe nach. Einfach alles, was dir einfällt.«

»Das war so: Du warst ja mit Flicken beschäftigt und ich bin losgetapert. Ziellos zunächst. Dann wollte ich noch mal die erste Reihe der Häuser am Havelufer entlanggehen und sie mir genauer ansehen. Noch bevor ich auf die Straße eingeschwenkt bin, habe ich diese verdächtige Person gesehen. Sie kam aus Richtung des kleinen Strandes und ging die Straße in derselben Richtung entlang, in die ich geplant hatte, meinen Rundgang fortzusetzen.«

»Hast du das Gesicht erkennen können?«, hakte ich ein.

»Nein. Leider. Ich befand mich schräg hinter der Person und konnte aus meiner Warte nicht mal das Profil sehen. Sie hatte ja die Kapuze des Shirts übergestülpt. Da hättest du drunter sein können – ich hätte dich auf diese Entfernung nicht erkannt.«

»Wie viel Meter Abstand lagen denn zwischen euch?«

»Na, so dreißig, vierzig, schätze ich.«

»Bist du irgendwann näher zu diesem Verdächtigen aufgeschlossen?«

»Nein. Ich wollte ja nicht entdeckt werden.«

»Und? Bist du entdeckt worden?«

»Als diese schwarze Figur Anstalten machte, sich umzusehen, habe ich mich schnell hinter einem Busch versteckt. Ich glaube nicht, dass ich gesehen worden bin.«

»Wie ging es weiter?«

»Der oder die Schwarze ging irgendwann zu dieser Villa, wo die Frauen ermordet worden sind und hat geklingelt. Richtig, das fand ich merkwürdig: Zuvor hat die Person sich in alle Himmelsrichtungen umgedreht, als wollte sie sicherstellen, nicht beobachtet zu werden. In diesem Moment bin ich hinter dem Busch in Deckung gegangen. Als jemand öffnete, verschwand die schwarze Gestalt blitzschnell im Haus. Eine Minute später bin ich aus meinem Versteck gekrochen.«

»Als sich dieser Jemand umgeschaut hat – konntest du da mehr vom seinem Gesicht sehen?«

»Nein. Nur, dass eine dicke Sonnenbrille auf der Nase saß. Ich habe bloß ganz kurz gespingst, denn ich hatte ja Angst, dort hinter meinem Busch.«

»Guckte keine Haarsträhne vor? Hast du einen Eindruck vom Alter bekommen?«

»Nein, Sigi. Du stellst mir vielleicht Fragen. Will Staudinger das morgen auch alles von mir wissen?«

»Möglich. Ich kenne seine Arbeitsweise nicht.«

»Bullen«, schimpfte Lotte genervt. Dann merkte sie, dass sie damit genauso ihren Mann verunglimpfte. »Entschuldigung, Sigi. Das war unbedacht von mir. Mach ruhig weiter.«

»Bulle« war eine eher harmlose Vokabel im Umgang mit Polizisten. Damit tituliert zu werden, war ich gewohnt. Hätte Lotte sich nicht entschuldigt, wäre mir das kaum aufgefallen.

»Hast du gesehen, wer geöffnet hat?«, setzte ich die Probeanhörung fort.

»Nein.«

»War es eine der beiden Frauen oder jemand anderes?«

»Ich sagte doch: nein!«

»Drang die verdächtige Person mit Gewalt ein oder wurde sie ohne Umstände reingelassen?«

»Sie wurde widerstandslos hineingelassen.«

»Konntest du das genau beobachten?«

»Ja. Sie ging einfach so ins Haus hinein.«

»Etwa mit vorgehaltener Waffe?«

»Weiß nicht …«

»Streng dich bitte an.«

»Mein Eindruck war, dass er nichts in der Hand hielt.«

»Er?«

»Oder sie. Sigi, du nervst! Ich kann immer noch nicht sagen, ob Männlein oder Weiblein unter der Kapuze steckte. Und es wird mir bestimmt nicht einfallen bis morgen.«

Ich war unbewusst in meine alltägliche Berufsroutine gefallen – das merkte ich jetzt. Bohren, noch mal bohren, nachbohren … zu engagiert, um als »Probe« durchzugehen. Aber schließlich hatte mich Lotte darum gebeten. Ersparen würde ihr Staudinger nichts.

Als unsere Pizzen kamen, hatten wir die Vorwegnahme der bevorstehenden Zeugenaussage längst aufgegeben. Meine Allerbeste war wegen meines forschen Umgangs mit ihr verschnupft, ich hatte keine Lust, vorab Missstimmungen für die Fragen meines Kollegen zu riskieren. Sollte doch Staudinger auf der Antipathie-Skala meiner Göttergattin ins bodenlose sinken.

Nach dem Essen wurde Lotte nachdenklich. »Was haben die beiden Frauen bloß angestellt, dass sie ermordet wurden?«

»Das herauszufinden sollten wir wirklich der hiesigen Polizei überlassen. Gehen wir noch etwas spazieren.«

Ich zahlte und schob mein Fahrrad hinter Lotte her zum Schuppen bei unserer Unterkunft. Dort stellte ich es ab, hakte meine Angetraute unter und wir schlenderten in einem weiter gesteckten Bogen als gestern am Ufer der Insel entlang.

Unser Weg führte an einer Kleingartenanlage vorbei, die mich an Zuhause erinnerte. Wir kamen am Bootsanleger raus, den wir bereits von unserem gestrigen Inspektionsgang kannten.

»Ob Frauke gut zurückgekommen ist?«, sorgte sich Lotte aus heiterem Himmel.

»Warum sollte sie nicht? Sie hat bloß ihre Tablette vergessen.«

»Trotzdem. Vielleicht fragen wir sie, ob sie diese schwarze Gestalt auch gesehen hat. Vielleicht ist Frauke ihr auf ihrem Rückweg begegnet.«

»Na ja, warum nicht. Wir können ja mal im Hotel nachhören.«

Ein wenig neugierig hatte mich Lotte mit ihrer Andeutung gemacht – das will ich zugeben.

Wir nahmen den kürzesten Weg zur Unterkunft der Lindemanns.

An der Rezeption trafen wir niemanden an. Ich schlug mit der Faust auf die Glocke. Erst lange nach meinem Klingeln erschien ein beflissenes Männchen, einen Kopf größer als ein Dackel.

»Guten Tag die Herrschaften. Was kann ich für Sie tun?«

Lotte reagierte als Erste.

»Guten Tag. Wir suchen die Familie Lindemann.«

Das Männchen sah verblüfft über den Tresen. »Die sind überraschend abgereist.«

»Wann war das etwa?«, fragte ich.

»Vor ungefähr einer halben Stunde.«

Lotte staunte nicht schlecht. »Davon hat Frauke Lindemann heute Morgen gar nichts erzählt. Ist etwas Schlimmes passiert?«

»Über die Gründe für ihre plötzliche Abreise weiß ich nichts. Und wenn, dürfte ich Ihnen – Sie werden verstehen –, keine Auskunft geben.«

Meiner Holden stand die Enttäuschung ins Gesicht geschrieben. Gerne hätte sie ihrer neuen Bekannten davon erzählt, was wir heute Morgen durchgemacht hatten, was speziell sie durchgemacht hatte. Jetzt fand sie keinen Abnehmer für ihre Story.

»Das ist aber schade. Tja, kann man nichts machen.«

»Darf ich fragen, in welcher Beziehung Sie zu den Lindemanns stehen?«, erkundigte sich die Zwergenausgabe eines Rezeptionisten.

»Sie stammen wie wir aus Essen.«

»Das trifft sich gut. Wissen Sie, die Lindemanns haben bei

ihrer überstürzten Abreise nämlich etwas bei uns vergessen. Meine Frau hat vorhin die Betten abgezogen und dabei einen Damenrasierer gefunden. Der muss den Lindemanns gehören. Macht es Ihnen etwas aus, den mit nach Hause zu nehmen und bei Ihren Bekannten abzugeben? Das spart uns und denen das Porto.«

Ich wollte gerade einwerfen, dass unsere Bekanntschaft nicht unbedingt eng sei, da sagte Lotte bereits begeistert zu: »Gerne. Dann kann ich Frauke demnächst besuchen.«

Das beflissene Männlein verschwand kurz und kehrte mit dem Fundstück zurück. Er drückte meiner Angetrauten das Teil in die Hand.

»Hier, bitte. Sie erweisen uns damit wirklich einen Gefallen. Paket packen, zur Post bringen … So ist es leichter. Immer den kürzesten Weg nehmen, sage ich gerne.«

Wir verabschiedeten uns und traten auf die Straße. Einen Moment blieben wir ratlos vor dem Eingang des Hotels stehen.

Lotte fasste sich schneller als ich.

»Da stimmt doch was nicht.«

Ich pflichtete ihr bei. »Merkwürdig ist das schon. Da war heute Morgen noch keine Rede von. Frauke wäre doch niemals mit uns losgezogen, wenn sie etwas von der bevorstehenden Abreise geahnt hätte.«

»Weißt du, was mir gerade durch den Kopf geht?« Große Augen musterten mich.

»Nein – du wirst es mir bestimmt gleich anvertrauen.«

»Frauke trug doch schwarze Klamotten, als wir los sind.«

Recht hatte sie. »Ich erinnere mich.«

»Genau. Oberteil und Hose in Schwarz. Kannst du dir denken, was ich denke?«

Ich strich mir übers Kinn. »Sei bitte vorsichtig mit solchen Verdächtigungen, Schatz. Es ist nicht immer so, wie es aussieht.«

»Überleg doch mal. Sie begleitet uns, erfindet ein Märchen von einer Herzpille und macht sich unter unseren Augen auf den Weg zurück. Sie kann ja nicht ahnen, dass uns der Platten so lange in Wildpark West festhält. Als sie glaubt, dass wir längst kilometerweit fort sind, kehrt sie zurück. Sie stülpt sich die Kapuze über und setzt eine Sonnenbrille auf. Dann geht sie zur Villa und ermordet die beiden Frauen. Frauke steigt aufs Fahrrad und macht sich aus dem Staub. Passt doch, oder?«

»Wo hatte sie die Waffe her? Du erinnerst dich: Auf ihrem Fahrrad waren keine Packtaschen.«

»Was weiß ich? Vielleicht hatte sie die Knarre gestern schon irgendwo versteckt. Lindemanns kannten schließlich den Weg über die Eisenbahnbrücke bereits. Sie waren vor uns schon mal dort.«

Sollte alles so einfach sein? Lotte sagte morgen in Potsdam aus und lieferte gleich die Täterin mit?

»Hättest du diese schwarze Gestalt, wie du sie immer nennst, bereits vorher gekannt: Hättest du nicht gleich gewusst, wen du vor dir hast?«

Meine Hobbydetektivin ließ sich nicht aus dem Konzept bringen. »Dafür war ich zu weit weg. Von der Figur her hätte es jedenfalls Frauke sein können.«

Na schön. Das würde ich mir später genauer durch den Kopf gehen lassen. Wichtiger war mir für hier und jetzt etwas anderes: »Lotte, bitte behalte das morgen für dich! Wenn sie in Essen um Unterstützung nachfragen, um Fraukes Alibi zu prüfen und Gelbarth erfährt, dass meine Frau die Zeugin ist, weißt du, wie lange dann unser Urlaub hier noch dauert? Der beordert mich zurück, sobald die Leitung frei ist.«

Das war meinem Chef zuzutrauen. Der Heißsporn hielt nicht viel von den Arbeitnehmerrechten seiner Mitarbeiter.

Immerhin brachte ich Lotte zum Nachdenken. »Ach so. Daran habe ich jetzt wirklich zuletzt gedacht. Aber an meiner Theorie ist doch was dran, oder?«

Meine Stirn lag in Falten, das spürte ich genau.

»Wir machen es so, Schatz. Von zu Hause rufe ich diesen Staudinger nächste Woche an und frage ihn nach dem Stand seiner Erkenntnisse. Dann kann ich immer noch reagieren.«

»Einverstanden. Trotzdem: Könnte es Frauke gewesen sein?«

»Natürlich. Du aber auch!«

Lottes Gesicht war ganz Unverständnis. »Wie bitte?«

»Nimm nicht ernst, was ich jetzt sage. Ich konstruiere nur ein bisschen herum, wie Polizeibeamte das gelegentlich tun. Nehmen wir zum Beispiel an, du hast die schwarze Gestalt lediglich erfunden. Um von dir selbst abzulenken. Du gehst zur Villa und klingelst. Dir wird aufgemacht. Du nennst irgendeinen Vorwand. Die Frauen kennen dich nicht und nehmen dich arglos mit in ihr Wohnzimmer. Dort ziehst du einen Ballermann aus der Tasche. Peng. Peng. Umgenietet. Dann flüchtest du durch die Hintertür und kehrst zu mir zurück.«

»Und warum haben wir die Schüsse erst später gehört? Als ich längst bei dir war?«

»Das haben wir erfunden, um die Polizei zu täuschen.«

Lotte wurde heftig. »Du warst doch dabei, das Fahrrad zu flicken. Hunderte Meter entfernt. Da hat es erst geknallt.«

»Gibt es dafür Zeugen?«

»Mich!«

»Wir verschaffen uns als Ehepaar also gegenseitig ein Alibi? Das würde jeden Staatsanwalt in Verzückung versetzen.«

»Ich hatte doch überhaupt nichts Schwarzes an.«

»Bisher bist du die Einzige, die diese schwarze Gestalt gesehen haben will. Erinnere dich: Dass sie erfunden ist, war Ausgangspunkt dieses Gedankenspielchens.«

»Du spinnst doch!«, giftete Lotte.

Ich merkte, dass ich es zu weit getrieben hatte. Es wurde Zeit, meiner Gattin die Intention meines hypothetischen Tathergangs nahezubringen.

»Natürlich ist das konstruiert. Ich möchte dich nur warnen, Schatz. Die Realität ist allzu oft viel komplizierter als jedes Buch. Wissen wir, was Staudinger für einer ist? Wissen wir, was in seinem Kopf alles vorgeht? Versprich mir bitte, dich morgen auf eine reine Beschreibung dessen zu beschränken, was du wirklich gesehen hast. Behalte alles Spekulative für dich. Glaube mir: Das ist für den Moment besser so. Und Frauke, wenn sie es tatsächlich gewesen sein sollte, läuft uns nicht weg. Dafür stehe ich gerade.«

Lotte kühlte herunter. »Einverstanden. Aber ich habe trotzdem so ein Gefühl, dass an meinem Verdacht etwas dran ist.«

Himmel! Das war kein gutes Zeichen. Schon jetzt wusste ich, dass mir der Verdacht meiner Holden noch nachlaufen würde.

# Zeugenaussage real

Natürlich waren wir mit unserem Gespräch über den Doppelmord noch nicht zu Ende. Lotte schwankte zwischen der Aufarbeitung der Bilder von den beiden Toten, Tatszenarien und Plänen, wie sie Frauke Lindemann auf die Spur kommen könnte. Ich hielt mich bedeckt, bremste sie in ihren kühnsten Fantasien und ihrem detektivischen Eifer. Ganz wirklich gelang mir das zugegebenermaßen nicht.

Am Abend holten wir wie vereinbart das geflickte Fahrrad ab. Der Kurs war günstig. Zufrieden schoben wir es zurück zu unserem Quartier und stellten es neben meinem im Schuppen ab. Wir beschlossen, am nächsten Tag als Pedalritter nach Potsdam zu fahren.

Lotte rief nach dem Abendessen, das wir diesmal in unserer Ferienwohnung einnahmen, Lucy an. Sie erzählte ihr von dem unwirklichen Erlebnis und verabredete sich mit ihr um ein Uhr am Hauptbahnhof. Bis dahin, hoffte sie, wäre sie mit ihrer Aussage fertig. Einen Fernsehfilm später, dessen Handlung wahrscheinlich keiner von uns richtig mitbekam, plumpsten wir erschöpft in die Federn.

Die Fahrradtour nach Potsdam führte an der Villa in Wildpark West vorbei. Das Grundstück war mit Flatterband abgesperrt, an der Haustür prangte das Siegel der Polizei. Ansonsten herrschte dieselbe Stille wie gestern Morgen. Mord und Alltag – oft liegen sie so nah beieinander!

Unser Weg führte an viel Wasser vorbei. Immer wieder sahen wir ähnlich luxuriöse Immobilien wie die, in der die Gewalttat verübt worden war. Dazwischen Wassersportvereine und Campingplätze. Das Sonnenlicht mogelte sich durch üppiges Grün. Eine perfekte Idylle. Eine Gegend, um auszuspannen. Und was erwartete uns?

Je näher wir der Polizeidienststelle kamen, desto wortkarger wurde Lotte. Als wir sie erreichten, betrat sie das mit einer klassizistischen Fassade geschmückte Gebäude wie ein Mäuschen. Wir fragten uns durch und fanden schließlich Staudinger. Zwanzig Minuten zu früh, denn die Tour mit dem Fahrrad hatten wir nicht exakt einschätzen können.

Trotzdem schien mein Brandenburger Kollege bereits auf uns gewartet zu haben. Er stand von seinem Schreibtisch auf und begrüßte uns mit Handschlag.

»Ah, die Sieberts aus Essen. Treten Sie näher, bitte.«

Staudinger rückte Lotte und mir einen Stuhl zurecht.

»Kaffee, Wasser?«

Meine Angetraute fühlte sich äußerst unwohl - das sah ich ihr an. Man lernt über die Jahre, im Gesicht des Partners zu lesen.

Staudinger gab sich alle Mühe, die Situation zu entspannen. Als die Sprache auf die schwarze Gestalt kam, bohrte er bis ins Detail nach. Weiter, als ich es mich bei unserer »Probe« gestern getraut hatte.

»Mit dem Abstand eines Tages noch einmal bitteschön die Frage: Waren an dem Kapuzenshirt oder an der Hose irgendwelche Abzeichen aufgenäht, etwa Markenembleme, Streifen oder Wappen von Vereinen?«

Lotte antwortete die ganze Zeit über ungewöhnlich einsilbig. »Nein.«

»Die Sachen waren also komplett schwarz? Uni schwarz?«

»Ja.«

»Das ist bei Sportbekleidung eher ungewöhnlich, finde ich. Sie sagten vorhin, es habe sich um die typische Kleidung von Sportlern gehandelt.«

»Trotzdem. Ich habe nichts Derartiges erkennen können.«

»Erkennen können … mmh … Heißt das, da war nichts oder heißt das, ihr Abstand war zu groß.«

Die Arme wurde unsicher. »Nun, ganz ausschließen kann ich es nicht. Ich habe nur das Profil gesehen, später den Rücken. Auf dem Rücken des Kapuzenshirts war nichts – das kann ich beschwören.«

»Nun, schwören müssen Sie nicht gleich. Die Kapuze hatte die Person aufgesetzt?«

»Ja.«

»Was trug die Person für Schuhe?«

»Sportschuhe.«

»Welche Farbe?«

»Puuh«, stöhnte Lotte. Würde sie sich heute genauer erinnern? Tatsächlich! »Hell waren sie auf jeden Fall. Weiß aber nicht.«

»Männerschuhe oder Damenschuhe?«

»Ich hatte den Eindruck, es wäre eher eine Frau.«

Mensch Lotte! Gehen doch die Pferde mit dir durch! Wie erkennt man so was an Sportschuhen?

Staudinger schien meinen unausgesprochenen Gedankengang zu teilen. Er fixierte seine Zeugin mit einem stechenden Kriminalisten-Blick.

»Was veranlasst Sie zu dieser Vermutung?«

Lotte rutschte unsicher auf ihrem Stuhl herum. Obwohl Staudinger sich bemühte, neutral zu wirken, bemerkte ich das

Lauern in seiner Miene. Tja, meine Gute. Du bist in die Hände eines Profis geraten!

»Die Bewegungen irgendwie«, stotterte Lotte.

»Können Sie diese Bewegungen beschreiben?«

»Wie jetzt?«

»Federnd, elastisch? Oder plump, schleifend? Oder energisch, zielstrebig?«

»Ja.«

»Was, ja?«

»Zielstrebig.«

»Die Person hat also keinen Moment gezögert, zur Villa zu gehen?«

»Nein.«

»Sie ist direkt zur Haustür gegangen, zielstrebig, wie Sie sagen, und hat geklingelt?«

»Nicht ganz. Kurz vorher blieb sie stehen und hat sich nach allen Seiten umgeblickt.« Lotte erzählte von ihrem Versteck hinter dem Busch und von der Sonnenbrille.

»Aha. Stammt daher Ihr Verdacht, dass es sich bei der Person um den Mörder handelt?«

»Ja. Irgendwie schon.«

»Wer hat geöffnet?«, änderte Staudinger die Richtung seiner Befragung.

»Eine Frau.«

Das war wieder ein Detail mehr als gestern. Stimmte das, oder spekulierte Lotte, weil wir sonst niemanden in der Villa angetroffen hatten?

»Die Ältere oder die Jüngere?«

»Ich habe sie nur als Leichen gesehen«, protestierte Lotte empört.

Staudinger reagierte mit Fingerspitzengefühl. »Entschuldigung. Alte Berufskrankheit von mir. Immer vergesse ich, dass unsere Zeugen weniger wissen als wir. Ich habe hier zwei Fotos.«

Zum Glück waren es keine Fotos der Toten, die uns der Kollege jetzt vorlegte. Aus einem der Bilder sah uns eine streng dreinblickende, etwa siebzigjährige Frau an, aus dem anderen eine stolze, etwas hochnäsig wirkende, hochbetagte Dame.

»Die war's«, Lotte zeigte auf die Strenge.

»Anna Frotzscher. Die andere ist ihre Mutter«, erläuterte Staudinger.

Meine berufsbedingte Neugier erwachte. »Was waren das für Frauen?«

»Der Mann von Anna Frotzscher war ein hohes Tier in der Partei. Gerade so hoch, dass er nach der Wende nicht behelligt wurde. Ein Stück älter als sie. Seine Geschäftchen hat er nach der Wiedervereinigung weiter betreiben können. Daher stammt der Wohlstand der Familie, Villa am Wasser und so.«

»Liegt in seiner Stellung und seinen Geschäften ein mögliches Motiv für den Täter?«

»So weit sind wir lange nicht. Dagegen spricht, dass Frotzscher vor vier Jahren verstorben ist. Wer sollte also etwas davon haben, wenn er seine Familie aus dem Weg räumt?«

Nickend stimmte ich zu. Um dem Alten zu schaden, waren seine Frau und ihre Mutter nicht beseitigt worden.

Staudinger wandte sich erneut Lotte zu. »Hat die verdächtige Person etwas getragen? Wenn sie der Mörder ist, muss sie eine Waffe bei sich geführt haben. Es ist unwahrscheinlich, dass die Pistole aus dem Haus stammt.«

Lottes Gesicht hellte auf. »Ja. Eine Umhängetasche. Jetzt erinnere ich mich. Zunächst konnte ich sie nicht sehen, denn die Schwarze trug sie auf der rechten Körperseite, von mir abgewandt. Als ich zurückblieb, um sie vom Versteck hinter dem Busch weiter zu beobachten, sah ich die Tasche dort herunterbaumeln.«

Jetzt sprach Lotte von der verdächtigen Person schon in weiblicher Form. »Die Schwarze, um sie zu beobachten.« Wo sollte das enden?

Der Kollege zeigte sich davon unbeeindruckt. Konsequent setzte er die Befragung fort. »Beschreiben Sie bitte die Tasche. Größe, Form, Material, Farbe.«

»Das war mehr so ein Einkaufsbeutel. Aus Baumwolle, schätze ich. So typisch Öko-weiß, wie ich das nenne. Eine, die man gelegentlich geschenkt bekommt. Und ehe Sie danach fragen: Ich konnte keinen Aufdruck erkennen.«

»Noch etwas: Hatten Sie den Eindruck, dass Frau Frotzscher ihren Besucher kannte?«

»Eigentlich ja. Sie sprachen kein Wort miteinander. Ein kurzes Zögern vielleicht, wie, wenn man sich lange nicht gesehen hat. Eine Überraschung. Die beiden sind eigentlich ziemlich schnell im Haus verschwunden. Ich meine, wenn man jemanden, der anschellt, nicht kennt, dann fragt man doch zuerst mal nach seinem Namen und was er will. Dann würde es definitiv länger dauern.«

»Frau Frotzscher hat den Besucher trotz der Sonnenbrille erkannt?«

»Nein. Vor dem Klingeln hat die Schwarze ihre Brille abgenommen.«

»Und es wurde wirklich nicht gesprochen? Keine Umarmung oder so was? Die verdächtige Person wurde, nach einem kurzen Überraschungsmoment, wie Sie meinen, anstandslos hineingelassen?«

»Genau.«

»Spricht dafür, dass die Besuchte ihren Besucher spontan erkannt hat«, sinnierte Staudinger. »Herauskommen haben sie diesen Besucher nicht gesehen?«

»Ich war beruhigt, dass man der Schwarzen geöffnet hat und es anscheinend keine Diskussionen gab. Damit war die Sache für mich erledigt. Ich bin zu Sigi – also meinem Mann – zurück, um zu schauen, wie weit er mit dem Fahrradschlauch ist.«

»Fällt Ihnen noch irgendetwas zu der verdächtigen Person ein, das bisher nicht zur Sprache gekommen ist?«

»Nein. Mir fällt sonst nichts mehr ein.«

Staudinger sah mich an. »Und dann fielen die Schüsse?«

»Ja«, antwortete ich. »Zwei Schüsse, vom Klang her Pistolenschüsse. In relativ kurzem Abstand, wenn man bedenkt, dass der Mörder dazwischen neu gezielt hat. Das zweite Opfer muss stillgestanden haben, vielleicht vor Schreck. Sonst wäre es nicht möglich gewesen, einen derart platzierten Schuss abzugeben.«

»Dann beschreiben Sie mir jetzt bitte, wie es weiterging.«

Lotte war sichtlich froh über die Pause. Ausnahmsweise überließ sie das Reden gerne mir.

Ich berichtete, wie wir uns der Villa genähert hatten und was dort vorgefallen war. Dabei ließ ich kein Detail aus, schließlich wusste ich, worauf es ankam.

Staudinger war sofort zufrieden mit meiner Aussage.

»Prima. Dann wären wir so weit fertig. Nur noch eine Kleinigkeit: Haben Sie am Tatort etwas berührt?«

»Ich nicht. Meine Frau hat die Schiebetür angefasst, als sie mir ins Haus gefolgt ist.«

Staudinger fixierte Lotte, die auf ihrem Stuhl immer kleiner wurde.

»Die Tür ist also bewegt worden, nachdem der Täter die Flucht angetreten hat?«

»Ja. Aber nur ein ganz kleines bisschen«, wisperte Lotte schuldbewusst.

»Der Spalt schien mir immer noch verdammt eng, als ich ihn in Augenschein genommen habe. Entweder, der Flüchtende hat die Schiebetür hinter sich zugezogen oder er besitzt eine wirklich schlanke Statur. Wundert mich, dass Sie durchgepasst haben, Herr Siebert. Dieses Detail spricht ein klein wenig dafür, dass eine Frau als Täterin infrage kommt.«

Ich sah Lotte an, dass sie mit »Sag ich doch« antworten wollte. Zum Glück beherrschte sie sich.

»Der Mörder muss nicht in den Garten geflohen sein«, merkte ich an.

Staudinger fuhr mit dem ausgestreckten Zeigefinger über den Nasenrücken.

»Ausschließen sollten wir das nicht. Mir scheint es jedoch wahrscheinlicher, als dass er durch die Haustür verschwunden ist. Vielleicht finden wir ja eindeutige Spuren am Türrahmen. Apropos. Ich werde jetzt einen Kollegen holen, der Ihre Fingerabdrücke und Speichelproben nimmt.«

»Ich bin doch kein Verbrecher«, protestierte Lotte.

»Ich kann Sie nicht zwingen. Besser wäre es für uns, wenn wir Ihre Spuren am Tatort von denen des Mörders unterscheiden könnten«, klärte der Brandenburger Kollege meine Göttergattin auf.

»Wärest du nur draußen geblieben, wie ich es dir gesagt habe.«

Der Tadel in meiner Stimme fiel selbst Staudinger auf.

»Ist nicht schlimm. Eine Spur mehr. Damit können wir leben«, versicherte er seiner Zeugin.

Schnaufend ging Lotte über meine Zurechtweisung hinweg. Mit Todesverachtung ließ sie den Polizisten, den Staudinger dazuholte, mit dem Wattestäbchen in ihrem Mund herumfahren. Dann wurden ihr die Fingerabdrücke abgenommen. Anschließend traf die Prozedur mich. Erledigt.

»So, meine Herrschaften. Das wär's für's Erste. Ihre Heimatadresse hätte ich noch gerne – ja, und eine Telefonnummer, unter der sie erreichbar sind.«

»Meine Handy-Nummer haben Sie bereits«, erinnerte ich Staudinger.

»Stimmt. Am besten geben Sie uns außerdem Ihren Dienstanschluss. Falls Rückfragen erforderlich werden.«

Geduldig diktierte ich Staudinger das Verlangte. Er machte seinen Job ganz gut, fand ich.

Wir verabschiedeten uns und traten ins Freie – Lotte merklich erleichtert, dass es überstanden war.

»Was ihr den Leuten so alles zumutet«, meckerte sie und nahm damit die Kriminalpolizei auf der ganzen Welt in Sippenhaft.

Ich bemühte mich um Sachlichkeit. »Hast du gemerkt, was dir über Nacht noch so alles eingefallen ist?«

»Ja. Passiert euch das häufiger mit Zeugen?«

»Oft. Im Abstand eines Tages treten die Einzelheiten deutlicher hervor. Es ist schon passiert, dass sich Leute erst Wochen später an Kleinigkeiten erinnern, die uns weiterbringen.«

Lotte gab Ruhe. Ihr Bedarf, Einblicke in die Arbeit von Kriminalpolizisten zu nehmen, war offensichtlich gedeckt.

# Endlich Urlaub

Obwohl wir viel zu früh dran waren, stiegen wir auf unsere Räder, die vor dem Polizeigebäude auf uns warteten, und fuhren zum Hauptbahnhof. Eine halbe Stunde warteten wir auf den Zug, mit dem Lucy ankommen sollte. Und dann noch eine Viertelstunde, weil er Verspätung hatte.

An einem Zeitungskiosk studierte ich die Schlagzeilen des Tages. Der Doppelmord hatte es auf die Titelseiten geschafft. Ich kaufte ein Blatt und überflog den Artikel. Irgendetwas stimmte mit diesem Verbrechen nicht. Ich las »... von vorne aus geringer Distanz erschossen ...« Genau! Wer traf sein Opfer mit einer Pistole mitten in die Stirn, ohne sie aufzusetzen? Um die Einschusslöcher herum hatte ich jedenfalls keine der dafür markanten Spuren entdeckt. Wer besaß die Kaltblütigkeit, einer Frau beim Morden in die Augen zu sehen? Wer brachte es fertig, unmittelbar danach sein zweites Opfer auf die gleiche Weise umzubringen? War es nur Kaltblütigkeit? Oder mischte sich schierer Hass darunter? Die Treffgenauigkeit, von der ich mich in der Villa selbst kurz überzeugt hatte, besaß etwas Professionelles.

Auf einer Bank am Gleis sitzend, diskutierten Lotte und ich den Artikel, den ich ihr ausschnittweise vorlas. Dann hatten wir die Nase endgültig voll von dem ganzen Vorfall. Hoffentlich stellten die Pressefritzen demnächst nicht uns als Zeugen nach, um Material für ihre Blätter zu sammeln. Wir waren zur Erholung hier und nicht, um Ermittlungen zu betreiben. Sollte Staudinger sich darum scheren.

Endlich fuhr der erwartete Zug ein. Lucy sprang als erster

Fahrgast auf den Bahnsteig. Sogleich entdeckte sie uns und winkte uns freudig zu.

Waren wir froh, unser Kind endlich in die Arme schließen zu dürfen! Zuerst war Lotte mit Drücken dran, anschließend ich. Das war seit jeher die übliche Reihenfolge bei Sieberts.

»Ist das schön, euch hierzuhaben«, jubelte Lucy.

»Wir sind auch super glücklich«, flötete Lotte mit künstlich höher geschraubter Stimme. Wie man mit einem Baby spricht – dachte ich. Bei seltenen Gelegenheiten fiel meine Beste in diesen Tonfall zurück.

Unser erster Weg führte in eine urige Gaststätte, wo Lotte und ich uns richtig die Bäuche vollschlugen. Mit dem Menü des Tages. Lucy dagegen aß wie ein Spatz.

»Du musst mehr essen, Kind«, ermahnte sie die Mutter mit besorgtem Gesichtsausdruck.

»Ich esse genug«, war die Antwort und damit hatte sich das Standardthema für diesen Besuch.

Während der Mahlzeit und beim abschließenden Kaffee erzählte uns unsere Kleine von ihren Fortschritten beim Studium. Hörte sich alles ganz passabel an. In einem Fach hinkte sie etwas hinterher, in einem stand das Klausurergebnis noch aus. Schien zu laufen. Von unserem Geld, wie ich nochmals anmerken muss. Das kann ich mir nicht verkneifen. Was anderes als Berlin kam für unsere Tochter nie infrage.

Nach dem Bezahlen unternahmen wir einen Spaziergang durch Potsdam. Lotte und ich schoben unsere Fahrräder durch die Fußgängerzone, während Lucy uns dies und das erklärte. Wir schlenderten die Brandenburger Straße entlang aufs Brandenburger Tor zu. Tatsächlich, staunte ich – auch in Potsdam gibt es ein Monument dieses Namens. Dahinter hielten wir uns rechts und erreichten den Park von Schloss Sanssouci.

Gleich am Eingang ketteten wir die Räder fest und folgten unserer Tochter, die ihren Job als Fremdenführerin fortsetzte. Wir kannten die Parkanlagen und das Schloss bereits von einem früheren Besuch, aber Lucy war als Studentin der Kunstgeschichte über Details informiert, über die wir achtlos hinweggesehen hätten. Unser Weg führte vorbei am verspielten Chinesischen Haus mit den lebensgroßen goldenen Figuren, den Römischen Bädern und Schloss Charlottenhof, dann in großem Bogen zum Neuen Palais und zurück zu den Fahrrädern. Unterwegs setzten wir uns einmal auf eine Bank, später in ein Café.

Lucy erkundigte sich nach dem Doppelmord, von dem ihr Lotte gestern am Telefon erzählt hatte. Ihre Mutter ergriff die Gelegenheit, sich alles von der Seele zu reden. Ein wenig verdrehte sie dabei bereits die Tatsachen, wie ich fand. Hauptsache, sie wurde es los.

»Wie wird die Polizei jetzt vorgehen?«, fragte Lucy mich.

Ich war völlig perplex. Für meine Arbeit hatte sich unsere Kleine bisher nie interessiert.

Ich spürte förmlich, dass ich wuchs, als ich ihr antwortete: »Sie wird die Spuren vom Tatort auswerten. Fingerabdrücke, DNA, Fußabdrücke. Die ballistische Untersuchung wird Aufschluss über den verwendeten Waffentyp geben. Man wird potenzielle Zeugen nach der schwarz gekleideten Person befragen, die Mama gesehen hat. Dann wird man das Umfeld der beiden Frauen abklopfen. Ob jemand ein Motiv für die Tat besitzt, ob sie Feinde hatten. Staudinger wird Alibis überprüfen. Das ganze Programm eben.«

»Wie wahrscheinlich ist es, dass sie ihn kriegen?«

»Die Aufklärungsquote bei Mord ist recht hoch. Ich gehe davon aus, dass sie den Täter finden.«

»Tut es dir leid, nicht mitmischen zu dürfen?«

Hörte ich da feine Ironie mitschwingen?

»Ich bin zum Urlaub machen hier. Wechseln wir das Thema«, gab ich etwas verschnupft zurück.

Lucy legte ihre Hand auf meinen Unterarm. »Mensch Paps. Meinst du, du könntest deinen Frauen was vormachen?«

Sie lächelte mich dabei so verständnisvoll an, dass ich zurücklächeln musste. Lotte komplettierte die Dreierrunde.

Ich hänge wirklich sehr an meiner Familie.

Die Mädels kehrten zu ihren Mutter-Tochter-Gesprächen zurück. Einmal mehr war ich bei diesem Redeschwall abgeschrieben. Meine Gedanken schweiften vom Gehörten ab und ich sah stumpf in den Park hinein. Das letzte Mal waren wir drei während der Sommerferien hier gewesen. Jetzt, im späten April, war die Vegetation noch nicht allzu üppig, sodass die ganze Anlage weniger grün wirkte, als ich sie in Erinnerung hatte. Solange Lucy in Berlin lebte, würde jederzeit Gelegenheit bestehen, zu anderen Jahreszeiten wieder hier aufzuschlagen.

Es wurde trotz aller Umstände ein schöner Nachmittag. Als wir zum Bahnhof zurückgekehrt waren, verabredeten wir uns für den nächsten Tag zu einer Fahrradtour. Lucy würde ihren Drahtesel mitbringen und wir würden endlich gemeinsam durch die berühmte Werderner Apfelblüte strampeln.

Drei Tage blieben uns noch für herrliche Rundfahrten. Am Sonntag sollte es bereits nach Hause gehen. Der Doppelmord kam nicht mehr zur Sprache. Zum Glück vergaß Lotte auch ihre Bötchen-Tour auf der Havel!

Am Donnerstag folgten wir dem Panoramaweg Werderobst und fuhren an Obstplantagen vorbei, die in voller Blüte standen. Unterwegs trafen wir auf eine Gedenkstätte, die an die Geschichte der optischen Telegrafie in Preußen erinnerte. Mit Winkzeichen hatte man bis Mitte des vorletzten Jahrhunderts eine Nachrichten-Verbindung zwischen Koblenz und Berlin betrieben. Dazu waren in gegenseitiger Sichtweite über sechzig Stationen eingerichtet worden, eine davon hier bei Glindow auf dem Fuchsberg. Keine zwanzig Jahre lang hatte man die Kommunikation mittels dieser Technik betrieben. Was für ein Aufwand, wenn man bedenkt, dass heutzutage Jan und Jedermann mobil um den Erdball herumtelefoniert!

Ein paar Kilometer weiter gelangten wir zum Lilienthaldenkmal, einer Konstruktion aus Metallrohren, den Konturen eines Flugapparates des berühmten Flugpioniers nachempfunden. Es war auf einem bescheidenen Hügel errichtet worden, von dem Lilienthal einige Luftsprünge unternommen hatte. Auch hier überfiel mich Nachdenklichkeit darüber, was auf Basis dieser bescheidenen Anfänge entstanden war.

Häufig folgten die Radwege den Uferlinien der Havel und der vielen Seen. Die nächste Tour führte uns entlang des Templiner Sees zunächst nach Potsdam, anschließend durch die Stadt.

Nach Überquerung der Glienicker Brücke erreichten wir Berliner Terrain. Weiter ging es entlang der Havel bis zur Pfaueninsel, zu der wir übersetzten. Im Anschluss an den Insel-Rundgang radelten wir auf gleichem Wege nach Werder zurück.

Mit meinen beiden Frauen am Strick war es natürlich nicht zu vermeiden, an Musikveranstaltungen des Blütenfests teilzunehmen. Da Lucy mit von der Partie war, blieben mir wenigstens Unterbauchsänger und Rumtata-Kapellen erspart. Disco und Life-Rock befanden sich weiter im Lostopf.

An unserem letzten Abend schwenkte ich Lotte zu Live-Musik auf dem Marktplatz pflichtschuldigst über die Tanzfläche. Sie sah mich dabei derart glücklich an, dass ich meine Abneigung gegen Zappeln zu Dröhnmusik gerne eine Weile verdrängte. Bestimmt gibt es auch bei mir Leidenschaften, die meine Holde nicht teilt und bloß mir zu Liebe stillschweigend erträgt.

Nach Life-Musik und Tänzchen hieß es Abschied nehmen. Das Höhenfeuerwerk am Abend ließen wir sausen.

»Ich habe schon mal ein Feuerwerk gesehen«, merkte Lotte dazu lakonisch an. Nun ja, ich ebenfalls.

Wir begleiteten Lucy auf unseren Fahrrädern zum Bahnhof in Werder. Die Stimmung war gedrückt. Wie immer, wenn Familie Siebert auseinandergeht.

Selbst mein Blick wurde wässrig, als ich Lucy an mich drückte. »Mach es gut, Kind.«

»Mach es besser, Paps«.

Ich überließ unsere Kleine Lotte. Abschied funktioniert bei Sieberts in umgekehrter Reihenfolge einer Begrüßung.

Zurück in der Ferienwohnung, packten wir unsere Koffer. Am Sonntagmorgen brachen wir mit einem Kaffee und einer trockenen Stulle im Bauch früh auf. Leider nahmen wir etliche Staus mit und benötigten beinahe neun Stunden für die Rückfahrt. An einem Sonntag!

Lotte war völlig entnervt, als das Auto endlich vor unserer Haustür stand. Sie sank im Wohnzimmer in einen der Sessel.

»Um den Rest kümmere du dich bitte, Sigi.« Selbstverständlich übernahm ich das Auspacken.

Als ich die Koffer im Wohnungsflur abstellte, hörte ich meine Angetraute im Wohnzimmer schnarchen. Vielleicht sollten wir das nächste Mal Zug fahren?

# Anruf aus Potsdam

Irgendwie hatten wir die Geschichte der jungen Frau verlassen und waren über die Zeugenaussagen auf die Urlaubstage und die Abreise aus Werder an der Havel gekommen. Das macht Ecki nichts. Wenn er nur zuverlässig Bier und Samtkragen auf der Theke vor sich findet.

Zufrieden wischt sich mein Tresenkumpel den Schaum vom Mund. Er hat gerade ein halbes Pils geext.

»Dass du diesen Bazi so schnell wieder sprechen würdest, hast du damals nicht geahnt, was?«

Ich begreife nicht gleich. »Bazi?«

»Na diesen Bayern, diesen Staudinger.«

Dass Staudinger tatsächlich aus Bayern in die neuen Länder gezogen war, hatte er mir erst später anvertraut. Im Laufe der Ermittlungen, die unmittelbar nach meiner Rückkehr aus Werder an der Havel auf seltsame Art nach Essen übergeschwappt waren, hatten wir einen guten Draht zueinander gefunden.

»Ach der. Nein, damit hätte ich wirklich nicht gerechnet«, pflichte ich Ecki bei. »Lottes Freund ist er ja nicht gerade geworden.«

»Gleich am ersten Arbeitstag hat dich Gelbarth mit der Sache überfallen, stimmt's?«

Manchmal wundere ich mich über Eckis Gedächtnis. Schließlich liegt der ganze Fall eine Weile zurück und er selbst war nie in die Ermittlungen einbezogen. Alles, was er davon weiß, kennt er maximal aus der Gerüchteküche im Kollegenkreis, aus Zeitungen und von Thekengesprächen.

So wie heute.

Auch mir fällt es wieder ein. »Du hast ein klasse Gedächtnis, das will ich dir lassen. Ich habe gerade tatsächlich darüber gegrübelt, wo ich weitermachen soll. Gut, dass du mir auf die Sprünge hilfst.«

»Man tut, was man kann. Ganz bestimmt beim Bier am Tresen!«

Also setze ich meine Fallschilderung mit dem Morgen nach unserer Heimkehr fort, an dem ich schneller als gedacht wieder in die Ereignisse um den Doppelmord hineingezogen wurde.

***

Mein erster Arbeitstag fiel direkt auf den Montag. Lotte hatte an diesem Tag noch frei und blieb im Bett liegen, während ich mich aus den Federn schälte. Möglichst leise kochte ich mir einen Kaffee in der Küche, schnitt mir eine Scheibe von dem Brot ab, das wir am Samstag noch in Werder gekauft hatten, und bestrich es mit Butter und Marmelade. Startklar!

Wie üblich schlenderte ich den kurzen Weg von unserer Wohnung, einen Steinwurf von der Grugahalle entfernt, ins Polizeipräsidium. Dort war wie meistens Möhrchen, meine Kollegin mit dem birnenförmigen Körperbau und der roten Wuschelmähne, die Erste. Ihr eigentlicher Name lautete Theodora Schmittkowski. Sie mochte ihn nicht besonders und war sofort einverstanden gewesen, von uns allen Möhrchen genannt zu werden. Hartmut Dreute, unser Mann von der Spusi, hatte sie so getauft. Wegen ihrer Haarpracht.

Kaum hatte ich mein Büro betreten, schloss mich meine

Lieblingskollegin in ihre kurzen Arme. »Da bist du ja wieder, Sigi!«

Eine herzliche Begrüßung!

Ich drückte Möhrchen mindestens so fest wie sie mich. »Ja, da bin ich wieder. Alles im Lack?«

Die kleine Rote ließ mich los und antwortete mit Kummer in den großen, saphirblauen Augen: »Frag bloß nicht! Gelbarth geht Erich und mir gehörig auf den Zeiger!«

Unser aktueller Meister, Kriminaloberrat Gelbarth, hatte vor nicht allzu langer Zeit den ruhigen, besonnenen Manni abgelöst. Zu unserem Leidwesen. Unser ehemaliger Vorgesetzter hatte uns bei der Arbeit lange Leine gelassen. Der Neue wollte immer alles ganz genau wissen. Über jeden unserer Schritte forderte er Rechenschaft ein. Der Typ konnte den dicksten Geduldsfaden zum Reißen bringen!

»Woran arbeitet ihr denn gerade? Hat sich was getan?«, fragte ich Möhrchen.

»Nein, kein neuer Fall. Erzähl du erst mal, wie es im Urlaub war.«

»Hast du einen Kaffee auf der Orgel?«

»Selbstverständlich. Ich hol dir einen.«

Die kleine Rote verschwand durch die Verbindungstür zwischen unseren Büros in ihr eigenes Refugium und kehrte mit der Kaffeekanne zurück. Ich kramte meine ungespülte Tasse mit der schwarzen Patina aus der Schreibtischschublade hervor, wo ich sie vor dem Urlaub sorgfältig verstaut hatte, und hielt sie der Kollegin hin. Schon dampfte schwärzestes Lebenselixier in meinem Lieblings-Trinkgefäß.

Während ich Möhrchen vom Urlaub erzählte, rückte ich die transparente Schreibtischauflage zurecht, unter der ich die gesammelten Zeitungsausschnitte von meinen erfolgreich abgeschlossenen Fällen verwahrte. Sie hatte gefälligst genau mit der Kante des Möbels abzuschließen. Ein Spleen von mir, der sich leider nie auf die Putzfrauen übertragen hatte.

Ich erzählte Möhrchen besonders von den Fahrradtouren. Den Doppelmord hielt ich aus meinem Bericht heraus. Der kam mir mittlerweile wie ein fernes Erlebnis aus eigener Arbeit vor. Was interessierten hier schon zwei gemeuchelte Frauen aus Wildpark West?

Gegen neun stolperte Erich herein, der dritte Ermittler in unserem Team.

Er sah müde aus.

»Morgen zusammen. Hallo Sigi. Schönen Urlaub gehabt?«

»Danke der Nachfrage. Ich erzähle gerade Möhrchen davon.«

Erich ging nicht darauf ein. »Kaffee?«, murmelte er wortkarg.

Möhrchen goss unserem Morgenmuffel eine Tasse ein. Was dem nur wieder die Laune verhagelt hatte? Ohne umständlich Nettigkeiten zu versprühen, erkundigte ich mich danach.

»Gelbarth will heute die Endfassung vom Bericht. Dreimal hat er ihn mir schon um die Ohren gehauen. So könnte man den nicht dem Staatsanwalt übergeben. An Kommas hat er sich hochgezogen. Ich hasse ihn!«

Das waren keine guten Aussichten. Nichts verfluchte ich im Job mehr, als wenn jemand Berichte kritisierte. Gelbarth fand meinen Formulierungsstil zum Beispiel zu literarisch. Ich kannte dieses ständige Herumkritteln nur zur Genüge.

»Von dir will er übrigens auch was«, bestätigte Erich meine schlimmsten Befürchtungen.

Möhrchen sah ihn mit funkelnden Augen an. »Du Tollpatsch! Lass den Sigi doch erst mal ankommen!«

»Warum? Hat er mich gefragt? Hat er!«, entrüstete sich unser Kollege.

»Was will der Chef denn?«, forschte ich nach.

»Da war so ein Anruf. Aus Potsdam. Am Freitag schon«, informierte mich Erich ungerührt.

Aus Potsdam? Wegen dem Doppelmord? Mist!

»Hast du eine Ahnung, worum es geht?«, wurde jetzt Möhrchen neugierig, obwohl sie Erich gerade für sein Vorpreschen gerügt hatte.

»Und ob!«, bestätigte ich.

Also berichtete ich den beiden doch von den Ereignissen in Wildpark West. Ziemlich ausführlich sogar, beinahe eine halbe Stunde lang. Möhrchen folgte meinem Vortrag aufmerksam, Erichs Miene drückte eher die Befürchtung aus, dass dieser Vorfall weitere Arbeit unter Gelbarths Knute mit sich bringen könnte.

Als ich mit der Aussage gegenüber Staudinger endete, schüttelte die kleine Rote mitleidig den Kopf. »Du Armer. Sogar im Urlaub nur Mord und Totschlag.«

»Reichen dir unsere Abgemurksten hier in Essen nicht mehr?«, frotzelte Erich.

»Hätte ich etwa wegsehen sollen? Ich hätte drauf verzichten können, glaubt mir das.«

»Da muss ja wohl eine Spur zu uns führen. Sonst hätten die nicht angerufen«, sprach Erich aus, was während meines Berichts in seinem Gesicht gestanden hatte.

»Hast du eine Ahnung?«, fragte Möhrchen.

»Nee. Nicht die geringste«, beschwichtigte ich mich selbst.

Dabei kam mir spontan ein Name in den Kopf: Frauke Lindemann.

Oberrat Gelbarth ließ nicht mehr lange auf sich warten. Gegen zehn stürmte er in Erichs und mein Büro.

»Ah, Urlauber. Willkommen daheim. Habe gleich etwas für Sie zu tun, Herr Siebert.«

Tatsächlich schüttelte mir der Chef die Hand. Das war für ihn ungewöhnlich und wies deutlich darauf hin, dass ich ihm nützlich werden könnte.

»Hatten Sie einen schönen Urlaub, Herr Siebert?«

»Ja, durchaus, wir waren in …«

»In der Nähe von Potsdam, richtig?«

»Genau in …«

»Von dort habe ich einen Anruf erhalten. Sie waren Zeuge in einem Fall von Doppelmord, wenn ich richtig unterrichtet bin?«

»Nicht ganz. Ich war zufällig Erster am Tatort.«

»Folgen Sie mir doch bitte in mein Büro. Ich möchte mehr darüber wissen.«

So taperte ich am ersten Arbeitstag nach dem Urlaub hinter dem Boss her in sein Reich. Flüchtig nickte ich seinem Vorzimmerdrachen zu, dann stand ich bereits mitten in der Falle.

»Nehmen Sie bitte Platz, Herr Siebert. Und berichten Sie mir haarklein, was sich da alles ereignet hat.«

Ich legte los. Natürlich bekam der Chef nur eine ausgedünnte Version zu Gehör. Fünf Minuten später war ich damit fertig.

Der Oberrat schien wider Erwarten zufrieden.

»Sie müssen wissen, am Freitag wurden wir von der Brandenburger Polizei um Amtshilfe ersucht. Man hat festgestellt, dass Frau Frotzscher, die Jüngere der Ermordeten, eine Adoptivtochter besaß. Wie ich den Anrufer verstanden habe, erbt die den kompletten Nachlass. Muss nicht wenig sein, wie der Anrufer meinte. Die Tochter besitzt für die Tatzeit allerdings ein wasserdichtes Alibi. Sie ist als Verdächtige auszuschließen.

Zum springenden Punkt: Bei der Tochter ist vor geraumer Zeit eine merkwürdige Frau aufgetaucht. Die hat sich auffällig nach ihrer Adoptivmutter erkundigt. Die Fremde hat in der Wohnung der jungen Frau einen Zugfahrschein in den Müll geworfen. Als Startbahnhof war Essen angegeben. Am besten, Sie sprechen direkt mit den Kollegen in Potsdam und fragen danach, wie wir sie bei den weiteren Ermittlungen unterstützen können …«

Sollte Lotte am Ende Recht behalten?

»Wissen die Kollegen, wie die fremde Dame heißt?«

»Leider nein. Aber das sollten Sie lieber gleich mit den Potsdamern klären. Hier habe ich eine Rufnummer notiert. Bleiben Sie bitte hier und führen das Gespräch von meinem Apparat. Ich will wissen, wie es weitergeht.«

Höchststrafe! Der Chef hört das Telefonat mit und kritisiert anschließend meine Gesprächsführung. Ich verfluchte diesen Tag bereits am Vormittag mehr als manch anderen am späten Abend!

Gelbarth wählte höchstpersönlich. Nach kurzem Freizeichnen meldete sich eine vertraute Stimme am anderen Ende. Staudinger.

»Hallo Herr Staudinger. Hier ist Siebert von der Essener Kripo.«

»Ah, endlich. Sie waren den Rest der letzten Woche noch

im Urlaub, hat man uns gesagt. Ich wollte Sie nicht auf Ihrem Handy belästigen. Von Potsdam aus hätten Sie uns in der Angelegenheit ohnehin nicht weiterhelfen können.«

»Richtig. Ich bin heute den ersten Tag im Präsidium. Herr Gelbarth, mein Chef, hört übrigens mit.«

»Guten Morgen Herr Gelbarth. Haben Sie Herrn Siebert aufgeklärt, worum es geht?«

»Grob.«

»Dann ist es wohl besser, ich rolle alles von vorne auf. Also: Dass Frau Frotzscher eine Adoptivtochter besaß, das wissen Sie vielleicht bereits. Die Tochter hat uns von einer Frau erzählt, die ihr bei der Versorgung einer Wunde ihres Hundes behilflich war. Diese Frau war bei ihr in der Wohnung. Sie kamen auf den Nachnamen Frotzscher zu sprechen und die Unbekannte hat vorgegeben, jemanden dieses Namens aus ihrer Jugend zu kennen. Ines Frotzscher, die Tochter, konnte sich erinnern, selbst den Vornamen ihrer Mutter genannt zu haben. Es steht zu befürchten, dass sie ausgehorcht wurde …«

»Warum sollte die Frau das getan haben?«, fuhr Gelbarth Staudinger ins Wort.

»Ja eben. Warum? Natürlich könnte es zufällig wirklich eine Bekannte der Ermordeten, Anna Frotzscher, gewesen sein. Aber warum hat sie dann weder ihren Namen genannt, noch ihre Kontaktdaten hinterlassen? Es ist allzu offensichtlich, dass sie unerkannt bleiben wollte.«

»Die potenzielle Mörderin?«, spekulierte ich.

»Zum Beispiel.«

Ich legte nach. »Herr Gelbarth hat mir gesagt, diese Frau hat einen Zugfahrschein in der Wohnung der Tochter zurückgelassen?«

»Ja. Das müssen wir zumindest stark annehmen, denn Ines Frotzscher wüsste keinen anderen Weg, wie die Fahrkarte in ihren Müll gelangt sein könnte.«

»Konnten Sie nachverfolgen, wie und wo diese Fahrkarte gekauft wurde?«

»Sie stammt aus dem DB-Reisezentrum in Essen. Bar bezahlt. Abgestempelt wurde sie einen Tag bevor die Unbekannte bei Ines Frotzscher aufgetaucht ist. Es steht also anzunehmen, sie hat irgendwo in der Nähe übernachtet.«

»Das zu überprüfen, ist wohl eher Ihre Aufgabe«, mischte sich erneut Gelbarth ein.

»Wissen Sie, was das bedeutet? Die Frau könnte in Berlin, in Potsdam oder irgendwo sonst im Umkreis von dreißig, vierzig Kilometern untergekommen sein. Es gibt Hunderte von Beherbergungsbetrieben, die dafür infrage kommen. Außerdem könnte sie privat übernachtet haben. Dann hätten wir nicht die geringste Chance.«

Ich grübelte laut: »Auf welche Weise sollen wir Ihnen denn behilflich sein?«

»Ist doch möglich, dass es Vermischungen von Fällen, die derzeit in Essen untersucht werden, mit unserem Fall hier in Wildpark West gibt. Führen sie Ermittlungen, die Parallelen zum Doppelmord Frotzscher aufzeigen? Ist dieser Nachname bei Ihnen irgendwie belegt?«

Ich zuckte die Schultern. »Nein. Nichts dergleichen. Eine Frau zu ermitteln, die an einem bestimmten Tag von Essen nach Berlin gereist ist, dürfte ähnlich schwierig sein, wie das Abklappern Ihrer Hotels. Ich schlage vor, Sie mailen uns einen Scan von dem Fahrschein und wir versuchen, das Beste aus den daraus ersichtlichen Informationen herauszuholen.«

»Das ist wenigstens ein Anfang, Herr Siebert. Verraten Sie mir bitte Ihre Mailadresse?«

Ich gab sie Staudinger durch. »Wie steht es denn sonst so mit Ihren Ermittlungen?«

»Der Täter ist sehr konzentriert und zielstrebig vorgegangen. Es sieht so aus, dass er an der großen Fensterfront Richtung Garten und Havel stehen geblieben ist und das Umfeld von dort beobachtet hat. Anne Frotzscher, das jüngere der beiden Opfer, kochte unterdessen in der Küche Tee. Als sie mit dem Tablett zurückkam, muss der Täter sie direkt erschossen haben. Anschließend ihre Mutter. Oder umgekehrt. Es kann nicht viel Zeit zwischen den beiden Schüssen vergangen sein, denn sonst hätte die Mutter wahrscheinlich eine Ausweichbewegung gemacht. Zwei ganz gezielte Schüsse. Ach ja. Die Tatwaffe ist ungewöhnlich. Eine alte Sportschützen-Pistole, wie sie in den Siebzigern in der DDR verwendet wurde.«

»Kaltblütig war der Täter und treffsicher. Führt uns die Tatwaffe ein Stück näher an ihn heran? Ein geübter Schütze?«, fragte ich.

»Möglich. Dem gehen wir auch nach. Und natürlich den ganzen Kontakten, die die beiden Frauen in der letzten Zeit hatten. Aber da ist nicht viel. Sie führten nach Aussagen der Nachbarn ein recht einsames Leben.«

Wir verharrten noch etwas in Höflichkeitsfloskeln am Telefon. Dann legten wir auf.

»Was macht denn ein Bayer in Brandenburg?«, wunderte sich unser Chef.

»Das müssen Sie ihn schon selber fragen. Darf ich gehen?«

»Gehen Sie ruhig. Halten Sie mich aber bitte über jeden Ihrer Schritte auf dem Laufenden!«

»Mach ich doch immer«, log ich. Dann beeilte ich mich, das Reich meines Vorgesetzten zu verlassen.

»Neuigkeiten?«, erkundigte sich Möhrchen, als ich glücklich die cheffreie Zone erreichte. Auch Erich sah von seinem Papierkram hoch.

Ich berichtete kurz vom Telefonat mit Staudinger. Dann sah ich aus dem Augenwinkel, dass soeben eine neue Mail für mich angekommen war. Ich öffnete ihren Anhang und sah mir die zerknitterte Fahrkarte genau an. Als Zielbahnhof war Berlin angegeben. Ein Erwachsener, zweite Klasse. Nur hin.

»Mmh. Staudinger hat hier noch angegeben, in welchem ICE die Karte abgestempelt wurde. Der Fahrschein wurde kurz vor Fahrtantritt gekauft. Wir haben also den genauen Tag und die Uhrzeit, wann die Frau im Reisezentrum gewesen sein muss. Was fehlt uns noch?«

Meine Frage war eher rhetorisch gemeint gewesen. Natürlich sprang Möhrchen darauf an. »Eine Personenbeschreibung!«

»Exakt. Sofort rufe ich Staudinger an.«

Der Kollege aus Potsdam war erstaunt, mich so schnell wieder am Apparat zu haben. »Hab ich vergessen. Natürlich. Entschuldigung. Schicke ich per Mail nach. Man spricht sich!«

Wenig später konnten wir die Personenbeschreibung nachlesen. »Alter ca. fünfzig bis fünfundfünfzig, schlank, Größe ca. 1,65 bis 1,70 m, blond, Kurzhaarfrisur«, las Möhrchen laut von meinem Bildschirm ab, »bekleidet mit einem grünen Kostüm. Das ist doch schon mal was!«

Erich rümpfte die Nase. »Die Fahrkarte wurde vor drei Monaten gekauft. Wer erinnert sich da noch an einen einzelnen Fahrgast?«

Möhrchen stutzte ihn zurecht. »Die Kamera, du Ochse! Meinst du, die haben im Reisezentrum keine Überwachungskameras?«

»Gute Idee«, pflichtete ich der kleinen Roten bei. »Kannst du gleich mal erfragen. Und du, Erich, holst uns das Material.«

»Immer ich«, schmollte Erich.

»Kommste an die Luft und kannst deiner Lieblingsbeschäftigung nachgehen: Weibern nachgaffen«, versetzte ihm Möhrchen schnippisch einen Hieb unterhalb der Gürtellinie.

Ganz falsch lag sie nicht. Erich war zu der Zeit noch ein unverbesserlicher Schürzenjäger. Aber so einen Spruch aus heiterem Himmel, das hatte er wirklich nicht verdient.

»Wurde wohl Zeit, wieder aus dem Urlaub zurückzukehren und den Platz des Friedenstifters bei euch beiden einzunehmen«, kritisierte ich die kleine Rote indirekt.

Zunächst blitzten Möhrchens saphirblaue Augen kampfeslüstern auf. Dann besann sie sich, wer ihr diesen kleinen Dämpfer verpasst hatte und schenkte mir ein kaum angedeutetes Lächeln.

Leider ergab die Nachfrage der kleinen Roten beim Reisezentrum der Bahn, dass alle Aufnahmen der Überwachungskameras nach einem Monat gelöscht wurden. Das wäre auch zu einfach gewesen.

»Dann versuchen wir es eben mit Aufnahmen vom Bahnsteig, an dem der ICE abgefahren ist«, schlug ich vor.

»Fehlanzeige«, klärte mich Möhrchen auf. »Dort habe ich auch schon angerufen. Dasselbe Spiel.«

»Mist.«

»Ob es sich lohnt, einmal persönlich zum Reisezentrum zu gehen?«, schlug Erich vor.

»Wer sollte sich nach drei Monaten dort an einen einzelnen Kunden erinnern?«, gab ich zu bedenken.

»Haste auch wieder recht.«

Damit war fürs Erste alles gesagt und getan.

Ich überlegte, ob ich Staudinger gleich ins Bild setzen sollte. Warum nicht? Hatte ich es wenigstens aus dem Kopf.

Das Telefon klingelte lange, ehe mein Brandenburger Kollege an den Apparat ging. »Staudinger.«

»Hier ist noch mal Siebert aus Essen. Wir haben leider schlechte Nachrichten.«

Ich erklärte ihm, was wir herausgefunden hatten.

»Vielleicht wird das in Berlin anders gehandhabt? Überprüfen Sie doch die Videos direkt nach dem Eintreffen des Zugs«, schlug ich vor.

»Schon passiert. Die machen es genauso wie in Essen. Danke trotzdem für Unterstützung und den Hinweis. Viel versprochen hatte ich mir von der Fahrkarte sowieso nicht.«

»Ist ohnehin ein Wunder, dass die junge Frau den Fahrschein so lange aufbewahrt hat.«

»Ihr kam diese Begegnung merkwürdig vor. Da hat sie ihn spontan irgendwo hin gestopft und dann vergessen. Als wir sie befragten, ist er ihr wieder eingefallen.«

Natürlich besaß ich eine Vorstellung davon, was gerade bei der Kripo in Potsdam los war. Ein wenig bedauerte ich Staudinger.

»Sagen Sie, wie kommen Sie als Bayer eigentlich nach Brandenburg?«, wurde ich redselig.

»Nach der Wende konnten wir uns melden, um den Polizeiapparat hier nach unseren Vorstellungen umzubauen. Ich war ein junger Kerl und der bayerischen Provinz überdrüssig.

So habe ich mich also dafür beworben und bin angenommen worden. Wie das Leben so spielt: Ich blieb wegen einer Frau hier hängen. Heute bin ich geschieden. So läuft es manchmal.«

Hörte ich eine gewisse Bitterkeit aus seinen Worten heraus?

Meine Frage wurde mir im Nachhinein peinlich und ich beeilte mich, das Thema erneut zu wechseln. »Einen spannenden Fall haben Sie jedenfalls zu lösen. Wenn Sie mehr Informationen für uns haben, helfen wir gerne weiter.«

»Danke. Das hat mir Ihr Vorgesetzter bereits zugesichert.«

Die Vorstellung, dass Gelbarth mit am Tisch aß, missfiel mir ganz und gar.

»Wir sollten in direktem Kontakt bleiben. Ich habe Ihnen doch meine Durchwahl hinterlassen. Rufen Sie mich bitte nur noch direkt an. Mein Chef würde Ihre Anfragen ohnehin nur delegieren.«

Ich spürte das wissende Grinsen Staudingers förmlich durchs Telefon. »Mach ich, Herr Siebert. Auf Wiederhören.«

»Tschüss.«

Weg war er, der bayernstämmige Ossi. Ob ich jemals einen solchen Wechsel versucht hätte?

Nein, niemals. Meine Wurzeln krallen sich im Boden meiner Heimatstadt fest. Ich bin in Essen aufgewachsen und lebe immer noch in Essen. Ein Kind des Potts: Das werde ich auf ewig sein!

Als ich pünktlich nach Hause kam, überfiel mich Lotte mit einer Neuigkeit.

»Ich habe Frauke angerufen und war anschließend bei ihr. Habe ihr diesen Damenrasierer gebracht. Stell dir vor: Das war gar nicht ihrer. Den haben wohl die Gäste vor Lindemanns zurückgelassen. Eine Schlampbude, dieses Hotel. Was war bei dir?«

Ich erzählte ihr, dass eine Spur zu einer Frau aus Essen führte, ohne ihr mehr zu verraten.

»Das passt doch ganz auffällig«, meinte Lotte.

Ich überlegte, wie tief ich ihr Einblick in unsere Arbeit geben durfte. Ach was. Ich erzählte ihr von dem Fahrschein und dem Auftauchen der Fremden bei der Adoptivtochter.

»Die trug aber kurze Haare«, fügte ich an. Dass die anderen Merkmale der Personenbeschreibung recht gut auf Frauke Lindemann passten, verheimlichte ich ihr lieber.

Lotte war nicht zu beeindrucken. »Haare wachsen.«

»In drei Monaten?«

»Was verstand die Adoptivtochter genau unter kurzen Haaren? In drei Monaten wächst so einiges.«

Im Grundsatz gab ich Lotte recht. Brachte es überhaupt etwas, ihr ins Gewissen zu reden?

Ich kannte den Dickschädel meiner Allerbesten genau genug, um daran zu zweifeln. Trotzdem versuchte ich es.

»Am Tag des Verbrechens werden sich noch reichlich mehr Essenerinnen in der Gegend rumgetrieben haben. Und dass der Fahrschein in Essen gelöst worden ist, heißt nicht mit Bestimmtheit, dass die Verdächtige von hier stammt. Das alles besagt noch gar nichts. Außerdem sind Lindemanns mit dem Auto angereist.«

»Das ist aber sein Auto. Sie selbst besitzt keins. Ihr Arbeitsplatz liegt fußläufig zu ihrem Haus und sie kommt deshalb ohne aus.«

»Woher weißt du das schon wieder?«

»Frauengespräche, mein Lieber. Möchtest du einen Kaffee?«

»Gerne. Versprich mir bitte, Schatz, dass du dich in nichts verrennst.«

Meine Angetraute schnitt ein schiefes Gesicht, das alles bedeuten konnte.

Wir setzten uns zum Kaffee an den Küchentisch. Ich merkte, wie Lotte herumdruckste. Sie hatte etwas auf dem Herzen. Schließlich überwand sie sich.

»Wir sind übrigens am Sonntag mit Lindemanns verabredet.«

»Was?« Ich wollte nicht glauben, was mir da gerade unter die Weste geschoben wurde.

»Na ja. Ich habe gedacht, eigentlich haben wir uns doch in der Gaststätte in Werder ganz gut unterhalten. Da könnte man doch zusammen ausgehen.«

»Und dann hast du gleich den Sonntag festgezimmert?«

»Genau. Halb zwölf am Schlosspark in Borbeck. Da war ich noch nie. Anschließend gehen wir im Schloss essen. Dann habe ich das Kochen gespart.«

Da steckte garantiert mehr dahinter!

»Worum geht es dir eigentlich? Um neue Bekanntschaften oder um deine neu entflammte detektivische Leidenschaft?«

»Ich habe gedacht …«

»Bleib bloß meinem Job fern, meine Teuerste! Du bringst mich in Teufelsküche!«

»Ach Sigi. Du bist doch dabei. Was soll da passieren?«

Ich schluckte das Wörtchen »genug« gerade rechtzeitig hinunter. Vielleicht trat bis Sonntag noch eine Beweislage ein, die Frauke Lindemann objektiv von jeder Schuld entlastete. Das wünschte ich mir innig.

# Spaziergang im Schlosspark

Oberrat Gelbarth konnte es die ganze Woche über nicht lassen, täglich nach Ergebnissen im »Potsdam-Fall«, wie er ihn nannte, zu fragen.

»Der geht mir gehörig auf den Zeiger«, kam selbst Möhrchen nicht umhin anzumerken. Erich blieb dagegen gelassen - schließlich kam der Chef immer nur zu mir angeschissen.

Von Staudinger hörte ich bis zum Wochenende nichts mehr. Der Kollege würde die Ermittlungen routiniert und Schritt für Schritt vorantreiben – da war ich mir sicher.

Den Sonntag erwartete ich mit Grummeln in der Magengegend. Hoffentlich merkten Lindemanns nichts von den wahren Beweggründen des Anbandelungversuchs meiner Göttergattin. Das wäre nicht nur äußerst peinlich, sondern für mich sogar gefährlich, sollten unsere Urlaubsbekannten sich über mich beschweren. Man hat schon Pferde kotzen sehen …

Lotte hatte vereinbart, Lindemanns von zu Hause abzuholen. Ihr Zweifamilienhaus lag in der Fürstenbergstraße, direkt neben dem Schlosspark. Meine Chauffeurin fand in unmittelbarer Nähe einen Parkplatz am Straßenrand. Wir stiegen aus und gingen die Auffahrt entlang zur giebelseitigen Haustür. Ich registrierte eine Bewegung hinter der Gardine eines der Erdgeschossfenster. Frauke Lindemann stand schon am Eingang, ehe wir klingeln konnten.

»Da seid ihr ja. Kommt kurz rein. Jens braucht noch einen Moment.«

Wir betraten einen schmalen Hausflur, von dem eine geschlossene Holztreppe ins Obergeschoss führte. Wir folgten

Frauke geradeaus in die Erdgeschosswohnung. Hinter einer Tür ertönte aufgeregtes Hundegebell.

»Das ist Brutus. Der ist lieb, spielt aber gerne den dicken Macker. Rüde halt. Ihr werdet ihn gleich zu sehen bekommen. Geht durch ins Wohnzimmer.«

Wir betraten den Raum, der zum Garten hin lag. Ich fand ihn recht mutig möbliert. Glatte weiße Schrankfronten und lichtgraue Lederpolster. Der Boden war mit grauem Laminat im Used-Look ausgelegt. An einer Wand hingen Fotos von einem Hund. Ein riesiger, kurzhaariger Brocken. Ob das Brutus war? Ehe wir uns setzen konnten, tauchte Jens Lindemann aus den Tiefen der Wohnung auf. Er lächelte nacheinander Lotte und mich an. »Hallo. Seid ihr immer so pünktlich?«

»Wir bemühen uns«, antwortete ich wahrheitsgemäß.

»Ich mache Brutus fertig. Wenn ich mit ihm draußen bin, wird er ruhiger.« Frauke ließ uns mit ihrem Mann stehen.

Eine Gesprächspause entstand, in der ich auf meine Schuhe und Lotte auf die Bilder an der Wand schielte. Klar. Die Bekanntschaft mit Jens Lindemann beschränkte sich auf ein gemeinsames Abendessen. In einer Urlaubssituation. Ich wurde langsam ärgerlich, dass uns meine Göttergattin dieses Treffen eingebrockt hatte.

»Wo ist das hier?«, fragte Lotte und zeigte auf eines der Fotos.

Jens Lindemann war sichtlich froh, dass er etwas sagen konnte. »Das stammt aus meiner alten Heimat. Aus Potsdam. Das bin ich mit Vater und Mutter. Dahinter seht ihr das Haus, in dem wir damals gewohnt haben.«

»Wie lange ist das her? Wenn du das bist, siehst du noch verdammt jung aus.«

»Das muss kurz nach dem Umzug aufgenommen worden sein. Bald vierzig Jahre ist das her.«

Die Haustür klappte. Der Hausherr gab uns das Zeichen zum Aufbruch. Wir folgten ihm hinaus. Er schloss die Wohnungstür hinter uns ab.

Auf der Straße erwartete uns Frauke. Sie hielt Brutus an der Leine, tatsächlich der Hund vom Foto im Wohnzimmer. Vorsichtig beschnüffelte er meine Hose. Sein Schwanz wedelte freundlich.

»Draußen ist er ein Schatz. Fremde in seinem Revier, die hat er nicht gerne«, erklärte Jens Lindemann.

Allzu sehr bücken musste ich mich nicht, um Brutus' Kopf zu streicheln. »Was ist das für eine Rasse?«

»Ein Rhodesian Ridgeback. Zu Kolonialzeiten wurden diese Hunde zur Jagd auf Löwen und anderes Großwild eingesetzt«, klärte mich Frauke mit einem Anflug von Besitzerstolz in der Stimme auf.

»Gehen wir«, wurde ihr Mann ungeduldig.

Nach wenigen Schritten bogen wir in einen Seitenpfad ab, der von der Fürstenbergstraße in den Park hineinführte. Linkerhand ließen sich durch die üppige Vegetation hindurch Schrebergärten erahnen. Trotzdem wir viel zu Fuß unternahmen, hatte es Lotte und mich bisher nie hierher verschlagen.

Wir spazierten durch waldähnlichen Baumbestand. Gewaltige Ilex-Büsche suchten den Schatten alter Buchen. Unterdessen war Brutus mit Schnüffeln und Markieren beschäftigt. Das wäre nichts für mich, dieses ewige Stehenbleiben, um auf den Hund zu warten.

Lotte führte ein gezwungenes Gespräch mit Frauke. »Ihr habt auffällige Möbel. Wo kauft ihr die?«

»Jens kennt den Leiter eines Möbelhauses.« Sie nannte den Namen. »Die wechseln regelmäßig die präsentierten Einrichtungen. Wenn Ausstellungsstücke getauscht werden, kommt Jens günstig dran.«

»Sind die Polster denn nicht empfindlich? Wegen dem Hund, meine ich.«

»Auf die darf er nicht.«

»Hält sich Brutus daran?«

»Meistens …«

Ich hörte weg. Solche Gespräche interessierten mich wirklich nicht die Bohne. Stattdessen hielt ich mich an Jens Lindemann. »Ihr seid so urplötzlich aufgebrochen aus Werder. Ist etwas passiert?«

Er räusperte sich. »Ärger in der Firma.«

»Dafür musstest du nach Hause?«

»Es ging um viel Geld. Da musste ich als Chef persönlich ran.«

Unser Gespräch erstarb, ehe es richtig in Fahrt gekommen war. Was für eine gequälte Veranstaltung!

Der Einzige, der sich zu amüsieren schien, war Brutus.

»Jetzt zieh nicht so, Hund. Nimm du ihn mal, Jens. Meine Hand ist schon ganz taub.«

So ganz schienen mir unsere Begleiter ihren Hausgenossen nicht im Griff zu haben!

Jens Lindemann nahm seiner Frau die Leine ab. Er reihte sich mit dem Hund hinter uns ein und unternahm den Versuch einer kleinen Erziehungseinheit.

»Sitz. Brav, mein Kleiner. Sitz! Wirst du wohl sitzen bleiben!«

Wir anderen entflohen den Launen des Tieres und schlugen einen flotten Schritt an. Schnell hatten wir Herrchen und Hund abgehängt.

»Wir treffen uns gleich unten am Schloss. Da können wir ein paar Meter machen«, meinte Frauke dazu.

Wir erreichten eine Senke. Der Wald wich am Talboden einer Fläche, die irgendwie sumpfig aussah. Bänke säumten den Weg entlang ihrem Rand.

Lotte beobachtete die kräftig ausschreitende Frauke die ganze Zeit über verstohlen von der Seite. Ich wusste genau, was sie umtrieb. Sie versuchte herauszufinden, ob diese Frau identisch mit der schwarzen Gestalt aus Wildpark West war. Ihrem Gesicht nach zu urteilen, wurde sie diesbezüglich immer unsicherer.

»Treibst du viel Sport?«, fragte Lotte.

»Ich walke viel. Belastenden Sport darf ich nicht treiben. Wegen dem Herz.«

»Was ist denn damit?«

»Ich habe einen Herzklappenfehler.«

»Oh. Das wusste ich nicht. Was tut man dagegen?«

»Man kann es operieren. Ich habe aber Schiss.«

»Und dafür nimmst du die Herzmedikamente?«

»Genau. Damit bin ich ziemlich penibel. Deshalb habe ich auch die Radtour mit euch abgebrochen. Wenn ich die Tabletten nehme, kann ich die Operation noch hinausschieben, hat mein Kardiologe gesagt.«

Das klang alles plausibel. Kriminalistisch betrachtet.

Lotte bückte sich plötzlich zu ihren Schuhen und nestelte an den Senkeln herum. »Geht ruhig weiter. Ich muss sie nur enger schnüren.«

Jetzt ging ich neben Frauke her. »Was treibst du eigentlich

beruflich?«, fragte sie mich, weil ihr anscheinend nichts Besseres einfiel.

»Ich bin bei der Kripo.« Peng, jetzt war es heraus.

»Bei der Kripo? In Essen? Welche Verbrecher jagst du denn?«

»Ich bin bei der Mordkommission.«

»Nein. Das hätte ich nicht gedacht.«

»Warum?«

»Du machst gar nicht den Eindruck eines Polizisten.«

»Aha. Was für einen Eindruck macht denn ein Kripomann so?«

»Ich weiß nicht. Irgendwie strenger? Oder neugieriger?«

Ich musste lächeln. »Privat bin ich ganz anders. Du müsstest mich bei Verhören sehen! Da nennen sie mich den Blutfrager«, scherzte ich.

Frauke Lindemann lächelte verlegen zurück. »War nur so eine Vorstellung. Dumm von mir.«

»Lass stecken. Die Leute haben oft komische Vorstellungen von uns. Mach dir keinen Kopf – das ficht mich nicht an.«

Ich notierte im Hinterkopf, dass meine Begleiterin überhaupt nicht erschrocken war, als ich ihr meinen Beruf genannt hatte. Reagierte so jemand, der einen Doppelmord auf seinem Gewissen herumschleppte? Verdammt, jetzt war ich selbst in Sachen Lottes Hirngespinst unterwegs. Eigentlich gab ich immer weniger darauf.

Wir gelangten an eine Wiese. An ihren Rändern blühten alte Rhododendren. Lotte schloss zu uns auf. Wenige Schritte weiter blitzte Schloss Borbeck durchs Laub. Am Eingangstor zum Park, zwischen Wirtschaftsgebäude und Haupthaus, trafen wir Jens Lindemann mit Brutus wieder. Er hatte offenbar einen deutlich kürzeren Weg als wir eingeschlagen.

Frauke blieb stehen.

»Kennt ihr die Geschichte des Schlosses und seiner Besitzer? Ich war baff, als ich darüber nachgelesen habe.«

»Du interessierst dich für ein Gebäude in meiner Heimatstadt?«, wunderte sich Lotte.

Frauke spulte ihren Vortrag wie eine Fremdenführerin ab. »Mich interessieren solche alten Gemäuer von Klein an. Unterbrecht mich, wenn ich euch Dinge erzähle, die ihr bereits wisst.

Die Geschichte des Schlosses hängt mit dem hochadeligen Essener Damenstift zusammen, das Mitte des neunten Jahrhunderts gegründet wurde. Mädchen aus ersten Adelskreisen wurden in diese genossenschaftlichen Einrichtungen geschickt, um sie dort erziehen zu lassen. Üppige Schenkungen machten das Stift wohlhabend, wovon auch Essens Münsterschatz zeugt, der zu den bedeutendsten Sammlungen dieser Art in Europa zählt.

Anders als in einem Kloster, legte keine der Stiftsdamen ein Gelübde ab. Sie besaßen eigene Häuser, hatten eigenes Personal, durften reisen und auch jederzeit die Gemeinschaft verlassen, um zu heiraten. Die Äbtissinnen wurden im vierzehnten Jahrhundert in den Stand von Reichsfürstinnen erhoben. Sie besaßen somit Sitz und Stimme auf dem Reichstag. Die mächtigen Frauen durften eigene Münzen prägen. Sie unterstanden nur dem Kaiser und dem Papst.

Das Schloss entstand über die Jahrhunderte aus einem Oberhof, den die Essener Äbtissinnen zu ihrer Residenz ausbauten. Heute sehen wir als letzte Ausbaustufe ein barockes Wasserschloss. Nebenan liegen ehemalige Wirtschaftsgebäude. Mittlerweile gehört das Schloss der Stadt. In einem Turmzimmer werden Trauungen vollzogen, es gibt eine historische Dauerausstellung über das Stift Essen und ein Restaurant …«

»Woher weißt du das alles?«, unterbrach Lotte, der die Informationsflut zu groß wurde.

»Weil ich gerne klugscheiße.« Frauke lachte. »Nein, im Ernst. Ich mache gelegentlich Führungen für das Kulturzentrum und bin geschichtlich interessiert. Und weil Essen meine Heimat ist.«

»Deine Heimat? Ich dachte, ihr stammt aus der DDR.«

»Meine Eltern sind mit mir in den Westen übergesiedelt, als das noch möglich war. Vor dem Mauerbau. Vater hat hier Arbeit gefunden. Da war ich gerade drei Monate alt.«

Mein Kriminalisten-Hirn schaltete. Obwohl ich nichts von Lottes Verdacht hielt, sicherte ich meinen Eindruck ab, dass er ins Leere führte. Das Motiv für Mord lag schließlich häufig in der Beziehung zwischen Opfer und Täter begründet. Das schien mir eine Frage wert. Allein schon, um meiner Angetrauten Paroli bei ihren Gedankenspielchen bieten zu können.

»Hast du denn noch Verbindungen nach drüben? Verwandte etwa?«

»Meine Eltern haben sich bemüht, die Brücken in den Osten komplett einzureißen. Sie haben sich nie wohlgefühlt dort, glaube ich. Nachdem meine Großeltern gestorben sind, ist das Kapitel auch für mich abgeschlossen. Meine Tanten, Onkel, Cousins und Cousinen habe ich nie kennengelernt. Warum sollte ich Kontakte aufwärmen, die nie existiert haben?«

Ja, warum?

Ich tauschte einen heimlichen Blick mit Lotte. Sie verzog das Gesicht. So weit war sie in meine Arbeit eingeweiht, dass sie wusste, was das bedeutete. Und ihr gefiel das gar nicht.

»Wir sollten noch eine Runde drehen«, schlug Jens Lindemann vor. »Sonst gibt Brutus gleich im Lokal keine Ruhe.«

»Ist sowieso noch zu früh. Der Tisch ist für halb eins bestellt«, pflichtete ihm seine Frau bei.

Ich bemühte mich, den zähen Smalltalk mit Jens Lindemann wieder in Gang zu bringen. »Wie lange wart ihr eigentlich in Werder?«

»Drei Tage.«

»Und wie lange wolltet ihr bleiben?«

»Bis Samstag.«

»Also war es nur ein Kurztrip, den sie dir vermasselt haben?«

»Kann man so sagen.«

»Passiert das öfter in deiner Branche, dass man jemanden aus dem Urlaub holt?«

»Ich leite eine technische Abteilung. Da ist so was schon mal möglich.«

»Und wenn du in Übersee Urlaub machst. Einfach so einfliegen könnte dann schwierig werden.«

»Tja …«

Mir ging der Gesprächsstoff aus.

Als Plattschwätzer eigne ich mich eher schlecht. Ausnahmen, wie bierselige Runden bei Guido, bestätigen die Regel. Außerdem schien meinem Begleiter ebenfalls wenig an einer Unterhaltung zu liegen. Seine Aufmerksamkeit galt mehr Brutus als mir.

Erneut folgten wir dem Tempo des Hundes. Mal erschnüffelte er Gerüche, die unseren Menschennasen verborgen blieben und ihnen wahrscheinlich ohnehin nicht riechenswert erscheinen würden, mal zog er an der Leine, dass es mich wunderte, dass er sein Herrchen nicht von den Pinnen holte. Die beiden Frauen blieben in unserer Nähe und kauten Tratsch aus der Promiwelt durch.

Wir setzten unseren Weg an der Westflanke des Parks fort. Ein Teich wurde an einer Seite von gewaltigen Rhododendren eingerahmt, deren violette Blütenpracht sich auf der Wasseroberfläche als Spiegelbild zwischen die Blätter der Teichrosen stahl. Eine Gruppe Enten schwamm durchs Bild. Postkartenidylle.

Jens Lindemann führte uns den Hang hinauf. Wir gingen im Schatten der Bäume bis fast ans andere Ende des Parks, um dann zum Schloss zurückzukehren. Unterwegs entdeckte ich ein paar Exemplare besonders imposanter Buchen. Ob die noch aus der Zeit stammten, als der Park angelegt worden war?

Endlich, ziemlich pünktlich, überquerten wir die kurze Brücke zum Eingangsportal des Schlosses. Direkt dahinter befand sich das großzügige Treppenhaus.

Wir stiegen auf breiten Stufen hinunter in den Gewölbekeller. Dort wies uns ein Kellner den reservierten Tisch zu. Ambiente hatte das hier.

»Schön«, äußerte Lotte ihr Wohlgefallen. »Seid ihr öfter hier?«

»Vielleicht jeden Monat«, antwortete Frauke, während wir uns in selber Formation wie Tage zuvor in Werder an den Tisch setzten. Brutus erhielt einen Platz neben Frauchen. Zufrieden legte er sich zum Dösen nieder.

»Wo hattet ihr den Hund eigentlich untergebracht? Er war doch nicht mit in Werder, oder?«, unternahm ich einen zaghaften Versuch, das Tischgespräch meinerseits anzukurbeln.

Frauke erklärte es mir: »Brutus können wir für ein paar Tage bei einer Bekannten unterbringen, die etwas von Hunden versteht. Sie hat ein Händchen für unser Goldstück.«

Die Frauen wechselten erneut zum Klatsch. Jens Lindemann vermied es, mich anzusehen und suchte Unbestimmtes im Lokal. Mir wurde es zu bunt. Womit konnte man den Kerl locken? Leider war ich kein Fußballfan. Das war hier im Pott meistens ein gutes Einfallstor unter Männern. Egal. Ließ ich ihm halt die Wahl.

»Betreibst du irgendein Hobby?«, fand mein Tischgenosse irgendwann aus Verzweiflung ein Null-acht-fuffzehn-Thema.

»Nicht direkt. Gelegentlich jogge ich. Wir gehen Wandern, Lotte und ich, wenn wir Zeit dazu finden. Meistens sind das längere Spaziergänge direkt von der Haustür aus. Und ich fahre gerne mit dem Rad. Nicht sportlich, eher tourenmäßig. Und du?«

»Ich laufe Marathon. Wenn ich dann noch abends meine Runden mit dem Hund drehen kann, reicht mir das. Zu mehr komme ich eh nicht.«

Das erklärte seine schlanke, sehnige Statur. Körperlich brachte er nach meiner Einschätzung die besten Voraussetzungen für die Langstrecke mit.

Ich wusste nichts zu erwidern. Womit weitermachen?

»Was war das für ein Ärger mit dem Lieferanten, wegen dem du nach Hause musstest?«

Jens Lindemann seufzte. »Du, sei mir nicht böse. In meiner privaten Zeit möchte ich nicht über meinen Job sprechen. Der kostet mich schon so 'ne Menge Nerven. Aber erzähl du doch mal.«

»Ich arbeite bei der Kripo. Mordkommission.«

In Jens Lindemanns Blick kehrte ein verschrecktes Lauern

ein. Meistens, wenn ich meinen Beruf preisgab, stieß ich auf Erschrecken und gleichzeitig Neugier. Wer was auf dem Kerbholz hatte, gehörte eher der Fraktion der Erschrockenen an. Neugierig waren hauptsächlich die Leser der Bildzeitung. Dieses Lauern in den Augen meines Tischgenossen stellte mich vor ein Rätsel.

»An was für einem Fall werkelst du gerade?«

»Einen ungeklärten Mord haben wir zurzeit in Essen nicht. Aber stell dir vor: Wir waren Zeugen des Doppelmords in Wildpark West. Ihr habt bestimmt davon gehört. Am Tag eurer Abreise ist das passiert.«

Lotte hatte das mitbekommen. Sie trat mir unter dem Tisch vors Schienenbein und bemühte sich krampfhaft, Frauke abzulenken. Was hatte ich mit den Miss-Marple-Ambitionen meiner Gattin zu tun? War sowieso nichts dran, an ihrem Verdacht.

Jens Lindemann rieb sich das Kinn. »Von diesem Doppelmord habe ich nichts gehört. War wahrscheinlich zu abgelenkt durch die Arbeit. Erzähl mal.«

Warum sollte ich davon erzählen? Gerade hatte er gemauert. Außerdem tat mir mein Schienenbein leid.

»Aus ermittlungstechnischen Gründen dürfen wir solche Sachen nicht einfach so erzählen. Auch nicht im privaten Kreis.«

Das spürbare Desinteresse an diesem Treffen war bei Jens Lindemann schlagartig gewichen, seit er meinen Broterwerb kannte.

»Erzähl doch wenigstens ein kleines bisschen. Wir werden dich schon nicht in die Pfanne hauen.«

Ich schaltete auf stur. »Nein. Das geht beim besten Willen nicht.«

»Wer wurde denn ermordet?«

»Zwei Frauen. Mutter und Tochter.«

»Habt ihr schon einen Verdacht?«

»Wir in Essen? Der Fall gehört den Kollegen in Potsdam.«

»Und wie sieht es da aus?«

Jetzt wurde es mir wirklich zu bunt. Was bildete sich dieser Kerl ein? Dass wir das Geschäft der Presse übernahmen?

»Hör bitte auf damit. Ich habe dir erklärt, warum das nicht geht!«

Das war mir lauter herausgerutscht als beabsichtigt. Die beiden Frauen unterbrachen abrupt ihren Plausch. Bei Lotte bildete sich eine Zornesfalte auf der Stirn.

»Was habt ihr?«, fragte Frauke.

»Nichts«, beruhigte sie ausgerechnet ihr Mann.

»Lass uns lieber die Speisekarte studieren«, lenkte ich ab. Der Rest des Essens verlief aufseiten von Jens Lindemann und mir noch wortkarger als bisher. Ein Comic-Zeichner hätte Gefallen an unseren vergrätzten Mienen gefunden!

Nach dem Essen gingen wir zurück zu Lindemanns. Wir verabschiedeten uns vor dem Haus. Lotte und ich bestiegen unseren Wagen. Kaum war die Tür zugefallen, erteilte mir meine Beste einen Rüffel. »Das war wohl nicht nötig, dass du Streit mit Jens anfängst.«

»Der Typ geht mir auf den Zeiger. Von sich selbst gibt er nichts preis, verlangt aber von mir, Dienstgeheimnisse auszuplaudern. Mit meiner Beteiligung gibt es kein Treffen mehr mit Lindemanns, hörst du!«

»Die sind doch ganz nett.«

»Wenn du dich mit ihr verstehst, heißt das lange nicht, dass ich mich mit ihm verstehe. Halte mich einfach raus! Und deine Frauke war es übrigens ganz bestimmt nicht.«

»Wieso? Weißt du mehr als ich?«

»Was ist denn bei deiner Beobachtung ihres Bewegungsablaufs herausgekommen? War ja glatt peinlich, wie du sie angestarrt hast.«

»Wie soll ich sonst etwas herausfinden?«

»Charlöttchen, erlaube mir anzumerken, dass das nicht deine Aufgabe ist. Es ist sogar nicht mal meine Aufgabe. Das ist die Aufgabe von Staudinger in Potsdam!«

Charlöttchen ist Alarmstufe gelb. Das weiß Lotte nur zu gut.

Wortlos, zum Platzen wütend, startete sie den Motor und wir brausten los.

Am Nachmittag herrschte bei Sieberts stille Messe. Gegen Abend beruhigte sich Lotte langsam und beim Abendbrot versuchte sie, das Gespräch in abgekühlter Atmosphäre neu aufzurollen. »Ich bin immer noch nicht sicher, ob Frauke es war.«

Mir lag nichts an einer Auseinandersetzung am Sonntagabend und ich ging gnädig darauf ein. »Hat sie nun den Bewegungsablauf der schwarzen Figur oder hat sie ihn nicht?«

»Langsam bin ich selbst nicht mehr sicher, was ich genau gesehen habe. Im Grunde war diese oder dieser Schwarze zu weit entfernt, um seine Art, zu gehen, genau genug beobachten zu können.«

»Aha. Und soll ich dir etwas sagen? Bei einem Spaziergang bewegen sich die Leute sowieso anders als kurz vor einem heimtückischen Mord. Selbst der abgebrühteste Killer ist dann nämlich ziemlich angespannt. Niemand geht los, um zwei Frauen über den Haufen zu schießen, als ob er Luft schnappt.«

»Trotzdem. Nach wie vor glaube ich, Frauke könnte es gewesen sein. Ich kann es nicht ausschließen.«

»Ist dir bewusst, wie unwahrscheinlich das ist?«

»Warum?«

»Wir können ihr Vorgehen nur so erklären, dass sie uns mit den Tabletten belogen hat und in sicherer Entfernung gewartet hat, bis wir weitergefahren sind. Tatsache ist, dass sie wirklich auf die Pillen angewiesen ist, wegen ihrem Herzklappenfehler. Sie könnte uns in diesem Punkt belogen haben – klar. Aber warum? Sie ahnt nichts von deinen Verdächtigungen, oder?

Nächster Punkt. Frauke hat keine Verbindungen mehr in den Osten. Was sollte ihr Mordmotiv sein? Wie sieht ihre Beziehung zu den beiden Frauen aus? Sie wird wohl kaum irgendwo angeklingelt haben, weil sie von Natur aus mordlüstern ist und knallt die Hausbewohner über den Haufen. Beim Motiv wird es ganz dünn.

Hat sie auch in dieser Beziehung gelogen? Wieder: Warum? Wir waren spazieren und sie weiß nichts von deinem Verdacht. Eine völlig neutrale Situation. Da besteht für sie gar kein Grund, uns anzuschwindeln. Gib's dran, Lotte.«

So leicht beeindruckte man meine Frau nicht. Ihre Mundpartie kräuselte ein süffisantes Lächeln.

»Zuvor, wenn du dich erinnerst, hast du ihr auf die Nase gebunden, bei der Mordkommission zu arbeiten. Sie war vorgewarnt!«

Ich gab auf. »Dann steige ihr doch weiter nach. Ich werde mich jedenfalls nicht mehr mit Lindemanns treffen. Mit Jens kann ich nichts anfangen und er mit mir auch nicht. Außerdem hasse ich es, ständig für einen Köter stehen bleiben zu müssen. Verschon mich also bitte damit.«

Lotte reckte energisch das Kinn. »Mache ich eben alleine weiter.«

Damit war das Thema fürs Erste begraben. Vor dem Fernseher kehrte erneut Stille ein. Deeskalationsversuch gescheitert. Wochenende im Arsch.

# Auftrag vom Chef

»Morgen Sigi. Schönes Wochenende gehabt?«

Möhrchen meinte diese Frage ehrlich. Sie hatte ja keine Ahnung.

»Eher weniger. Bohr bitte nicht nach.«

»Dann bringe ich dir deinen Kaffee und die Welt sieht gleich rosiger aus!«

Ein Prachtmädel, die Kollegin.

Als sie mit dem Schwarzgebräu zurückkam, fasste ich mir ein Herz.

»Am Sonntag waren wir mit einem Pärchen unterwegs, das wir in Werder kennengelernt haben. Ganz zufällig in einem Restaurant.«

Möhrchen goss mir von ihrem Zaubertrank ein.

»So. Eine Urlaubsbekanntschaft.«

»Ja. Nur dieses eine Mal haben wir sie dort getroffen. Und mit der Frau wollten wir am nächsten Tag eine Fahrradtour unternehmen. Er hatte einen anderen Termin.«

»Eine recht kurze Urlaubsbekanntschaft«, wunderte sich die kleine Rote.

»Genau. Und weißt du, warum Lotte die nicht einfach sausen lässt?«

»Du wirst es mir gleich anvertrauen …«

Ich erzählte Möhrchenen alles, was es über Lindemanns zu sagen gab. Vom Abend im Restaurant, von der abgebrochenen Radtour, von unserem gestrigen Treffen.

»Vom Doppelmord, der dazwischenliegt, kennst du ja bereits die Fakten«, schloss ich meinen Bericht.

»Und was ist der springende Punkt?«

Logisch. Möhrchen roch den Braten. Sie kannte mich genau und spürte, dass mir noch etwas auf dem Herzen lag.

»Lotte hat sich in den Kopf gesetzt, diese Frauke Lindemann hätte etwas mit dem Mord zu tun. Weil die so überstürzt abgereist sind am Tag des Verbrechens.«

»Aber der Grund dafür betraf doch ihren Mann, wenn ich das richtig verstanden habe.«

»Hast du.« Ich führte Möhrchen alle Umstände auf, die den Verdacht meiner Göttergattin nährten und fügte meine Zweifel an.

»Du liegst richtig, Sigi. Nach unser beider Erfahrung liegt kein echtes Indiz vor, um dieser Frau die Schuld in die Schuhe zu schieben. Ich kann ja mal überprüfen, ob sie ein unbeschriebenes Blatt ist.«

»Halte ich eigentlich für unnötig. Trotzdem danke.«

Kurz darauf hörte ich das Klappern der Computertastatur im Nebenbüro. Sie konnte es ja doch nicht lassen, meine Kollegin.

Zu allem Überfluss stürmte just in diesem Moment Chef Gelbarth herein. Er grinste wie ein Honigkuchenpferd. Der hatte anscheinend ein bombiges Wochenende verbracht.

»Guten Morgen, Herr Siebert. Hat sich eigentlich Brandenburg wieder gemeldet?«

»Morgen. Nein. Seit wir die Suche nach dieser Frau aufgegeben haben, keine weiteren Kontakte.«

»Ich habe mir überlegt, Sie könnten trotzdem mal am Bahnhof nachhören. Es gibt die seltsamsten Zufälle. Vielleicht erinnert sich jemand aus irgendeinem Grund an diese Frau. Die Personenbeschreibung liegt uns doch vor, oder?«

»Die liegt uns vor. Kann Erich gleich machen.«

»Herr Terschüren hat sich gerade im Sekretariat krankgemeldet. Das müssten Sie oder Frau Schmidtkowski übernehmen. Unterrichten Sie mich bitte über das Ergebnis, wenn Sie zurück sind.« Sprach's und verschwand aus meiner Einflusssphäre.

Ich fluchte leise vor mich hin. Einerseits war ich stinkig auf Erich, der uns von seiner Auszeit persönlich unterrichtet haben sollte, andererseits über den unsinnigen Auftrag. Ein Chef-Hirngespinst, nach so langer Zeit zu hoffen, dass sich jemand an eine einzelne Reisende erinnerte. Und das nur anhand einer Personenbeschreibung, denn ein Bild von der Gesuchten besaßen wir nach wie vor nicht. Typisch Gelbarth.

Möhrchen kam herüber. Sie hatte alles mitgehört. »Soll ich?«

»Nee, ich gehe selber. Ein bisschen frische Luft um den Kopf ist allemal besser, als das Büro bewachen.«

»Ist übrigens ein völlig unbeschriebenes Blatt, deine Bekannte.«

»Frauke Lindemann ist nicht meine Bekannte.«

»Dann eben die Verdächtige.«

»Verdächtig ist sie auch nicht.«

»Ach, rutsch mir doch den Buckel runter mit deiner miesen Laune. Behalte ich es eben für mich. Lass bloß deine schlechte Stimmung draußen, wenn du wiederkommst.«

Die kleine Rote huschte durch die Verbindungstür in ihr Büro und schlug sie einigermaßen heftig zu. Ganz toll. Jetzt war sie auch noch sauer auf mich. Was für ein Scheißtag!

Ich nahm meine Jacke aus dem Garderobenschrank und machte mich auf den Weg. Mir stand nicht der Sinn nach

Suche der großen Unbekannten. Trotzdem der kriminalistische Funken in diesem Fall auch mein Hirn langsam erwärmte, fand ich diese von Gelbarth angeordnete Aktion schlicht lächerlich. Das würde ohne Erfolg bleiben.

Ich verließ das Polizeipräsidium und stieg am Landgericht in eine Bahn der Linie 106. Eine Viertelstunde später erreichte ich den Hauptbahnhof, wo die U- und Straßenbahnen von Essen schon lange in den Untergrund verbannt worden sind. Ein Bauschaden hat diese Haltestelle für mich zu der gestalterisch Gelungensten Essens gemacht. 1990 hatten ungewöhnlich niedrige Temperaturen etliche der ursprünglichen, nichtssagenden weißen Fliesen von den Betonsäulen und Wänden gesprengt. Damals hatte man aus der Not eine Tugend gemacht. Die Fliesen wurden sämtlich entfernt und stattdessen die Wände und Säulen, so wie sie waren, grau und blau angestrichen. Heute noch sieht man die Riefen des Fliesenklebers. In Kombination mit einer geschickten Ausleuchtung entstand auf diese Weise eine unterirdische Haltestelle, der niemand mehr ansieht, dass ihr heutiges Aussehen eigentlich eine kostengünstige Notlösung ist.

Missmutig stapfte ich die Treppe aus dem Untergrund zum Reisezentrum hoch. Seit dem Umbau vor einigen Jahren war es in einem Glaskasten an der Südseite des Bahnhofs untergebracht.

Ich betrat den schnörkellosen Raum. Vor der durchgängigen Theke standen lange Schlangen an. Ich quetschte mich durch die Reihen der Wartenden zum Schalter, was mir üble Beschimpfungen einbrachte.

»Halten Sie sich bitte zurück. Ich bin von der Kriminalpolizei«, rief ich in den Raum hinein.

»Das kann jeder sagen!«, hörte ich eine kräftige Männerstimme hinter mir. Ich wirbelte herum und zückte meinen Ausweis.

»Noch irgendwelche Anmerkungen, der Herr?« Kleinlaut antwortete der Rufer mit einem undefinierbaren Brummen.

Um mich herum bildete sich, gemessen am Andrang, eine Komfortzone.

Das Wort »Kriminalpolizei« besitzt zum Glück immer noch Wirkung.

Aufmerksam musterte mich eine der jüngeren Angestellten, als ich an sie herantrat. »Guten Tag. Sie wünschen?«

»Siebert mein Name, von der Kripo Essen. Sagen Sie, besteht die Möglichkeit, dass ich jeden, der hier arbeitet, nacheinander in einer etwas ruhigeren Ecke kurz sprechen kann?«

»Hier herrscht Hochbetrieb, wie Sie sehen.«

»Es ist wichtig.«

»Ich kann hier nicht weg.«

»Dann bemühen Sie bitte jemanden, der weg kann.«

»Moment.« Die hübsche Frau griff zum Telefon und wechselte ein paar Worte mit dem anderen Ende. »Sie werden gleich abgeholt. Bitte warten Sie dort.« Sie zeigte in eine Ecke des Glaskastens.

»Tschuldigung«, murmelte ich den Wartenden zu, die jeden meiner Schritte in die angewiesene Ecke verfolgten.

Eine Minute später nahm mich ein Mann in mittleren Jahren in Empfang. Er stellte sich vor und führte mich eine Treppe höher in ein unbesetztes Büro.

»Setzen Sie sich bitte dort an den Schreibtisch. Ich schicke Ihnen die Kollegen nacheinander vorbei, sobald sie frei sind.«

Ich bedankte mich und entschuldigte mich für die Umstände, die ich ihm bereitete. Mir tat meine miese Laune leid. Hier trug schließlich niemand die Schuld daran.

So verbrachte ich den Vormittag damit, eine der unsinnigsten Untersuchungen meiner Polizeilaufbahn durchzuführen. Mitarbeiter um Mitarbeiter wurde mir zugeschleust. Zum Glück blieben mir hier die unwirschen Äußerungen der wartenden Kunden erspart.

Als Erstes wurde mir ein Mann, vielleicht Ende zwanzig, an den Schreibtisch geschickt. Ich notierte mir seinen Namen und erläuterte ihm, worum es ging. Dann betete ich die Personenbeschreibung herunter, die Staudinger uns zur Verfügung gestellt hatte.

»Wann soll das gewesen sein?«

Ich nannte meinem Gesprächspartner Uhrzeit und Datum, die auf der Fahrkarte abgedruckt waren.

»Und nach so langer Zeit soll sich jemand an eine solche Person erinnern?«

»Denken Sie nach. Haben Sie etwas Besonderes an diesem Tag gemacht? Eine Begegnung? Eine schlechte Nachricht? Eine große Freude? Oft führen uns persönliche Ereignisse in Winkel unserer Erinnerung, die überlagert sind von Dingen, die uns wichtig sind.«

Ich klopfte mir imaginär selbst auf die Schulter für diese Erläuterung, die sich bestimmt klug anhörte. Tatsächlich war mir irgendwie gelungen, Gelbarths Anordnung auf diese Weise etwas Rationales anzudichten. Was mir eigentlich völlig gegen den Strich ging.

Mein Gegenüber geriet ins Grübeln. Dann hellte seine Miene auf. »Na sicher. Da war ich zum Skifahren!«

An so etwas hatte ich natürlich nicht gedacht, als ich ihm

meine Erklärung um den Bart geschmiert hatte. Dankend entließ ich ihn und bat darum, den nächsten Kollegen zu schicken.

Derart ging es weiter. Immer wieder beschrieb ich die gleiche Person, die irgendeine junge Frau in Potsdam in ihre Wohnung gelassen hatte. Auch für diese junge Frau lag der Besuch drei Monate in der Vergangenheit. War ihre Beschreibung überhaupt stimmig?

Wahrscheinlich bemerkten alle Befragten, welche Fragezeichen ich selbst im Kopf mit mir herumschleppte. Sie zuckten sämtlich schnell mit den Schultern, beriefen sich in puncto ihrer mangelnden Erinnerung auf die Massen, die hier täglich abgefertigt wurden und verzogen sich dann zurück an ihre Arbeitsplätze. Ich saß auf meinem Posten als Depp vom Dienst, der gezwungen war, das Hirngespinst seines Chefs auszubaden. Darüber konnte selbst die oberschlaue Spontanerklärung, die ich gezwungen war, mehrfach erneut hervorzukramen, nicht hinwegtäuschen. Meine Krawatte auf Gelbarth schwoll mit jedem vergeblichen Versuch, die Identität der großen Unbekannten zu klären, weiter an.

Als ich die letzte Befragung hinter mich gebracht hatte, suchte ich den Mann, der mich einquartiert hatte. Ich fand ihn im Büro nebenan.

»Sehen Sie mir die Störung bitte nach. Arbeiten hier noch mehr Leute? Oder sind das alle?«

»Haben Sie unsere Öffnungszeiten gesehen? Natürlich bekommen wir die nur mit einem größeren Mitarbeiterstab bedient.«

»Fehlen viele?«

»Sie haben maximal die Hälfte der Kollegen angetroffen.«

»Die andere Hälfte spare ich aus. Verpfeifen Sie mich aber bitte nicht bei meinem Vorgesetzten!«

Ein wissendes Lächeln huschte über das Gesicht des Mannes. Ich freute mich, dass er verstanden hatte. Sein Amüsement war mir Versprechen genug.

Ich verließ das Kundenzentrum zur Freiheit hin. Ein bronzenes Denkmal, die »Steile Lagerung«, versucht, den unwirtlichen Platz zu schmücken. Es zeigt vier Bergleute, die in einem stark geneigten Streb arbeiten, angedeutet durch zwei parallel verlaufende Balken. Die Kumpel haben verdient, dass man ihre Schwerstarbeit würdigt. Unter ihnen frisst sich allerdings keine Zeche durch die Tiefen, sondern die A40 in ihrem Tunnel.

Ich beschloss, das schöne Wetter zu nutzen und zu Fuß zum Präsidium zurückzuschlendern. Über die Huyssenallee, vorbei an der Philharmonie, erreichte ich die Rüttenscheider Straße. Rentner, Mütter mit Kindern und Schüler mit Freistunden belebten Lottes und meine Flaniermeile. Darunter mischten sich ein paar eifrige Herausgeputzte, die irgendein Anliegen fort von ihren Arbeitsplätzen auf die Straße trieb. Jetzt müsste man in einem Straßencafé sitzen und das Treiben beobachten!

Stattdessen kaufte ich mir ein Blätterteigbrötchen mit Hackfleischfüllung und aß es von der Hand. Am Rüttenscheider Stern wechselte ich auf die Zweigertstraße, die mich zurück in meinen Berufsalltag führte.

***

»Du und Gelbarth! Ihr seid nie Freunde geworden.« Ecki stellt sein halbvolles Bierglas auf den Deckel.

»Dieser Oberarsch hatte nichts drauf. Aber immer mit der Schnauze vorneweg. Und als ich damals den Mist in Namibia gebaut habe, hat er mich gnadenlos abserviert.«

»Um dann bald darauf selbst Fliege zu machen und eine weitere Sprosse auf der Karriereleiter zu erklimmen.«

»Genau.«

Ich knirsche mit den Zähnen. Die Wut auf meinen damaligen Chef steigt selbst nach so langer Zeit immer noch regelmäßig in mir auf.

Ecki leert seine Pilstulpe und ordert per Augenkontakt Nachschub bei unserem Gastgeber. Ich gerate ins Hintertreffen bei dieser Schlagzahl, besitze jedoch keine Ambitionen, mit meinem Tresenkumpel gleichzuziehen. Im Vergleich zum Volumen seines Bauchfässchens weist mich mein bescheidener Nabelring sowieso eher als Krüppel aus, was das Fassungsvermögen angeht.

Guido postiert das frisch Gezapfte vor Ecki auf dem Tresen und malt einen weiteren Strich auf meinen Deckel. Das Glas bleibt nur eine Sekunde dort stehen – schon berührt der Glasrand wieder die Lippen meines Mitstreiters.

»Bringen wir die Geschichte der jungen Frau zu Ende? Irgendwie sind wir davon abgekommen.«

»Meinetwegen. Kommst du denn noch mit?«

Zack steht das leere Glas auf dem Bierdeckel. »Erlaube mal. Guido, noch eins!«

»Also. Frauke Lindemann war für mich ja mittlerweile frei von jeglichem Verdacht. Bei der mysteriösen Besucherin Ines Frotzschers handelte es sich definitiv um eine andere Frau. Noch kannten wir aber deren Identität nicht.«

»Was sich bald ändern sollte.«

»Richtig. Dabei kam Staudinger wieder ins Spiel. Erzähle ich dir nun zuerst die Geschichte von der jungen Frau zu Ende? Oder mache ich da weiter, als Staudinger mit ihrem Namen um die Ecke kam?«

»In der Reihenfolge«, rülpst Ecki ungeniert.

# Ihre Geschichte

Es war nicht einfach, als Chemikerin aus den Neuen Bundesländern eine Arbeit auf der anderen Seite des ehemaligen eisernen Vorhangs zu ergattern. Die Stellen dort wuchsen nicht gerade auf den Bäumen. Mehr als einmal setzte sie sich hoffnungsfroh in den Zug, um nach dem Vorstellungsgespräch resigniert in die alte, ungeliebte Heimat zurückzukehren. Man machte ihr wenig Hoffnung. Bis sie eines Tages nach Essen kam, zu einem Hersteller für Spezialchemie. Am Empfang beschrieb man ihr den Weg zum Labor, wo sie ihren Ansprechpartner treffen sollte.

Der Mann war in ihrem Alter, vielleicht ein, zwei Jahre älter. Er stellte sich als stellvertretender Leiter des Labors vor und stammte unverkennbar aus den Neuen Ländern – das hörte sie gleich an seiner leicht sächsisch gefärbten Aussprache. Er strahlte eine unglaubliche Ruhe aus, die sich gleich auf sie übertrug. Sie gingen zusammen zur Personalabteilung, wo sie das Übliche besprachen. Dann zog sich der Personaler zurück.

Sie blieb noch eine Weile bei dem Labormenschen sitzen. Ihr Gespräch wechselte ins Persönliche.

Der Mann äußerte unverstellt seine Meinung zu ihrem Vorstellungsgespräch: »Sie haben mich überzeugt. Unsere Gesellschaft ist ein angenehmer Arbeitgeber. Ich selbst habe mich übrigens im Ruhrgebiet gleich wohlgefühlt.«

Er erzählte ihr, dass er bereits seit fünfzehn Jahren hier arbeitete. Seinerzeit sei er unter Lebensgefahr aus der DDR geflohen.

Dann sagte er die Sätze, die ihr richtig guttaten: »Sie sind die einzige Bewerberin aus dem Osten. Ich werde alles daransetzen, dass Sie die Stelle bekommen. Ich weiß um den Traum, in den Westen zu gehen. Es ist mir ein echtes Bedürfnis, einem Ex-Bürger der DDR bei der Erfüllung dieses Traums behilflich zu sein. Ich kann natürlich nichts versprechen. Sie dürfen aber sicher sein, ich gebe mein Bestes.«

Er begleitete sie zurück zum Empfang. Sie verabschiedeten sich voneinander wie langjährige Bekannte. Dass sie ihn nicht umarmte vor Glück, war alles. Endlich Sympathie und Unterstützung statt Reserviertheit und Skepsis.

Den Bauch voller positiver Spannung, fuhr sie am gleichen Abend zurück. Ein durch und durch netter Kollege, der stellvertretende Laborleiter. Sie würde alles dafür geben, unter ihm arbeiten zu dürfen. Sie wusste noch nicht, dass mehr daraus werden würde.

Mit zittrigen Fingern riss sie den Umschlag mit dem Logo der Essener Firma auf. Sechs Wochen später hielt sie den Arbeitsvertrag in Händen. Ihr Ticket in den Westen!

Sie kündigte gleich am Tag darauf. Ihre Kollegen rümpften die Nase. Hinter ihrem Rücken hörte sie Worte wie »Abhauen«, »die Heimat verraten«. Sie machte sich nichts daraus. Nicht sie verriet die Heimat, sondern die Heimat hatte sie verraten. Das äußerte sie jedoch nicht laut. Ihr war klar, dass eine Menge Frust seitens der Kollegen im Spiel war.

Zum letzten Mal saß sie im Zug in den Westen. Der stellvertretende Laborleiter - Bernd Langhardt -, war ihr behilflich dabei gewesen, fürs Erste eine kleine Wohnung zu finden. Möbliert, denn ihren eigenen Hausrat verkaufte sie komplett in Bitterfeld. Nichts sollte sie »drüben« an ihr Leben in der DDR erinnern. Sie würde sich in den nächsten Monaten in Ruhe nach einer anderen Bleibe umsehen, die sie nach eigenem Geschmack ausstatten konnte. Auch darauf freute sie sich riesig.

Gleich am ersten Arbeitstag bot ihr Bernd das Du an. Wenige Tage darauf trafen sie sich abends in einer Pizzeria und erzählten sich bei Calzone, Diavolo und einer Flasche Chianti ihre Lebensgeschichten. Bernd schilderte ihr seine Flucht. Die Grenzer hatten die Doppelwand, die im Kofferraum des Ford hinter der Rücksitzbank installiert worden war, um ihn im Hohlraum zu verbergen, bereits abgeklopft. Mit angehaltenem Atem hatte er dahinter gelegen, auf seine Entdeckung gefasst. Zum Glück hatte die Grenzer Hundegebell, zwei Wagen hinter ihnen, von ihrer weiteren Inspektion abgelenkt. Sie hatten den Kofferraumdeckel zugeknallt und das Fluchtauto durchgewunken. In diesem Moment war ihm sein zweites Leben geschenkt worden, wie Bernd es ausdrückte.

Gebannt lauschte sie dieser mutigen Geschichte. Sie selbst hatte aus tausend Ängsten nie eine Flucht in Betracht gezogen. Um einen solchen Beschluss zu fassen, hätte man noch ganz anders mit ihr umspringen müssen. Hier saß ein Mann bei ihr, zu dem sie seit ewiger Zeit das erste Mal wieder Vertrauen fasste. Sie berichtete Bernd von ihrem Schicksal, von der Bespitzelung, von dem Gefühl, Honecker persönlich schaue ihr beim Essen zu. Von ihrem Kind erfuhr Bernd allerdings nichts. Noch verbarg sie dieses Geheimnis vor ihm.

Es wurde ein langer Abend. Als sie Bernd fragte, ob niemand ihn zu Hause erwarte, gab er kleinlaut zu, seit zwei Jahren geschieden zu sein. Eine Iranerin und ein Mann aus Sachsen – diese Verbindung wäre von Anfang an zum Scheitern verurteilt gewesen. Er sei nie in ihrer Welt angekommen und sie nie in der seinen. Darunter wäre ihre Liebe zerbröckelt.

Diesmal umarmten sie sich wirklich bei der Verabschiedung. Es folgten noch viele Abende mit Bernd, an denen ihr verschlossenes Herz langsam aufging.

Nach drei Monaten wurden sie ein Paar.

Zunächst ließ sie Bernds Nähe nur zögerlich zu. Dann genoss sie seine Anwesenheit immer mehr. Er ging behutsam mit ihr um, geduldig, als ahnte er, dass er durch zu große Eile etwas zerstören würde. Sie fand in ihm seit der Zeit vor ihrer Schwangerschaft zum ersten Mal jemanden, dem sie bedingungslos vertraute, erzählte ihm sogar unter Tränen von ihrem Kind und den Umständen, unter denen sie es weggeben musste.

Sie zogen zusammen. Nach einem Jahr heirateten sie.

Die Seelennarbe, die das vermisste Kind ihr geschlagen hatte, verheilte Monat für Monat mehr, den sie mit Bernd zusammenlebte. Er war ihr Medizinmann, der durch seine bloße Anwesenheit Balsam in ihre Wunde träufelte. Sie besaß endlich einen Menschen für sich.

Nie redeten sie von eigenen Kindern. Bernd besaß eine Tochter und einen Sohn aus erster Ehe, die wenige Wochenenden im Jahr mit ihrem Vater verbrachten. Er nahm sie mit auf kleinere Ausflüge. Sie blieb lieber daheim. Aber auch die wenigen Stunden, die sie gemeinsam mit Bernd und seinen Kindern unterwegs war, machten ihr nichts aus. Sie stellte sich ihren eigenen Nachwuchs wie in ihrem Traum blond und helläugig vor. Diese schwarzäugigen, dunklen kleinen Lockenköpfe bezog sie nicht auf sich.

Im Laufe der Zeit schafften sie sich Hunde an. Bernd und sie genossen die gemeinsamen Spaziergänge mit ihren Vierbeinern. Sie entwickelte viel Gespür für die Tiere, arbeitete mit ihnen, so oft es ihre Zeit zuließ. Häufig erhielt sie Komplimente anderer Hundehalter, wie wohlerzogen ihre Lieblinge waren.

Den Kontakt zu ihrer alten Heimat brach sie komplett ab. Geschwister besaß sie nicht und mit ihren Eltern, besonders dem Vater, war sie nie gut ausgekommen. Sie scheute sich einfach, zurück in den Osten zu fahren. Sie wähnte immer noch das Lauern des Regimes hinter den renovierten Fassaden und unter dem frischen Asphalt. Als wolle man die Vergangenheit durch ein neues Kleid verbergen.

Auch Bernd hatte die Brücken hinter sich abgebrochen. Ein geselliger Mensch war er genauso wenig wie sie. Eigentlich genügten sie einander.

Beinahe zwanzig Jahre lebten sie so ihr bescheidenes, glückliches Leben. Dann wurde Bernd krank.

Er war immer Kettenraucher gewesen. Wie oft hatte sie ihn gebeten, damit aufzuhören. Ihr und seiner Gesundheit zuliebe. Das war der einzige Punkt, in dem er ihrem Drängen nie nachgegeben hatte. Nun zerfraß der Krebs seine Lungen.

Es herrschte gerade Stress im Betrieb. Sie arbeiteten lange und fielen am Abend geschafft ins Bett. Nur aus diesem Grund hatte Bernd die ersten Anzeichen der Krankheit ignoriert, sie unter der Pflicht vergraben. Er war zu spät zum Arzt gegangen. Der Krebs griff auf seine Knochen über. Ihnen beiden wurde klar, dass sie sich auf das Schlimmste gefasst machen mussten.

Kurz darauf verstarb ihr letzter Hund, Gismo. Im Bewusstsein, was ihnen bevorstand, schafften sie sich keinen neuen an. Sie wollte bis zum Eintritt des Unvermeidlichen nur noch für ihren Mann da sein. Er benötigte ihre Hilfe mit fortschreitender Krankheit immer dringender.

Bernd lebte noch neun Monate. Als seine Urne in die Erde gesenkt wurde, riss ihre Seelennarbe wieder auf. War sie verdammt dazu, wieder allein auf dieser Welt zu sein? Die Frauen der ein, zwei Freunde, die Bernd besessen hatte, lagen nicht auf ihrer Wellenlänge und im Betrieb hatte sie sich über die ganzen Jahre hinweg gescheut, Kontakte zu schließen. Sicherlich, hier im Westen existierte keine Stasi. Die Tradition, seine Mitmenschen auszuspähen, war bereits im Krieg zurückgeblieben. Trotzdem hatte sie diese Macke aus dem Osten mitgeschleppt und war sie nie mehr richtig losgeworden. Vertrauen zu fassen , fiel ihr einfach schwer.

Wo war ihr Kind? Wie war es ihm in den ganzen Jahren ergangen? Durfte sie nach ihm suchen? Würde sie bei ihm etwas zerstören, wenn sie sich als die leibliche Mutter zu erkennen gab?

Sie wischte die Zweifel beiseite. Auch sie durfte einmal egoistisch sein. Auch sie besaß ein Recht darauf, in andere Leben einzudringen. Zumal, wenn es um ihren Nachwuchs ging.

In der Woche nach Bernds Beerdigung fasste sie den Entschluss, nach ihrem Kind zu suchen.

Sie stellte bei der Stasi-Unterlagen-Behörde Antrag auf Akteneinsicht. Als ihr positiv beschiedener Bescheid eintrudelte, machte sie sich mit einem Bauch voller unbestimmter Gefühle auf den Weg nach Berlin.

Sie wurde in einen Raum geführt, wo ihre Akte bereits auf

sie wartete. Auf dem Deckel waren eine Nummer und ihr Name vermerkt. Dazwischen ein unscheinbarer Stoß Papier.

Sie wagte kaum, den Aktendeckel aufzuklappen. Welcher Schmutz würde ihr hier entgegentreten?

Schnell wurde ihr klar, dass Robert sie von Anfang an bespitzelt hatte. Das ging aus den knappen Notizen, die irgendjemand mit Schreibmaschine auf gelbstichiges Papier getippt hatte, eindeutig hervor. Die Beobachtungen, die in den Unterlagen dokumentiert waren, konnte nur Robert angestellt haben. Ansonsten fanden sich nur belanglose Hinweise auf ihre Widerspenstigkeit und zwei Vermerke aus Bitterfeld, die sie eher von irgendwelchen Verdächtigungen entlasteten.

Ihr persönlicher Teufel war eindeutig Robert gewesen. Er hatte sogar kleinere Verfehlungen von ihrer Seite erfunden oder aufgebauscht. Ein erdachter Schmutzkübel. Zu welchem Zweck?

Ihre Gedanken schweiften in längst vergessen geglaubte Zeiten zurück. Ihr kamen kleine Erlebnisse mit Robert in den Sinn. Sein kühler Blick, den sie während des Trainings auf sich ruhen spürte. Seine mechanische Art, sie zu lieben. Nein, er war nie ein wirklicher Freund gewesen. Kein Partner, wie es später Bernd geworden war. Lag es nur an seiner Jugend? Oder steckte mehr dahinter?

Immer mehr drängte sich ihr der Eindruck auf, dass ein Plan hinter all dem steckte. Roberts Plan, der ihr trotz allen Nachdenkens darüber verborgen blieb. Und unheimlich.

Einen Hinweis auf den Verbleib ihres Kindes fand sie leider nicht in der Akte. Nur die lapidare, in verdrehtem Amtsdeutsch verfasste Notiz, dass sie niedergekommen und das Kind den vorgesehenen Adoptiveltern übergeben worden war.

Moment! Den vorgesehenen Adoptiveltern? Das klang irgendwie nach Bestellung. Hatte jemand ein Kind bestellt? Bei wem?

Bei Robert? Der Verdacht traf sie wie ein Schock.

Aufmerksam nahm sie sich die Akte noch einmal Blatt für Blatt vor. Sie fand Roberts erste Information über sich.

»Die Beobachtete scheint besonders empfänglich für aufrührerisches Gedankengut.« Zwei Seiten weiter: »… traf die Beobachtete innig umarmt mit P. an. Sie scheint eine Beziehung mit ihm zu führen.« Kurz danach: »Nachdem P. aus dem Verhör durch Honig entlassen worden war, traf ihn die Beobachtete vor dem Haus. Sie sprachen eine Viertelstunde miteinander. Aus mitgehörten Gesprächsfetzen wurde deutlich, dass es um die Warnung anderer verdächtiger Personen ging.«

Sie begriff.

Robert, dieser Oberarsch, hatte sie gezielt verleumdet, um sie als Staatsfeindin und liederliche Person unmöglich für die Erziehung eines Kindes erscheinen zu lassen. Die Freigabe zur Adoption, die ihr diese Tusnelda eingeredet hatte, ja sogar das Verhalten des Vaters, gehörten zu der Schlinge, die ihr dieser Teufel um den Hals gelegt hatte. Sein Vaterschaftsverhältnis zu ihrem gemeinsamen Kind wurde – zumindest in ihrer Akte – mit keiner Silbe erwähnt. Sie war nur eine Leihmutter gewesen, die Robert für die im Verborgenen abwartenden Adoptiveltern ausgesucht hatte.

Warum hatten sie nicht irgendein Kind angenommen? Warum waren sie so versessen darauf gewesen, ein Kind von Robert zu adoptieren?

Der Hass überflutete sie wie ein Tsunami. Sie wünschte diese Fremden, die ihr das Kind entrissen hatten, in die Hölle.

Sie verfluchte diesen Kerl, der sich dafür als williges Werkzeug hergegeben hatte. Sie verdammte den Apparat, der solches möglich gemacht hatte.

Als sie lange später wieder klar denken konnte, wandte sie sich an einen Mitarbeiter des Amtes und fragte ihn nach den Möglichkeiten, die Identität ihres Kindes herauszubekommen. Sie zeigte ihm den Passus in der Akte, der ihre Niederkunft bewies. Ihr wurde die Auskunft erteilt, man würde ihren Anspruch klären und sich mit ihr erneut in Verbindung setzen.

Völlig erschöpft verließ sie den Bau.

Beim nächsten Besuch in Berlin erfuhr sie den Namen ihres Kindes. Ein Mädchen mit Vornamen Ines, Nachname Frotzscher. Die Familie, die es angenommen hatte, war zum Zeitpunkt der Adoption in Potsdam ansässig gewesen. Ihren heutigen Aufenthaltsort konnte ihr der freundliche Mann von der Behörde nicht nennen. Aber bei diesem Namen, meinte er, sollte es ihr nicht schwerfallen, das herauszufinden.

Ihr wurde ganz warm ums Herz. Ein Mädchen, ein Name. Sie suchte im Internet-Telefonbuch nach »Ines Frotzscher« und wurde an drei Orten der Neuen Länder fündig. Einer davon war Potsdam. Gleich nebenan. Dort würde sie mit der Suche beginnen.

Nachdem sie im Hotel bezahlt hatte, fuhr sie am gleichen Nachmittag mit dem Zug hinaus nach Potsdam. Sie übernachtete in der Nähe von Schloss Sanssoussi. Am Morgen, einem Sonntag, begab sie sich mit einem dicken Kloß im Hals zur herausgefundenen Adresse. Wenn ihr Mädchen nun geheiratet hatte und nicht mehr den Namen trug? Dann würden alle drei herausgefundenen Anschriften ins Leere führen.

Sie hatte Glück. Gleich, als die junge Frau aus der Tür auf die Straße trat, einen Jack Russell Terrier an der Leine, erkannte sie in ihr das Kind, das sie in einem anderen Leben zur Welt gebracht hatte. Ihr wurde schwindelig. Diese junge Frau musste es einfach sein, das sagten ihr alle Sinne. Blonde Locken, wie sie sie selbst als Mädchen getragen hatte. Zierliche Figur. Am liebsten hätte sie ihr Kind gleich hier auf der Straße umarmt.

Der Kloß in ihrem Hals verhinderte das. In sicherem Abstand verfolgte sie die junge Frau, wandte sich ab, wenn die Verfolgte stehen blieb, weil der Hund sein Beinchen hob. Sie spürte, dass sie sich etwas vorgemacht hatte. Ihr Kind hatte sie niemals zuvor gesehen, wusste vielleicht nicht einmal, dass ihre Adoptiveltern nicht ihre leiblichen Eltern waren. Was sollte sie der Tochter sagen?

»Hallo, ich bin deine richtige Mutter. Tut mir leid, dass die Umstände mich erst jetzt zu dir geführt haben.«

Sie sah ein, dass sie sich wenn, dann nur ganz vorsichtig annähern durfte.

Das Schicksal nahm ihr die Entscheidung ab. Plötzlich jaulte der Jack Russell auf und fing an, zu humpeln. Ines ging in die Hocke und untersuchte seine Pfote.

Mit dem Instinkt einer Mutter, die ihrem Kind in jeder Situation beistehen will, stürzte sie auf ihre Tochter zu und fragte, ob sich der Hund verletzt habe. Zum ersten Mal sah ihr Ines in die Augen. Grün, wie ihre. Leider lagen kein Erkennen und keine Vertrautheit darin, die die Jahre überbrückten, kein Schleier fiel, der wie ein Wunder alles Gewesene vergessen machte. Sie hatte sich etwas vorgegaukelt. Hier kniete ein fremder Mensch bei seinem verletzten Hund.

Der Jack Russell fiepte erbärmlich. Vielleicht fand sie über ihn Zugang zur Tochter?

»Was hat der Kleine? Kann ich helfen?«

»Einen Glassplitter hat er sich eingetreten. Ich muss ihn zu einem Arzt bringen.«

Das war ihre Chance. Ein Wink des Schicksals. Schließlich kannte sie sich mit Vierbeinern bestens aus, besaß sogar so etwas wie ein Naturtalent im Umgang mit ihnen.

»Da haben Sie Glück, dass ich zufällig vorbeikomme«, hörte sie sich lügen. »Gehen wir zu Ihnen nach Hause. Dort werde ich die Pfote versorgen.«

Sie lieh ihrer Tochter ein Taschentuch, das sie sofort um die blutende Pfote wickelte. Dann nahm Ines den Jack Russell auf den Arm. »Kommen Sie!«

Sie begleitete ihre Tochter zu ihrer Wohnung. Die lag in der ersten Etage eines nichtssagenden Hauses, war klein, aber gemütlich eingerichtet. Die überwiegenden Zutaten ihres Domizils schienen aus dem Sortiment von IKEA zu stammen. Keinerlei Luxus oder Prunk.

Sie gingen zusammen ins Badezimmer. Dort setzte sich Ines auf den Wannenrand, den Hund auf dem Schoß.

»Im Badezimmerschrank, rechte Tür, finden Sie Verbandszeug.«

»Ich benötige auch eine Pinzette und ein Desinfektionsmittel.«

»Eine Pinzette liegt dort in der Schublade. Eine Flasche Jod müsste beim Verbandszeug stehen.«

Sie suchte die Utensilien zusammen. Dann kniete sie sich neben der Wanne hin. Sie hätte ihr Kind berühren können, vermied es jedoch peinlichst. Das empfundene Gebot, Distanz zu wahren, blieb stärker als ihre mütterlichen Gefühle.

»Halten Sie bitte den Hund fest.«

Vorsichtig entfernte sie den provisorischen Verband an der Pfote. Schnell erkannte sie, dass der Glassplitter nicht tief eingedrungen war.

Beherzt packte sie die Kante des Glassplitters mit der Pinzette und zog ihn mit einem kräftigen Ruck heraus. Es blutete kaum. Der Jack Russell jaulte kurz auf, ließ aber ansonsten alles mit sich geschehen.

»Ein braver Kerl bist du. Halten Sie ihn jetzt bitte über das Waschbecken. Ich werde die Wunde säubern und das Jod aufträufeln.«

Sie drehte den Hahn auf und ließ lauwarmes Wasser über die Stelle laufen. Anschließend tupfte sie die Pfote trocken und brachte das Jod auf. Auch diese Prozedur ließ der Hund willig über sich ergehen. Sie legte ihm einen Verband an und tätschelte ihm den Kopf.

Wie jetzt ein unverfängliches Gespräch anfangen?

»Auf ihrem Türschild habe ich gesehen, Sie heißen Frotzscher?«

»Ja. Ganz brav hast du das gemacht, mein Herzchen.«

Sie startete einen Versuchsballon: »Ich hatte eine Freundin, die einen Frotzscher geheiratet hat. Leider haben wir uns aus den Augen verloren. Wie heißt Ihre Mutter mit Vornamen?«

Ganz aufgeregt wurde sie. Sie bemerkte, dass sie aus lauter Nervosität einen Zettel in ihrer Jackentasche zerknüllte. Sie schmiss ihn mit einer Geste der Verlegenheit in den Abfalleimer.

»Das wäre vielleicht ein Zufall«, lächelte Ines. Dabei kam

eine Reihe makelloser Zähne zum Vorschein. »Meine Mutter heißt Anna.«

»Nein! Das kann ich jetzt nicht glauben! Anna Frotzscher hieß meine Freundin. Ach, bitte, können Sie mir ihre Telefonnummer geben?« Warum bestand die erste Begegnung mit ihrem Kind aus so vielen Lügen?

Ines setzte den Jack Russell auf dem Boden ab und nahm sie mit in die Küche. Dort schrieb sie die Nummer auf einen Abreißblock. »Danke für Ihre Hilfe. Würde mich freuen, wenn Sie auf diesem Wege ihre alte Freundin wiedergefunden hätten.« Ines übergab ihr den Zettel.

Nun fiel ihr nichts mehr ein, mit dem sie die Verabschiedung hätte hinauszögern können. Außerdem traten ihr erste Tränen in die Augen. Es wurde Zeit.

Mit knappem Gruß verließ sie die Wohnung. Als die Tür hinter ihr zuschlug, brachen Rührung und Verzweiflung über ihren fehlenden Mut, sich erkennen zu geben, über ihr zusammen. Sie heulte hemmungslos.

# Neuigkeiten aus Potsdam

Ermüdet von der überflüssigen Befragung, kehrte ich ins Polizeipräsidium zurück.

»Hallo Sigi«, begrüßte mich ein gut gelaunter Erich von seinem Schreibtisch aus, als ich unser Büro betrat.

»Was machst du denn hier? Ich dachte, du wärest krank?«

»Wer sagt das? Mir ist nur ein Stück von einer Plombe rausgebrochen. Ich war beim Zahnarzt.«

»Was erzählt Gelbarth denn da?«

»Ich habe bei seinem Vorzimmerdrachen angerufen und ihn gebeten, euch Bescheid zu geben.«

»Das ist gründlich in die Hose gegangen. Ist denn alles wieder in Ordnung?«

»Die neue Plombe ist schon drin. Hat kaum wehgetan.«

Daher also die gute Laune!

Erschlafft ließ ich mich auf meinen Schreibtischstuhl plumpsen. Am liebsten wäre ich gar nicht mehr hergekommen, sondern direkt in den Feierabend verschwunden. Halb zwei war leider zu früh dafür.

Möhrchen schoss um die Ecke. »Staudinger hat vor einer Stunde angerufen. Es klang wichtig.«

Heute hatte ich eigentlich keinen Bock mehr auf den ganzen Potsdam-Fall. Obwohl – ein kleiner Erfolg täte dem vermurksten Tag sicherlich gut.

»Ich rufe ihn gleich an.«

»Darf ich mithören?«

Der Eifer der kleinen Roten steckte mich ein wenig an. »Meinetwegen. Bringen wir es hinter uns.« Ich wählte die

Nummer, die ich von einem Zettel auf meinem Schreibtisch ablas.

»Ah, der Kollege Siebert. Schön, dass Sie so schnell zurückrufen«, begrüßte mich Staudinger.

»Dürfen meine Kollegen mithören?«, fragte ich, obwohl ich das Telefon längst auf laut gestellt hatte. Möhrchens Ohren klebten schon am Lautsprecher.

»Natürlich. Meine Zeit ist etwas knapp bemessen. Entschuldigen Sie, wenn ich gleich mit der Tür ins Haus falle. Es geht um diese Frau, den Besuch der Stieftochter.«

Von jetzt auf gleich kehrte mein Interesse zurück. Womöglich wurde durch Staudingers Mitteilung die latente Gefahr, doch noch zur Befragung der restlichen Mitarbeiter des Reisezentrums genötigt zu werden, endgültig gebannt. Ein Pfand gegen Gelbarth!

»Es verhält sich nämlich so«, führte Staudinger weiter aus, »dass wir einen Hinweis auf die leibliche Mutter der Adoptivtochter der Frotzschers erhalten haben. Eine gewisse Sylke Böhning. Sie hat ihr Kind mit fünfzehn bekommen und es wurde direkt zur Adoption freigegeben. Wir haben ihre weiteren Stationen verfolgt. Im Osten war sie zuletzt in Bitterfeld tätig. Nach der Wende ist sie dann in den Westen umgesiedelt. Sie werden es bestimmt erraten: Nach Essen.«

Staudinger legte eine kleine Pause ein, damit das Gesagte wirkte. Ich verstand sofort.

»Sie vermuten, die Frau mit der Fahrkarte und die Mutter der jungen Frau sind identisch?«

»Exakt. Und damit kommen wir auf den Punkt, an dem Sie mir behilflich sein können. Prüfen Sie bitte nach, ob sich diese Frau noch in Essen aufhält und befragen Sie sie zur Angelegenheit. Ein Foto von ihr würde uns auch weiterhelfen. Dann könnte sie die Tochter identifizieren.«

»Verdächtigen Sie denn Ines Frotzschers leibliche Mutter, den Doppelmord begangen zu haben?«, mischte sich Möhrchen in das Gespräch ein.

»Dafür gibt es keine Anhaltspunkte. Noch nicht. Lohnenswert, mit ihr zu sprechen, ist es allemal.«

»Wir melden uns, wenn wir etwas haben«, sicherte ich Staudinger zu. »Kommen Sie denn ansonsten voran?«

»Äußerst mühsam. Mein Kollege steht hier. Wir wollen los. Verzeihen Sie, dass ich so kurz angebunden bin. Wir hören voneinander. Schönen Tag!«

Ehe ich etwas erwidern konnte, klickte es in der Leitung. Staudinger hatte aufgelegt.

Möhrchen sah mich groß an. »Das werde ich gleich mal recherchieren.«

»Ja. Tu das. Bin gespannt.«

Meine Kollegin ließ nicht lange mit dem Ergebnis ihrer Nachforschung auf sich warten.

»Ich habe sie«, flötete sie aus dem Nachbarraum.

Erich und ich sprangen auf und gingen zu ihr herüber. Auf dem Monitor ihres Computers sah ich Adressdaten.

»Seit dreiundzwanzig Jahren wohnt die Frau in Essen. Sie ist zweimal umgezogen. Heute wohnt sie in Borbeck. In einer Straße namens Rabenhorst. Müsste beim Schlosspark liegen.«

Am Schlosspark? Der lief mir wohl mittlerweile ins Büro nach. Merkwürdige Zufälle begleiteten diesen Fall.

»Der Dame werden wir sofort einen Besuch abstatten.«

Erich wurde unsicher. »Sollten wir nicht erst Gelbarth davon unterrichten?«

»Papperlapapp. Der kompliziert nur alles. Nehme ich auf meine Kappe.« Ein verworrener Auftrag meines Vorgesetzten pro Diensteinheit reichte mir völlig.

Wir gingen zu Erichs BMW und starteten durch. Kurz vor drei hielt mein Kollege vor einem zweigeschossigen Haus. Wir stiegen aus. Richtig. Auf einem der Türschilder prangte der Name Böhning. Ich betätigte die Klingel. Als niemand öffnete, schellte ich erneut. Ohne Resultat. Ich versuchte es mit dem Taster eine Etage tiefer.

An der Sprechanlage meldete sich eine Frauenstimme. »Ja, bitte?«

»Wir möchten zu Frau Böhning. Wissen Sie zufällig, wo sie steckt?«

»Die Sylke ist noch arbeiten. Die kommt immer spät heim. Kann ich weiterhelfen?«

»Wissen Sie, wo Ihre Nachbarin arbeitet?«

»Ja …« Die blecherne Stimme verriet uns einen Hersteller von Spezialchemie nahe der Stadtmitte.

Ich bedankte mich für die Auskunft und verneinte die Frage, ob die Stimme ihrer Nachbarin etwas ausrichten sollte.

Wir gingen zurück zu Erichs Wagen und stiegen ein.

»Was machen wir nun, Chef?«, fragte mein Fahrer, der es gewohnt war, dass ich sagte, wie es weiterging, obwohl ich formal gar nicht sein Vorgesetzter war.

»Ich rufe Möhrchen an. Die soll mal mit der Frau telefonieren und sie für morgen ins Präsidium einbestellen. Nach Lage der Dinge wäre es nicht korrekt, sie an ihrer Arbeitsstätte aufzusuchen. Bleibt ja nicht unbemerkt, wenn unsereins plötzlich jemanden sprechen möchte. Wir sollten uns im Hintergrund halten.«

Ich nahm mein Handy aus der Jackentasche und betätigte die Kurzwahl. Möhrchen meldete sich unmittelbar, nachdem das Freizeichen den ersten Muckser getan hatte. Ich erläuterte ihr, worum es ging und wünschte ihr einen schönen Feierabend.

»So, Erich. Den machen wir jetzt auch. Fahr mich bitte nach Hause und dann verschwinde ebenfalls. Ehe Gelbarth eine Chance erhält, uns den Tag endgültig zu versauen.«

Mein junger Kollege war zufrieden und wir fuhren los. Er setzte mich vor meiner Haustür ab.

Als ich unsere Wohnung betrat, kam Lotte überrascht aus der Küche geschossen. Sie hatte einen freien Nachmittag.

»Hallo, mein Lieber. So früh?«

»Ich dachte, wir könnten bei dem schönen Wetter einen Spaziergang machen.«

»Gib mir noch eine halbe Stunde. Ich koche gerade vor. Du kannst ja schon mal Kaffee aufsetzen.«

Ich füllte die Kaffeemaschine mit Wasser und setzte einen Filter mit Pulver ein. Wir bauen in Fragen der Zubereitung unverändert auf die klassische Methode. Zu oft hatten wir von Problemen mit diesen neumodischen Vollautomaten gehört. Es war mir bisher gelungen, Lotte vom Kauf einer solchen Höllenmaschine abzuhalten. Wenn ich allein daran dachte, was so was kostete!

Fünf Minuten später standen zwei dampfende Tassen auf unserem Küchentisch. Lotte musste gerade nicht eingreifen beim Kochen und nahm mir gegenüber Platz. »War nicht viel los bei euch?«

»Gelbarth hat mich zum Bahnhof geschickt, damit ich eine

idiotische Befragung durchführe. Dann hat Staudinger angerufen.«

»Ah, wieder dieser Doppelmord. Habt ihr zurzeit denn überhaupt keinen eigenen Fall?«

»Genau, Schatz. Im Moment sind wir komplett fremdbestimmt!«

»Was wollte Staudinger?«

»Er wollte, dass du dir endlich Frauke Lindemann als Täterin aus dem Kopf schlägst.«

Der Gesichtsausdruck meiner Göttergattin wechselte in Sekundenbruchteilen von neutral zu angesäuert. Sie wehrte sich unerwartet nicht. Stattdessen erkundigte sie sich: »Im Ernst. Um was ging es?«

»Es ging um die leibliche Mutter dieser Ines Frotzscher. Seltsamerweise lebt die in Essen.«

Das Säuerliche in Lottes Miene verschwand und schlug um in Neugier.

»Ach. Das ist ja mal eine Neuigkeit. Ob Frauke die kennt? Wie heißt die Frau?«

»Wäre sogar möglich, dass die beiden sich kennen. Die Gesuchte heißt Sylke Böhning. Sie wohnt quasi auf der anderen Seite des Schlossparks.«

»Sylke Böhning. Soso. Danach werde ich Frauke fragen. Ich sehe sie ja am Freitag.«

»Wie, du siehst sie am Freitag?«

»Hast du das denn nicht mitbekommen? Gestern hat sie uns zu ihrem historischen Vortrag eingeladen. In der Alten Cuesterey. Ich freue mich schon drauf.«

»Habe ich nicht mitgekriegt. Muss ich wohl gerade mit Jens gesprochen haben. Wann ist das?«

»Um zwanzig Uhr.«

Meine Angetraute wurde argwöhnisch. »Du kommst doch mit?«

»Auf keinen Fall. Hast Du vergessen, dass ich mich am Freitag mit den Kollegen von der Polizeiausbildung treffe? Das passt ganz gut, denn wir gehen in die Dampfbierbrauerei. Nach dem Vortrag kannst du mich dort abholen.«

Der Kreis, der da zusammenkam, war über die Jahre immer kleiner geworden. Viel Lust verspürte ich nicht auf die verbliebenen Kollegen, denn eigentlich hatten genau diejenigen aus der Truppe den Kontakt abgebrochen, die mir lagen. Aber immer noch besser, als meiner Göttergattin beim Verfolgen ihrer persönlichen Verdächtigen Gesellschaft zu leisten.

»Das passt dir perfekt in den Kram, was?«, trat Lotte nach.

»Nein. Ich würde mir viel lieber diesen Vortrag anhören. Aber du weißt ja: Wenn ich jemandem zugesagt habe, halte ich mich daran. Außerdem treffen wir uns nur einmal im Jahr. Kocht da gerade etwas über?«

Tatsächlich war ein Zischen aus Richtung Herd zu hören. An einem der Töpfe war Wasser heruntergelaufen und auf die Platte getropft. Lotte sprang auf, um den Deckel schrägzustellen und die Hitze herunterzudrehen.

Den Rest des Tages mieden wir die Schlagworte »Potsdam«, »Mord«, »Verdacht«, »Lindemann«. Stattdessen unternahmen wir einen Maispaziergang in der Gruga. Wir genossen die wunderbar angelegten Gartenanlagen und die Blütenpracht des Wonnemonats.

Lotte fasste meinen Arm. »Wie schön es doch bei uns direkt vor der Haustür ist.«

Ich gab ihr einen Schmatz auf die Backe. »Recht hast du!«

»Ich habe sie für neun Uhr bestellt«, informierte mich Möhrchen, gleich nachdem ich mein Büro am nächsten Morgen betreten hatte.

»Hoffentlich trudelt Erich bis dahin ein. Danke!«

»Soll ich dabei sein?«

»Kann nicht schaden. Sechs Ohren hören mehr als vier. Und zwei Frauenaugen sehen mehr als vier Männeraugen.«

So was schmeichelte Möhrchen. Ihre saphirblauen Augen funkelten zufrieden.

Um kurz vor neun klopfte es zaghaft an der Bürotür. Erich war natürlich noch nicht aufgeschlagen.

»Herein«, rief ich durch die geschlossene Tür. Behutsam wurde sie geöffnet und eine Frau betrat den Raum.

Spontan fiel mir eine gewisse Ähnlichkeit mit Frauke Lindemann auf. Die Frau besaß dieselbe Größe und wie sie eine schlanke Figur. Selbst altersmäßig lagen die beiden eng zusammen. Am auffälligsten war aber die Ähnlichkeit ihrer Gesichter. Sie hätten gut Schwestern sein können. Den größten Unterschied machte die Frisur. Zwar waren beide Frauen blond, doch die Besucherin hatte seit dem Aufkreuzen bei ihrer Tochter nichts an ihrem kurzen Haarschnitt geändert.

»Bin ich hier richtig bei Hauptkommissar Siebert?«, fragte sie.

»Goldrichtig. Das bin ich. Sie sind Sylke Böhning, wie ich annehme.«

Ich stand auf und reichte ihr zur Begrüßung die Hand. Mich erstaunte der wenig zur Zögerlichkeit ihres Auftritts passende, kräftige Händedruck.

»Das bin ich. Worum geht es?«

»Nehmen Sie bitte Platz.« Ich rückte unseren Besucherstuhl zurecht. »Möhrchen, kommst du bitte!«

Die kleine Rote kam, mit einem Notizblock und einem Kugelschreiber bewaffnet, aus dem Nachbarbüro geschossen. Ich stellte die beiden gegenseitig vor.

In diesem Moment wurde die Bürotür energisch aufgeschubst. Rums. Die Türkante berührte unsanft die Rückenlehne des Besucherstuhls. Dass Erich die danebenstehende Sylke Böhning nicht niederriss mit seinem Schwung, war alles.

Sein Ungestüm war dem jungen Kollegen sichtlich peinlich.

»Oh, habe ich jemandem wehgetan? Entschuldigung. Der steht sonst nicht da.« Er zeigte auf den Besucherstuhl.

»Das ist mein plötzlicher Kollege Erich Terschüren«, ging ich über seine Frage hinweg und tadelte ihn gleichzeitig durch meine Wortwahl ein wenig. »Dann sind wir komplett. Setzen wir uns.«

Alle kamen meiner Aufforderung nach. Hufeisenförmig saßen wir um die beiden Schreibtische herum, von mir aus gesehen zu meiner Rechten vor Kopf zunächst Sylke Böhning, neben ihr Möhrchen, mir gegenüber auf seinem angestammten Platz Erich. Auch er legte sich Schreibzeug zurecht. Ich konnte beginnen.

»Frau Böhning, wir sind von der Polizei in Brandenburg gebeten worden, Sie zu einem Ereignis in Potsdam zu befragen. Wann waren Sie zuletzt dort?«

Mir entging die Wachsamkeit nicht, die von einem Moment auf den anderen Einzug in den Blick der Frau hielt. Es arbeitete in ihr – das war deutlich zu spüren.

»Kann gut und gerne sechs Monate her sein.«

»Gab es einen speziellen Anlass für ihren letzten Aufenthalt?«

»Eigentlich nicht«, behauptete die Befragte zögerlich.

»Nach unseren Informationen liegt Ihr letzter Aufenthalt in Potsdam nicht so lange zurück. Erkennen Sie diese Fahrkarte wieder?« Ich legte die Kopie vor sie hin.

Das linke Auge von Sylke Böhning begann zu zucken. »Woher wollen Sie wissen, dass die von mir stammt?«

Es wurde Zeit, den Royal Flush aufzudecken. »Sie sind Mutter einer Tochter, Ines Frotzscher, die in Potsdam lebt?«

Wie nebensächlich hatte ich meine Frage gestellt, geradezu beiläufig. Trotzdem traf sie die Frau wie ein Faustschlag. Sylke Böhning schreckte unwillkürlich zusammen. Schulterpartie und Arme vollführten eine einzige, heftige Bewegung. Antwort erhielt ich zunächst nicht.

Ich setzte etwas schärfer nach: »Lebt ihre leibliche Tochter in Potsdam? Können Sie diese Information der Kollegen bestätigen?«

Die Frau begann zu zittern. Ihre Lippen waren kaum in der Lage, verständliche Worte zu formulieren.

»Ja.«

»Und Sie haben Ihre Tochter Ines in Potsdam besucht?«

»Eher weniger.«

»Sie streiten aber nicht ab, dass Sie in ihrer Wohnung waren?«

»Nein«, würgte Sylke Böhning hervor. Dann setzte Sie nach: »Sagen Sie ihr bitte nicht, dass ich es war. Ich flehe Sie an.« Verängstigte Augen suchten Bestätigung in meinen. Ich wusste, dass meine Stirn einem Waschbrett glich. Ein zuverlässiger Indikator dafür, dass wir Staudinger bald ein Stück weiterhelfen konnten.

»Warum?«

»Weil ich nicht in ihr Leben eindringen will. Sie müssen

wissen, dass ich sie gleich nach ihrer Geburt zur Adoption freigegeben habe und wir uns nie zuvor und nie danach begegnet sind. Sie müssen es mir versprechen!«

Beschwörend legte Sylke Böhning ihre Hände auf meinen rechten Unterarm.

»Ich muss Sie bitten, mich loszulassen.«

Statt meiner Aufforderung Folge zu leisten, rüttelte sie an meinem Arm. »Bitte! Sie müssen es mir versprechen! Ich flehe Sie an!«

Erich schaltete. »Lassen Sie bitte meinen Kollegen los. Das können wir Ihnen nicht versprechen. Nicht, wenn es der Aufklärung eines Verbrechens dient.«

Jetzt war es heraus. Eigentlich hatte ich mir den Doppelmord für später aufheben wollen.

Die Befragte zog ihre Hand zurück. Sie kramte ein Taschentuch aus ihrer Handtasche und trocknete sich erste Tränen, die ihre Tusche auflösten. Unter Schluchzen verstärkte sich ihr Zittern. Möhrchen, Erich und ich sahen uns an. Diese kurze Verständigung genügte. Wir wussten, dass wir eine Pause einlegen sollten.

»Möchten Sie ein Glas Wasser?«, fragte Möhrchen einfühlsam. Sie erntete ein kaum merkliches Nicken. Bis die kleine Rote mit dem Wasser zurückkehrte, wechselten wir kein Wort.

»Ich will alles erklären«, versprach Sylke Böhning, nachdem sie einen Schluck aus ihrem Glas getrunken hatte. Ihr Gesicht war wie versteinert. Eine Geschichte lag in der Luft, eine lange, traurige Geschichte. Ob die Frau den Doppelmord begangen hatte?

## Nachklang ihrer Geschichte

Ich blicke nachdenklich auf die beiden leeren Biergläser vor mir auf dem Tresen.

»Das war endlich mal was Konkretes. Ich saß ja damals wirklich zwischen allen Stühlen. Auf der einen Seite Lotte, die sich in ihren unsinnigen Verdacht festbiss, der mittlerweile keinerlei Substanz mehr aufwies, auf der anderen Seite ein übereifriger Chef mit wirren Ermittlungsideen. Und ich mittendrin. Ein Lichtblick war eigentlich nur der Kollege aus Potsdam, der sich systematisch und sachlich an die Lösung herantastete.

Ich kann mich noch genau an die Anhörung von Sylke Böhning erinnern. An das Schweigen zwischendurch, hinter dem manchmal mehr steckt als hinter dem Gesagten. Wir unterbrachen sie nicht und ließen sie einfach alles abspulen, was sie glaubte, uns anvertrauen zu müssen.

Oft hatte ich das schon erlebt bis zu diesem Tag. Aber selten so intensiv, so hautnah. Die Luft hat buchstäblich geknistert in unserem Büro. Eine Entladung in einem Donnerschlag war greifbar.«

Ecki reibt sich über seine Trommel. »Zu der es ja dann nicht gekommen ist.«

Guido stellt zwei neue Pils vor uns ab.

Ich nicke bestätigend. »Seltsam, nicht? Wenn man plötzlich in einen Fall verstrickt wird, der hunderte Kilometer entfernt passiert ist. Auf einmal ist man mittendrin. Die Verdächtigen entdeckst nicht du, sondern irgendein Kollege. Du hast keinen Einfluss auf seine Vorgehensweise, auf seine Gedanken. Und doch kannst du dir vorstellen, wie er seine Arbeit macht.

Und du weißt genau, wie du ihm dabei helfen kannst, denn sein Job ist wie dein Job. Du kennst ihn aus dem Effeff.«

Wir schnappen uns die Biere und nehmen jeder einen Schluck. Ein köstliches Nass, das Guido hier seinen Gästen kredenzt. Der Gerstensaft läuft bei ihm. So schmeckt er immer frisch. Die Temperatur ist zudem stets auf dem Punkt.

»War dir damals eigentlich klar, dass du entscheidend zur Aufklärung des Falls beitragen würdest?«, fragt mein Tresenkumpel.

»Nein. Überhaupt nicht. Ich dachte, wir arbeiten Staudinger zu und der löst den Fall.«

»Was hast du dir denn damals von der Aussage der Frau versprochen? Vorher, meine ich.«

»Ich hatte noch keine Ahnung, worauf das Ganze hinauslaufen würde. Ihre Geschichte habe ich dir ja bereits erzählt. Sie hat das alles an diesem Vormittag ausgepackt. Wir drei saßen um sie herum und hörten ihr zu. Als sie erzählte, wie sie ihre Tochter fand, kriegte Möhrchen glatt Pipi in die Augen. Sylke Böhning war da lange in Tränen aufgelöst. Selbst mich alten Knochen hat sie weichgeknetet. Ich war echt froh, als sie endlich mit ihrem Bericht geendet war.

Dass sie Anna Frotzscher hasste und Rachegedanken gegen sie hegte, hat sie uns allerdings verheimlicht. Das komplette Bild entstand erst später. Sylke Böhning hat zu diesem Zeitpunkt noch ziemlich gemauert. Und uns in einigen Belangen schlicht belogen.«

***

Sie war am Schluss angekommen. Mehrfach hatte Sylke Böhning ihre Geschichte laut schluchzend unterbrochen. Möhrchen wischte sich mit einem Taschentuch die verlaufene Wimperntusche ab. Erich sah beklommen zu Boden.Ein Wunder, dass er zwischendurch nicht unruhig geworden war. Schließlich hatten wir über weite Strecken nur zugehört.

Eine lange Pause trat ein, in der jeder von uns seinen eigenen Gedanken nachhing. Schließlich schien es mir angezeigt, weitere Fragen zu klären, die ermittlungstechnisch relevant waren.

»Wenn Sie sich so weit in Ordnung fühlen, sagen Sie uns bitte, ob dies ihr letzter Besuch in Potsdam war.«

Sylke Böhning holte tief Luft.

»Nein. Ich war seitdem noch mal da.«

»Wann war das und warum?«

»Das war Mitte März. Ich wollte meine Tochter besuchen, ihr alles anvertrauen, was ich Ihnen erzählt habe. Als ich sie dann sah, zufällig wieder auf der Straße, verließ mich der Mut. Ich habe Ines nicht angesprochen. Woher sollte ich wissen, wie sie reagierte? Davor bekam ich spontan Angst.«

»Sie hatten vermutlich mehrere Tage geplant. Verraten Sie uns bitte, wo Sie übernachtet haben?«

Sylke Böhning nannte den Namen einer Pension in Potsdam.

Meine beiden Kollegen schrieben ihn auf.

»Wie lange sind Sie dortgeblieben?«

»Eigentlich hatte ich eine ganze Woche gebucht. Als ich merkte, dass mich mein Mut verließ, bin ich vorzeitig abgereist.«

Langsam stand die Gretchenfrage an. Wie sollte ich sie am geschicktesten formulieren?

»Stattdessen haben Sie den Frotzschers, draußen in Wildpark West, Ihre Aufwartung gemacht?«

Im Gesicht der Befragten arbeitete es wieder. Bestimmt wog sie jetzt ab, ob sie das abstreiten sollte. Ich war überzeugt davon, dass sie dort gewesen war. Bei diesem Aufenthalt in Potsdam, vielleicht auch bei dem davor oder einem späteren.

Gequält rang sich Sylke Böhning zu einer Antwort durch: »Auch dazu war ich zu feige.«

»Sind Sie ganz sicher?«, setzte Erich nach. Wir hatten diese verteilten Rollen in den letzten Jahren in vielen Verhörsituationen eingeübt.

Der Blick von Sylke Böhning wurde geradezu frech, was so gar nicht zu ihrem bisherigen Auftritt passen wollte.

»Natürlich bin ich sicher. Meinen Sie nicht, ich hätte langsam begriffen, worum es hier geht. Die beiden sind doch ermordet worden, richtig? Das hat man sogar hier im Westen mitgekriegt.«

Die Formulierung »hier im Westen« fand ich einigermaßen merkwürdig. War das die Brille, die jemand, der von »dort im Osten« stammte, aufbehielt?

»Ich fasse zusammen«, brachte ich das Gespräch wieder an mich, »Sie sind vor ca. zwei Monaten das letzte Mal nach Potsdam gefahren. Später weder dorthin, noch in die Nähe. Sie haben auch keinen Kontakt zu Anna Frotzscher und zu ihrer Mutter gehabt während dieser Zeit, niemals zuvor und niemals später. Ist das richtig?«

»Ja. Das ist richtig.«

»Noch etwas: Wo haben Sie sich zwischen dem 28. und dem 30. April aufgehalten?«

»Was waren das für Wochentage?«

»Montag bis Mittwoch.«

»Da werde ich gearbeitet haben. Im April hatte ich keinen Urlaub.«

»Wer kann das bestätigen?«

»Das kann meine gesamte Abteilung bestätigen. Warum? Glauben Sie mir etwa nicht?«

»Nur, falls wir Ihr Alibi überprüfen müssen.«

»Sie wollen mir diese Morde in die Schuhe schieben?«

Sylke Böhning baute sich entrüstet auf ihrem Stuhl auf.

»Reine Routine. Niemand unterstellt Ihnen irgendetwas. Ich bitte Sie, uns die genauen Daten ihres letzten Aufenthalts in Potsdam zu nennen und anschließend lassen wir ein Bild von Ihnen machen.«

Ihr Gesichtsausdruck kehrte zu der lauernden Vorsicht vom Anfang des Gesprächs zurück.

»Ein Foto? Warum?«

»Die Kollegen in Brandenburg hätten gerne eins. Spricht von Ihrer Seite etwas dagegen?«

»Nur dann, wenn Sie es nicht meiner Tochter zeigen.«

»Natürlich wird es Ihrer Tochter vorgelegt. Sie muss doch bestätigen, dass Sie die Frau sind, die sie damals in ihre Wohnung gelassen hat.«

»Das habe ich doch schon zugegeben.«

»Jede ihrer Aussagen wird überprüft werden. Was glauben Sie denn?«, platzte Erich heraus.

Was nun geschah, blieb in meiner gesamten Polizeilaufbahn ein einmaliges Vorkommen. Sylke Böhning rutschte von ihrem Stuhl und kniete vor mir nieder.

Was sie sagte, ging beinahe vollständig in einem kehligen Wimmern unter: »Ich beschwöre Sie: Ines darf nicht erfahren, dass ich ihre Mutter bin! Verhindern Sie das! Bitte verhindern Sie das!«

Erich und Möhrchen schluckten. Es blieb an mir hängen, auszusprechen, was jeder Kriminalbeamte an meiner Stelle gezwungen gewesen wäre, auszusprechen. Mir tat diese unnachgiebige Härte aufrichtig leid.

»Warum nicht? Käme dadurch etwas zutage, was wir nicht wissen dürfen?«

Auch die Reaktion darauf hätte ich niemals vorausgesehen. Sylke Böhnig stand im Nu auf ihren Füßen und funkelte mich mit vor Hass zu Schlitzen zusammengekniffenen Augen an. Ihre Stimme überschlug sich. »Sie Schwein. Allesamt seid ihr Schweine. Wie die Stasi. Die hat auch so mit den Menschen und ihren Gefühlen gespielt. Nichts ist besser geworden, gar nichts!«

»Ich will Ihr Verhalten Ihrer Erregung zugutehalten. Mir fällt übrigens gerade eine weitere Frage ein: Wie lautet der Familienname des Vaters Ihres Kindes?«, ließ ich mich nicht beeindrucken.

Wieder Angst. Spielte diese Frau Theater oder lagen ihre Gefühlswelten wirklich so nahe beieinander?

»Was hat das wieder mit der Sache zu tun?«

Möhrchen meldete sich zu Wort. Verständnislos hatte sie die wechselhaften Stimmungen unserer Befragten mitverfolgt. Ihre Tränen waren vergessen.

»Wie wir Sie der Routine unterziehen, wird auch der Vater Ihrer Tochter dieser Routine unterzogen. Gleicher Umgang mit allen.«

Sylke Böhning antwortete in schnippischem Tonfall: »Maurer.«

Mir hatte sie bei dieser Auskunft etwas zu lange gezögert. Aber ich maß dem im Moment keine weitere Bedeutung zu.

»Also Robert Maurer?«, stellte Erich sicher und notierte bereits den Namen.

»Genau.«

»Kennen Sie seinen derzeitigen Aufenthaltsort?«

»Nein. Wir haben seit Jahrzehnten keinen Kontakt mehr.«

Ich blickte die Kollegen nacheinander an. »Habt ihr noch ungeklärte Punkte?«

Beide verneinten durch Kopfschütteln.

»Also gut. Möhrchen, du gehst bitte mit Frau Böhning zu van Gogh. Er soll sie fein säuberlich ablichten. Das Bild schickst Du bitte gleich anschließend per E-Mail an Staudinger. Guten Tag, Frau Böhning.«

Van Gogh war der Spitzname unseres Fotografen. Grußlos schoss Sylke Böhning aus unserem Büro. Die kleine Rote beeilte sich, ihr hinterherzuhechten.

Ich blieb mit Erich zurück. Das Gehörte wirkte bei uns nach. Mein Kollege fand als Erster zur Sprache: »Irgendetwas stimmt mit der Tante nicht. Die Gefühle fahren mit der doch Achterbahn. Mal schluchzt sie zum Erbarmen, mal schreit sie los, dass die Fensterscheiben klirren. Die hat uns niemals alles gesagt, Sigi.«

»Den Eindruck habe ich auch. Aber noch gibt es keine Beweise.«

Eine knappe halbe Stunde später kehrte Möhrchen zurück.

»Van Gogh schickt uns gleich die Bilder. Hat sich die Böhning doch tatsächlich vorher noch schminken wollen. War das nur abgebrühte Show, dieses Geheule?«

Ich hatte die ganze Zeit während ihrer Abwesenheit darüber

nachgegrübelt. Meine Einsortierung stand fest: »Nein, das war alles echt. Wohlgemerkt: Alles!«

Zunächst stutzte Möhrchen über meine Worte. Dann hellte sich ihre Miene auf.

»Du meinst, sie leidet wirklich unter der Trennung von ihrer Tochter, besitzt jedoch gleichzeitig das überschäumende Temperament, dir fast an die Gurgel zu gehen wegen deiner Klarstellungen?«

»Exakt. Und sie will auf dem Bild gut aussehen, denn wir legen es schließlich ihrer Tochter vor. Kommt, lasst uns Staudinger anrufen.«

Der Kollege staunte nicht schlecht, als ich ihm eine Zusammenfassung von Sylke Böhnings Geschichte auseinanderlegte.

»Alle Achtung, Kollegen. Da kommt ja einiges zusammen. Sogar ein Motiv.«

»Wenn nicht sogar Varianten davon. Hass, Rache oder aber der bedingungslose Versuch, Mitwisser der leiblichen Mutterschaft auszulöschen. Das schien ihr das Allerwichtigste, dass niemand ihre Tochter darüber aufklärt.«

»Jetzt liegt der Ball wohl wieder in meinem Feld?«

»Schätze ich mal. Wir schicken Ihnen die angeblichen Reisedaten ihres letzten Aufenthalts und das Bild zu. Wir haben auch die Pension herausbringen können, wo sie angeblich abgestiegen ist.«

»Tausend Dank, Kollegen. Wir werden uns mit dem Foto auf den Weg machen und alles fein säuberlich überprüfen. Auf Wiederhören nach Essen.«

»Halt, wir haben noch etwas. Ihnen fehlt doch noch der Name des Vaters, richtig?«

»Allerdings. Bis jetzt haben wir keinerlei Vermerk über ihn

gefunden. Total vertrackt das Ganze. So spurlos haben die wenigsten in der DDR gelebt, glauben Sie mir das.«

»Wir haben ihn bei der Mutter erfragt. Angeblich heißt er Robert Maurer.«

»Toll, dass Sie daran gedacht haben. Auch wenn das wieder Arbeit für uns bedeutet.«

»Das war's zum Stand in Essen. Grüße nach Potsdam!« Ich legte auf.

»Setzt du die Mail auf, Möhrchen?«

»Bin schon dabei.« Die kleine Rote verschwand in ihrem Kontor.

»Das ist es dann wohl zunächst für uns«, hoffte Erich.

»Nein, ist es noch nicht. Du hast dir doch Notizen gemacht während des Gesprächs. Schreib mir bitte die Eckpunkte zusammen und dann gehen Möhrchen und ich noch mal drüber und ergänzen unsere Punkte. Solange die Erinnerung daran frisch ist. Mein Instinkt sagt mir, dass der Fall irgendwann nach Essen zurückschwappt.«

Murrend machte sich Erich an die Arbeit. Schreibkram verteufelte er noch mehr als ich.

Am Abend erzählte ich Lotte in groben Zügen von Sylke Böhning und ihrer Geschichte. Eigentlich in der Hoffnung, sie würde dadurch endgültig von Frauke Lindemann ablassen.

»Sehen sich die beiden ähnlich?«, erkundigte sich Lotte. Ihr siebter Sinn!

»Ja. Warum?«

»Muss ich dir das wirklich erklären? Überleg doch mal. Könnten sie Schwestern sein?«

»Schatz, ich bitte dich. Deine Spekulationen werden immer

wilder. Es muss doch irgendwann gut sein damit. Sylke Böhning ist gemäß ihrer Aussage Einzelkind.«

»Sie könnten natürlich auch Freundinnen sein. Von der Figur und Größe her ähneln sie sich so weit, dass beide die schwarze Gestalt gewesen sein könnten?«

»Die hast nur du gesehen. Rein von der Erscheinung her würden die beiden in schwarzen Klamotten wahrscheinlich ziemlich gleich aussehen.«

»Und diese Böhning war zum Tatzeitpunkt nicht in Potsdam und Umgebung?«

»Gemäß ihrer Aussage nicht.«

»Könnte dir doch auch passieren: Da steht jemand vor deiner Tür. Angekündigt war jemand anderes, aber du schaust nur flüchtig hin. Außerdem beschattet die Kapuze das Gesicht. Du lässt den Besucher hinein. Erst drinnen erkennst du, dass es nicht derjenige ist, den du erwartet hast. Schon zu spät. Peng, peng. Aus die Maus.«

»Schatz, sei mir nicht böse, aber dir ist wirklich nicht zu helfen. Ich gehe jetzt eine Runde joggen.«

So war es besser. In meiner Wut auf Lottes Starrsinn hätten wir uns sonst nur an die Köppe gekriegt.

Zwei Tage später stürmte ein sichtlich aufgebrachter Gelbarth in mein Büro. Erich war gerade unterwegs. Der Boss vergaß das Grüßen und schoss sofort aus allen Rohren: »Siebert, habe ich nicht angeordnet, dass Sie mir über jeden Schritt, den Sie im Potsdam-Fall unternehmen, Rechenschaft ablegen?«

Ich versuchte es freundlich. »Einen schönen guten Morgen, Herr Gelbarth. Wenn ich etwas nachdenke – ja, daran erinnere ich mich.«

»Und Sie nehmen sich diese Frau vor und sagen mir nichts davon?«

Weiter kleine Brötchen backen. »Ach das. Nun ja. Daraus ist etwas mehr geworden, als wir uns vorgestellt hatten. Habe ich falsch eingeschätzt …«

Gelbarths Stimme nahm die Lautstärke eines Fußballfans im Pokalspiel an.

»Diesem Saustall hier werde ich beikommen, verlassen Sie sich drauf. Das hört mir ab sofort auf, Herr Siebert. Sonst setze ich jemand anderen daran, dem ich mehr vertraue.«

Mein Chef war doch selber einer, dem man nicht vertrauen konnte. Auf Pressekonferenzen machte er sich gut. Drahtig, kurz geschorene Haare, Nickelbrille. Ein Kopf für eine Briefmarke. Geschliffene Rhetorik, wenn er nicht ausflippte wie heute Morgen. Zigmal weggelobt, bis er auf seinem heutigen Posten gelandet war. Kriminalistisch eine Niete, wie er mir sogleich bewies.

»Sie nehmen dieses Foto und gehen auf der Stelle zum Reisezentrum. Vielleicht erkennen die Angestellten dort jetzt diese Frau.«

Wunderbar! Musste ich mich gar nicht erst aufregen. Er nahm sich selbst den Wind aus den Segeln mit seiner verkrüppelten Denke.

»Das würde unnötig Ressourcen verschleißen.«

Da hatte ich gut aufgepasst. »Ressourcen verschleißen« und »Effizienz« waren die derzeitigen Lieblingsvokabeln meines Chefs.

»Was wollen Sie damit andeuten? Ich verfüge über die Ressourcen dieses Kommissariats. Also auch über Sie, denn Sie haben sich doch damit selbst gemeint, stimmt's?«

Dieses angehängte »stimmt's« wies auf eine erste Verunsicherung des Neunmalklugen hin. Ein Aufhänger, um nachzusetzen. »Was meinen Sie, was Staudinger mit dem Foto macht?«

»Wie jetzt?« Gelbarth stand in der Ecke!

»Er wird es der Tochter zeigen und die wird darauf die Frau erkennen, die bei ihr die Fahrkarte in den Müll geworfen hat. Wozu benötigen wir dann die Aussagen aus dem Reisezentrum?«

Der hatte gesessen. Mein Boss legte das aufgeplusterte Gefieder an.

Unsicher stammelte er: »Da, da ist was dran …«

»Na sehen Sie. Woher wissen Sie überhaupt von Sylke Böhning?«

Noch ganz in der Schmach seiner unsinnigen Anordnung gefangen, sprach Gelbarth in Zimmerlautstärke weiter: »Staudingers Vorgesetzter hat mich angerufen und sich für die erfolgreiche Arbeit hier bedankt.«

Zeit für eine Retourkutsche. »Dass Sie sich persönlich herbemühen, um dieses Lob an uns weiterzugeben, ehrt Sie, Herr Gelbarth. Ich freue mich aufrichtig darüber!«

»Halten Sie mich auf dem Laufenden«, sagte der Oberrat noch. Dann verschwand er ebenso plötzlich, wie er aufgetaucht war.

Als die Bürotür zuklappte, traute sich Möhrchen um die Ecke. »Was war das denn?«

»Unser Lebensabschnitts-Vorgesetzter.«

»Der war vielleicht stinkig.«

»Kann vorkommen.«

Die kleine Rote kicherte. »Geschickt, wie du ihm einen mitgegeben hast.«

»Fällt bei dem Heini nicht schwer. So viel Angriffsfläche, wie der bietet.«

»Wir sollten ihn trotzdem ab jetzt über alles unterrichten, meinst du nicht?«

Unser Möhrchen, der Teamkitt. Spannungen hielt sie schlecht aus. Allein ihr zuliebe würde ich mich bessern.

»Versprochen«, sicherte ich der kleinen Roten zu. Zufrieden zog sie sich in ihr Reich zurück.

Am Freitag startete ich von zu Hause aus rechtzeitig zum Jahrestreffen der Polizeiausbildung. Lotte war noch nicht eingetrudelt.

Der Abend versprach lau zu werden, ein erster Abend, um im Biergarten draußen zu sitzen. Ich schlug den täglichen Arbeitsweg zum Polizeipräsidium ein, den ich vor nicht einer Stunde nach Hause gegangen war, und stieg an der Haltestelle Landgericht in einen Bus der Linie 160. Der spuckte mich eine knappe halbe Stunde später am Bahnhof in Essen-Borbeck aus. Von dort waren es kaum fünf Minuten zum ausgemachten Treffpunkt.

Das historische Gebäude der Dampfbierbrauerei zeigt zur Straße hin eine angewitterte Ziegelsteinfassade. Ich betrat den Hof, in dem der Biergarten untergebracht ist, durch ein Rolltor. Am hohen, runden Schornstein vorbei, hielt ich mich nach rechts zur Terrasse. Gegenüber liegen die Gastronomie-Gebäude. Dort hatte ich gelegentlich Veranstaltungen besucht: Musik und Comedy. Das Ententreffen der Fans des urigen Citroën-Klassikers oder das Rudelsingen lockten mich persönlich nicht.

Einer meiner Bekannten aus der Ausbildung hatte bereits

einen Tisch belegt. Wir begrüßten uns nachlässig. Er gehörte nicht unbedingt zu meinen Freunden. Zu laut, zu selbstverliebt, zu sehr auf sein Äußeres bedacht. Wen wollte der mit seinen schwarz gefärbten, gegelten Haaren beeindrucken? Zumal durch seine dünnen Flusen die Kopfhaut schimmerte!

Leider hatte ich auch mit den anderen Bekannten Pech. Der Einzige, den ich heute Abend gerne gesehen hätte, war kurzfristig verhindert, wie der Lackaffe wusste. Er winkte dem Kellner, der ein Bierfass und ein Tablett mit Gläsern heranschleppte. Zur Selbstbedienung.

Der dunkle Gerstensaft schäumte wegen dem Druck im Behälter heftig. Wir mussten zigmal nachzapfen, ehe zwei komplette Biere vor uns auf dem Tisch standen. Bevor wir uns zuprosten konnten, tauchte der nächste Bekannte auf. Er verkörperte äußerlich das krasse Gegenteil des Gelackten. Plautze, Schwabbelbacken, ungepflegtes, graumeliertes Haarkränzchen, ein Loch unter dem Arm im Karohemd. Wir verpassten ihm ebenfalls ein Bier. Ich wartete mit dem Antrinken, bis es fertig gezapft war. Als wir endlich alle drei versorgt waren, stießen wir an.

Noch zwei weitere Bekannte trudelten ein. Die Runde war komplett. Wir bestellten unser Essen. Das Gespräch kam nur mühsam in Gang. Der mit dem Karohemd heulte uns seine Scheidungsgeschichte vor, Freund Gelhaar prahlte mit seiner Karriere beim LKA. Hätte nicht das herrliche Nass auf unserem Tisch gestanden, wäre ich gleich nach dem Essen abgehauen. Ich nahm mir vor, nächstes Jahr abzusagen.

So saß ich da und bekam trotz eines Abends, der eine Vorahnung auf den Sommer durchblitzen ließ, immer schlechtere Laune. Hoffentlich erschien Lotte bald. Ich schaute auf die

Uhr. Neun durch. So lange konnte solch ein Vortrag doch nicht dauern.

Einer meiner Tischgenossen fing an, von seiner Yacht zu erzählen. Ich wusste, dass er reich geheiratet hatte.

»Für deine Eltern kannst du nichts. Aber für deine Schwiegereltern«, hatte er einmal dazu gemeint, ein abfälliges Grinsen unter dem Oberlippenbart. Aus anderen Bemerkungen seinerseits war deutlich geworden, dass er an eine Xanthippe geraten war.

»Für den Charakter deiner Eltern kannst du nichts. Aber für den deiner Frau«, hatte ich ihm als Gegenweisheit unter die Weste gedrückt. Seitdem hat er mich nie mehr direkt angesprochen.

Endlich – das Fass war lange leer und wir waren auf Einzelbestellungen umgestiegen –, erschien meine Angetraute. Sie kam zu uns an den Tisch und begrüßte die Runde. Setzen wollte sie sich nicht. Ich kannte sie gut genug, um gleich zu erkennen, dass sie nicht auf ihre Kosten gekommen war.

Nachdem ich meinen Anteil am Fass und mein Essen bezahlt hatte, rauschten wir ab.

»Wie war dein Abend?«, fragte mich Lotte, als wir im Auto saßen.

»Käse. Die Jungs gehen mir auf den Zeiger. Keiner, mit dem man gerne ein Bier trinkt. Und mein Spezi, wegen dem ich eigentlich hingegangen war, hat abgesagt.«

»Bei mir war auch nix. Kein Wort konnte ich mit Frauke reden. Sie hat ihren Vortrag abgespult und dann haben die Leute sie ellenlang mit Tinnef gelöchert. Frauke ist mit zwei Freundinnen nach Hause aufgebrochen. Reinfall auf der ganzen Linie.«

»Vergiss sie einfach. Haken wir den Tag ab.«
»Schon Haken dran«, seufzte Lotte und gab Gas.

# Neue Fragen

Nach einem Wochenende, an dem wir zu Hause nicht weiter über den Doppelmord sprachen, überraschte mich Montagfrüh Möhrchen mit einer neuen Erkenntnis.

»Morgen Sigi. Bist du schon aufnahmebereit?«

»Wenn du mir bitte einen Kaffee bringst.«

»Kommt sofort!«

Keine Minute später dampfte es aus meiner Tasse und meine Lieblingskollegin saß, ebenfalls mit einem Kaffee, mir gegenüber auf Erichs Platz.

»Schieß los«, forderte ich sie auf.

»Mir ist immer wieder die Geschichte dieser Böhning durch den Kopf gegangen und ich habe mich gefragt, was mir daran nicht gefallen hat. Irgendwie werde ich den Eindruck nicht los, sie hat uns da eine Soap aufgetischt. Die Fakten werden größtenteils stimmen. Aber in mindestens einem Punkt, glaube ich, hält ihre Geschichte keiner Überprüfung stand …« Möhrchen legte eine dieser Kunstpausen ein, mit denen sie manchmal ganz schön nerven konnte.

Ich saß sie einfach aus. So wach wie behauptet, war ich doch noch nicht.

»Zunächst kann ich mir kaum vorstellen, dass sich der Name der Adoptiveltern und der Tochter in Klarschrift in den Stasi-Akten befindet. Wo die doch immer um alles ein Geheimnis gemacht haben. Das wäre doch eher eine Information, die man auf dem Standesamt erhält.«

Langsam wurde ich ungeduldig. »Weiter!«

»Dann ist mir eingefallen, dass es im Adoptionsrecht auch

um den Schutz der Personen geht, insbesondere den der Kinder. Ich habe das recherchiert. Für leibliche Eltern ist es äußerst schwierig, Behörden und Gerichten eine Argumentation zu liefern, dass sie den Namen ihres weggegebenen Kindes überhaupt erfahren dürfen. Die verlangen nämlich einen Nachweis, dass besondere Gründe des öffentlichen Interesses vorliegen. Welche sollten das im Fall von Sylke Böhning sein? Dass ein freundlicher Beamter bei ihr eine Ausnahme gemacht hat, glaube ich nicht. Das wäre zu leicht.«

Möhrchen hatte es wieder mal geschafft, meine Aufmerksamkeit zu fesseln. Wenn sie etwas recherchierte, hatte das Hand und Fuß.

Nur: Was bedeutete das für den Doppelmord?

Langsam begriff ich, was die kleine Rote längst vermutete. »Du meinst, sie hat den Namen des Kindes nicht von der Behörde erfahren, sondern von jemand anderem?«

»Genau.« Sie strahlte spitzbübisch.

»Wer käme dafür infrage?«

»Es müsste jemand sein, der in die Sache verstrickt ist. Mein persönlicher Tipp: Der Vater des Kindes.«

»Was?«, rief ich ins Büro hinein. Dieser Aspekt ließ unerwartet einen Strauß neuer Ermittlungspfade zu.

»Wer denn sonst? Ihre Eltern? Ein Freund oder eine Freundin? Der große Unbekannte?«

Sie hatte recht. Der Vater war die wahrscheinlichste Quelle. »Nehmen wir an, da ist was dran. Der Vater von Ines Frotzscher hätte doch dieselben Probleme wir ihre Mutter, an den Namen zu gelangen.«

»Darüber habe ich auch nachgedacht. Und wenn ich ehrlich bin, habe ich noch keine Idee dazu. Das bleibt ein Rätsel.«

Als Erich zur gewöhnlichen Zeit auftauchte, überfielen wir ihn gleich mit der neuen Erkenntnis.

»Staudinger sollte prüfen, wie oft und wann Sylke Böhning bei diesem Stasi-Amt war. Und was sie dort erfahren haben könnte«, schlug er vor.

Damit sprach er nur aus, was Möhrchen und ich lange beschlossen hatten.

»Das machen wir jetzt. Außerdem soll er Ines Frotzscher befragen, ob sie ihren Vater kennt. Du solltest mithören, Erich – deshalb haben wir mit dem Anruf noch gewartet. Lautsprecher an und den Draht nach Potsdam zum Glühen gebracht.«

Staudinger ging gleich nach dem ersten Tuten an den Apparat. Seine Stimme quäkte aus dem Lautsprecher: »Hallo, Essen. Schön, dass Sie anrufen. Das hatte ich auch gleich vor.«

»Ah, es geht voran. Ich habe laut geschaltet. Meine beiden Kollegen hören mit.«

»Wir haben die Daten des letzten Aufenthalts von Frau Böhning hier bei uns überprüft. Vonseiten der Pension wurde bestätigt, dass die Frau vom Foto mit dem Gast identisch ist, über den es einen Eintrag in den Büchern gibt. So weit, so gut …«

In unserem Büro herrschte angespannte Stille. Eine fallende Büroklammer hätte bei uns ein Knalltrauma verursacht. An der Art, wie Staudinger eine Pause einlegte, merkten wir gleich, dass der Hammer noch kam.

»Wir haben das Bild etwas herumgezeigt. Die Putzhilfe der Frotzschers hat die Frau auf dem Foto erkannt. Sylke Böhning hat die beiden Ermordeten Mitte März besucht.«

Da sauste er nieder, der Hammer. Sie hatte uns auch in diesem Punkt belogen.

»Sind Inhalte eines Gesprächs bekannt?«, erkundigte ich mich.

»Die Putzhilfe beschrieb die Aufnahme von Sylke Böhning als eisig. Dann flogen die Türen zu, wie sie das ausgedrückt hat. Sie sollte wohl nichts mitbekommen.«

»Wir sind also hinters Licht geführt worden. Natürlich nehmen wir uns die Dame noch mal vor! Auch wegen einer anderen Sache.« Ich erklärte Staudinger, welche Zweifel Möhrchen gekommen waren.

»Stimmt«, lobte der Lautsprecher. »Wir werden Kontakt mit der Behörde aufnehmen. Ich bin gespannt, was wir da herausfinden.«

»Und wir erst«, versicherte ich und sah in den Gesichtern von Erich und Möhrchen, dass sie die Spannung auf die Ergebnisse einer Überprüfung der Aussage Sylke Böhnings teilten.

»Herr Staudinger, haben Sie das Foto auch Ines Frotzscher gezeigt?«, fragte die kleine Rote.

»Natürlich. Das habe ich ganz vergessen zu erwähnen. Sie hat darauf die Frau erkannt, die seinerzeit in ihrer Wohnung war und ihren Hund verarztet hat. Die Frau, von der die Fahrkarte stammen musste.«

»Haben Sie ihr gesagt, dass es sich bei der Frau um ihre leibliche Mutter handelt? Sylke Böhning lag auf den Knien, als sie mich angebettelt hat, das möge ein Geheimnis bleiben.«

»Nein, das hielt ich nicht für erforderlich. Das sollen die beiden hübsch unter sich klären. Solange es nicht ermittlungstechnisch relevant wird.«

Möhrchen schaltete sich in das Gespräch ein.

»Herr Staudinger, haben Sie Ines Frotzscher schon einmal

gefragt, ob sie ihren leiblichen Vater kennt? Besteht vielleicht sogar Kontakt zwischen den beiden?«

»Nein, darüber haben wir mit ihr bisher nicht gesprochen. Warum?«

»Weil Sylke Böhning den Namen ihrer Tochter von irgendjemandem erfahren haben muss. Wir denken, am ehesten kommt dafür der leibliche Vater infrage.«

»Ich gehe dem nach. Danke für den Tipp. Verdammt viele Fragen sind in diesem Fall noch offen. Tja, das war es erst mal von hier. Einen schönen Tag noch.«

»Dann knöpfen wir uns jetzt Sylke Böhning vor. Wiederhören, Herr Staudinger«, beendete ich den Anruf. Klick. Wie oft würden wir noch mit Potsdam telefonieren? Persönliche Kontakte waren mir allemal lieber.

Möhrchen dachte zunächst an das Korrekte. »Soll ich Gelbarth informieren?«

Ich musste glatt schmunzeln.

»Du meinst, damit du sichergehst, dass ich es nicht wieder versäume, den Chef aufs Pferd zu setzen?«

»Man weiß ja um die kleinen Schwächen der langjährigen Kollegen.« Die kleine Rote kniff verschmitzt ein Auge zu und lächelte mich mit dem anderen an.

»Lass mal. Das erledige ich selbst!«

Ich verließ das Büro und machte mich auf den Weg zu Oberrat Gelbarth. Sein Vorzimmerdrache fing mich ab.

»Das geht gerade nicht. Er hat Besuch.«

»Richten Sie ihm bitte aus, es gäbe Neuigkeiten in der Potsdam-Sache«, hinterließ ich und verschwand schneller, als ich gekommen war; nicht unzufrieden mit der Situation.

Erich stand bereits vor unserer Bürotür. »Holen wir sie uns?«

»Ich rufe sie an und bitte sie, herzukommen. Noch möchte ich vermeiden, Staub in ihrem Umfeld aufzuwirbeln.«

Wir gingen zusammen wieder hinein. Ich bat Möhrchen um die Rufnummer. Wieder saßen wir zu dritt um den Apparat herum, als ich die Nummer der Zentrale von Sylke Böhnings Arbeitgeber wählte.

Es dauerte etwas, bis ich weitervermittelt wurde. Eine fremde Frauenstimme meldete sich mit ihrem Namen. Ich bat sie, Sylke Böhning ans Telefon zu holen.

»Das wird nicht gehen. Wir stecken mitten in einer Versuchsreihe.«

»Es ist äußerst wichtig.«

»Da müsste es schon um Mord und Totschlag gehen.«

Einen Augenblick war ich perplex. Nein, diese Formulierung konnte nur Zufall sein.

»Genau darum geht es«, antwortete ich.

Meine Gesprächspartnerin verstummte kurz. Dann lachte sie gequält, um den vermeintlichen Scherz zu überspielen. Sie versprach, sich zu kümmern.

Ganze zehn Minuten vergingen, ehe ich Sylke Böhning am Ohr hatte. Eine vorsichtige Sylke Böhning.

»Was wollen Sie von mir?«

»Sie kommen augenblicklich hierher.«

»Das geht nicht. Wir stecken in einer Versuchsreihe.«

»Soll ich Sie mit Blaulicht und Sirenen abholen lassen?«

Das saß. »Um Himmels Willen, nein. Ich sehe, was ich machen kann.«

»Wenn Sie in der nächsten Stunde nicht im Polizeipräsidium erschienen sind, mache ich Ernst, darauf können Sie sich verlassen!«

»Darf ich denn erfahren, worum es geht?«

»Das werden Sie hier erfahren. Bis gleich.« Ich drückte den Knopf.

Möhrchen kratzte sich am Kopf. »Wer soll dabei sein?«

»Erich und ich jedenfalls. Du kannst dir überlegen, ob du auch dabei sein willst.«

»Das würde ich liebend gerne, Sigi. Aber ich muss dringend mit meiner Katze zum Tierarzt. Hoffentlich hat sie nur etwas Falsches gefressen.«

»Geh ruhig. Erich und ich kommen zurecht.«

Kurz darauf platzte Gelbarth herein. »Sie wollten mich sprechen?«

Ich berichtete vom Telefonat mit Potsdam und dem Einbestellen von Sylke Böhning.

»Das haben Sie richtiggemacht. Ich würde gerne an Ihrer Unterredung mit der Dame teilnehmen. Leider muss ich eine Pressekonferenz leiten.«

Als der Chef wieder verschwand, atmete ich durch. Glück gehabt!

Pünktlich eine Stunde nach unserem Telefonat schlug Sylke Böhning bei uns auf. Die gegenseitige Begrüßung fiel sparsam aus. Wir brachten sie in unseren Verhörraum. Dass sie uns belogen hatte, wog schwer. Wir würden ihre Aussage aufzeichnen.

Erich und ich bezogen Plätze an zwei gegenüberliegenden Seiten des quadratischen Tischs, Sylke Böhning platzierten wir an einer dritten Seite zwischen uns. Ich fiel mit der Tür ins Haus.

»Wir haben eine Zeugin dafür, dass sie während ihres vorgeblich letzten Aufenthalts in Potsdam Mitte März die Frotzschers aufgesucht haben.«

Sylke Böhning kam nur schwer ins Reden. Sie krallte ihre Hände an der Tischkante fest, dass die Fingerknöchel weiß hervortraten.

»Eigentlich wollte ich zu meiner Tochter. Ehrlich. Dann hat mich der Mut verlassen. Ich habe mich entschlossen, mich aus ihrem Leben herauszuhalten. Haben Sie ihr das Foto gezeigt?«

»Ja, Ihre Tochter kennt das Foto.«

Ihre Augen wurden groß und ängstlich. »Weiß Ines von mir?«

»Nein. Wenn Sie damit meinen, dass Sie ihre leibliche Mutter sind – davon weiß sie nichts.«

»Danke.« Ihre Hände ließen die Tischkante los.

»Was ist denn nun mit ihrem Besuch bei den Frotzschers?«, lenkte Erich die Befragung auf den eigentlichen Punkt.

»Das war ein ganz fürchterliches Gespräch. Wäre nicht die Putzfrau zur Tür gekommen und hätte mich hineingelassen – die beiden Eulen hätten mich bestimmt vor der Haustür abgewimmelt.«

»Inhalte!«, forderte Erich energisch.

»Ich habe mich vorgestellt. Habe ihnen gesagt, dass ich Ines' Mutter bin. Die spitznasige, faltige Schnepfe, Anna Frotzscher, wurde gleich ausfallend. Sie lege keinen Wert auf Kontakt zu mir. Ich sei eine Schlampe. Kein Wunder, dass mein Kind so missraten sei. Und dann sagte sie noch: ›Nie wollte ich die kennenlernen, die für das widerborstige Erbgut verantwortlich ist, das in dem Mädchen steckt. Hinaus mit Ihnen.‹ Ich war wie vor den Kopf gestoßen. Zu gerne hätte ich mehr über mein Kind erfahren, über seine Talente, seine Träume, schöne Erlebnisse. Stattdessen nur Schmähungen und Beschimpfungen. Darin waren sie beide gut, Mutter und Tochter Frotzscher.«

Sollte das alles sein? »Was ist dann passiert?«

»Ich bin gegangen.«

»Wie lange hat das Ganze gedauert? Denken Sie daran: Wir werden es überprüfen!«

»Zehn Minuten, eine Viertelstunde – ich habe nicht auf die Uhr geschaut.«

»So schnell haben Sie aufgegeben?«

»Ich habe gemerkt, dass ich nichts von dem, was ich erfahren wollte, aus diesen Weibern herausbringen würde. Ich hätte mir so gerne Fotos von meinem Kind angesehen. Geschichten über sie und ihre Kindheit gehört. Mir schlug die Ablehnung derart massiv entgegen – was sollte ich tun?«

Mich stellte diese Antwort nicht zufrieden. »Wenn das alles war: Warum haben Sie uns diesen Besuch dann verheimlicht?«

»Aus Angst, dass ich verdächtigt würde?«

»Ich frage Sie noch einmal: War das ihr letzter Aufenthalt in Potsdam?«

»Ja.«

Erich meldete sich zu Wort: »Was haben Sie Mitte März noch in Potsdam getrieben? Dieser Besuch hat ja anscheinend nur wenig Zeit in Anspruch genommen.«

»Herumgelaufen bin ich. Am Havelufer entlang nach Werder zum Bahnhof hinüber. Von dort bin ich zurück nach Potsdam gefahren.«

»Sie hatten eine ganze Woche gebucht, wenn ich mich recht erinnere. Das war doch bestimmt nicht alles«, wunderte sich Erich.

»Doch. Unter diesen Vorzeichen habe ich meinen Plan, Ines zu besuchen, endgültig aufgegeben. Zwischen ihr und ihren Adoptiveltern schien ein gespanntes Verhältnis zu bestehen. Ich fühlte mich mitschuldig. Am selben Abend bin ich abgereist. Fragen Sie in der Pension nach.« Davon hatte Staudinger nichts erwähnt.

»Wenn wir gerade dabei sind, reinen Tisch zu machen: Von wem haben Sie den Namen Ihres Kindes erfahren?«, fragte ich.

»Hatte ich das nicht erzählt? Der stand in den Stasi-Akten.«

»Wir haben Zweifel daran. Gewöhnlich wird den leiblichen Eltern adoptierter Kinder diese Information verwehrt.«

Sylke Böhning kehrte wieder ihre schnippische Seite hervor. »Dann fragen sie doch nach!«

»Das werden wir. Verlassen Sie sich drauf! Ein Letztes: Haben Sie einen Verdacht, wer die beiden Frauen umgebracht haben könnte?«

»Nein.«

»Wissen Sie wirklich nicht, wo der Vater Ihrer Tochter heute wohnt?«, übernahm Erich das Gespräch.

Sylke Böhnings Körperhaltung wurde abwehrend straff.

»Das weiß ich wirklich nicht. Wir haben uns aus den Augen verloren, als ich meine Schießsport-Karriere aufgegeben hatte.«

»Es besteht definitiv kein Kontakt mehr zwischen Ihnen?«

»Nein. Warum auch?«

»Besteht ein Kontakt zwischen ihm und Ihrer gemeinsamen Tochter?«

»Woher soll ich das wissen?«

Fangfrage pariert. Nach allen Aussagen, die uns vorlagen, war es plausibel, dass sie es wirklich nicht wusste.

Dann ritt mich ein kleiner Teufel. In erster Linie, um Lottes Detektiv-Ambitionen auszuhebeln.

»Ist Ihnen eine Frauke Lindemann bekannt?«

Ich verstand nicht, warum Sylke Böhning plötzlich so blass wurde. Meine harmlose Frage schien ihr einen Schreck versetzt zu haben.

»Wie kommen Sie darauf?«

»Wir stellen hier die Fragen, Frau Böhning. Also?«

Ein leichtes Zucken befiel Sylke Böhnings Kinnpartie. Ihre Stimme vibrierte etwas.

»Ich kenne niemanden, der so heißt.«

»Ganz bestimmt nicht?«

»Ich kenne keine Frauke Lindemann. Wie kommen Sie darauf?«

»Meine Frau kennt eine Frauke Lindemann. Ich hatte im Hinterkopf, dass sie Ihren Namen im Zusammenhang mit der Frau erwähnt hat.« Das entsprach zwar nicht ganz der Wahrheit – verhörtaktisch erlaubte ich mir diese Behauptung trotzdem.

»Aha«, sagte Sylke Böhning nur. Das Zittern ihrer Kinnpartie ebbte ab.

»Hast du noch Fragen, Erich«, wandte ich mich an den jungen Kollegen.

»Ja. Wer kann uns Ihr Alibi für Ende April bestätigen?«

»Rufen Sie meinen Chef an. Ich habe einen guten Draht zu ihm und werde ihm die Geschichte erklären. Als ich ihn vorhin darum gebeten habe, gehen zu dürfen, habe ich ihm bereits eine Andeutung gemacht. Lieber ist mir, er ist informiert.«

Wir ließen uns den Namen und die Durchwahl ihres Chefs geben.

»Es ist wirklich besser, Ihr Chef ist im Bild. Durchaus möglich, dass wir weitere Fragen an Sie haben. Wir werden uns mit den Potsdamern in Verbindung setzen und alles, was wir von Ihnen erfahren haben, dort überprüfen lassen. Möchten Sie gegebenenfalls noch etwas daran korrigieren?«, redete ich unserer Besucherin ins Gewissen.

»Nein.«

»Ihre erste Aussage war nicht allzu präzise«, erhöhte ich den Druck.

»Ja. Entschuldigung.«

»Sie müssen sich nicht entschuldigen. Sie sollten sich lediglich angewöhnen, uns präzise Auskünfte zu geben«, belehrte ich sie.

»Ich bessere mich. Versprochen.«

Wir verabschiedeten Sylke Böhning aus dem Verhörzimmer. Zurück im Büro, ging ich das Gespräch noch einmal mit Erich durch.

»Ich werde das Gefühl nicht los, die verarscht uns immer noch«, äußerte mein Kollege einen Verdacht, den ich absolut teilte.

Staudinger erreichten wir an diesem Tag nicht mehr. Würde ich ihn eben morgen anrufen. Stattdessen erstattete ich am Nachmittag Gelbarth Bericht. Von dem würde ich mir keine Vorwürfe mehr einhandeln.

# Kein Fortkommen

Ein Aspekt setzte mir im Nachgang des Gesprächs mit Sylke Böhning ganz besonders zu. Ihre Reaktion auf den Namen Frauke Lindemanns ließ mir Ackerfurchen auf der Stirn stehen, die mich in den Feierabend begleiteten.

Zuhause sprach ich kein Wort über die neuen Entwicklungen im Fall. Lotte würde ich ab jetzt genauso konsequent aus den Ereignissen heraushalten, wie meinen Chef einbinden.

»Die ganze Zeit grübele ich, in welcher Beziehung die schwarze Gestalt und die ermordeten Frauen zueinandergestanden haben könnten«, lockte meine Göttergattin.

»Mmh.«

»Kannst du dir was denken? Habt ihr etwa schon was darüber herausgefunden?«

»Nein, nichts.«

»Sigi, du verheimlichst mir was. Meinst du nicht, ich wüsste, was deine Bulldoggen-Stirn zu bedeuten hat?«

Verdammte Angewohnheit. Verriet mich gegenüber meiner Angetrauten.

»Das ist wegen einer anderen Sache«, beschied ich Lotte, was ja auch stimmte, denn mein Hirn beschäftigte sich keineswegs mit möglichen Verbindungen zwischen Opfer und Täter.

»Wegen was denn?« Anscheinend war Lotte voll auf den Ermittlertrip abgefahren. Hoffentlich gewöhnte sie sich das irgendwann ab.

»Berufsgeheimnis«, ging ich knappmöglichst auf ihr Nachbohren ein.

»Püüh« schnappte Lotte ein. Dann ließ sie mich in Ruhe.

Ich setzte mich auf meinen Lieblingsplatz im Wohnzimmer, den Sessel, der vom Schweiß alter Fälle getränkt war. In Gedanken spiegelte ich die körperlichen Äußerungen Sylke Böhnings an ihren verbalen Äußerungen. Zunächst diese Anspannung, die sich erst infolge meiner Zusicherung gelöst hatte, ihre Tochter wüsste nichts von ihr. Ich hatte gemutmaßt, ihre weißen Fingerknöchel hätten etwas damit zu tun, dass wir sie bei einer Lüge ertappt hatten. Das schien ihr weniger zu bedeuten, als ihr Inkognito gegenüber ihrer Tochter zu wahren - erklärbar, ermittlungstechnisch unerheblich.

Anschließend hatte Sylke Böhning entspannt gewirkt, bis ich nach dem Vater ihrer Tochter gefragt hatte. Eine Reaktion auf den Mann, der ihr alles eingebrockt hatte? Interessant, aber nicht übermäßig spannend.

Die auffälligste Reaktion war unzweifelhaft das Erschrecken, ja Erzittern gewesen, als Frauke Lindemanns Name fiel. Führte die Erörterung einer möglichen Bekanntschaft zu derart heftigen körperlichen Erregungsanzeichen? Nein, da steckte mehr dahinter. Viel mehr. Sylke Böhning kannte vielleicht nicht die Frau, bestimmt jedoch den Namen. Er war ihr in irgendeinem Zusammenhang untergekommen – dem sprach ich hohe Wahrscheinlichkeit zu. Und diese Umstände waren bestimmt wichtig für die Lösung des Knotens – das spürte ich.

Ich kam an diesem Abend nicht dahinter. Lotte rief mich zum Abendbrot. So sehr es mich kitzelte, sie auf meinen Hauptpunkt anzusetzen – ich widerstand.

Zu meinem Bedauern ging es nicht richtig weiter mit dem Potsdam-Fall. Ich informierte Staudinger über Sylke Böhnings Aussage und bat ihn zu überprüfen, ob sie in Sachen frühzeitiger Abreise die Wahrheit gesagt hatte. Das war bereits geklärt. Mein Brandenburger Kollege konnte es aus dem Stegreif bestätigen. Er hatte nur vergessen, uns darüber zu unterrichten.

Dann hakte ich noch wegen der Gesprächsdauer von Sylke Böhning mit den Frotzschers nach.

»Diese Behauptung stimmt nicht. Wir haben lange und ausführlich mit der Putzhilfe gesprochen. Sie hat den Besuch auf anderthalb bis zwei Stunden geschätzt.«

»Warum hat sie uns wieder belogen? Sie muss doch befürchten, dass wir sie einkassieren.«

»Vielleicht gibt es da nichts zu befürchten, weil sie ein stichfestes Alibi besitzt. Möglicherweise hat sie die Gesprächsdauer verkürzt, um nicht ausführlich über die Gesprächsinhalte befragt zu werden. Könnte doch sein, dass dadurch für sie unangenehme Dinge aufgewühlt worden wären.«

»Stimmt auch wieder. Ich hätte Ihnen gerne weitergeholfen.«

Ich hörte Staudinger trocken lachen. »Wissen wir nicht beide, wie lange so eine Aufklärung dauern kann? Und wie viele Nackenschläge man wegstecken muss, bis man den Täter überführt. Oder ist das bei euch da hinten anders?«

Nun musste auch ich lachen. »Unsere Knackis sind im Schnitt nach zwei Wochen dingfest. Was glauben Sie denn?«

»Eure sind ja auch harmlos im Vergleich zu unseren hartgesottenen Jungs. Die haben im Ostblock gelernt«, deute mir Staudinger amüsiert unter die Weste.

»Und wie sieht es mit den Ämtern aus? Legen die ihre Eier wenigstens schneller als bei uns? Ich meine die Sache mit der Akte, in der angeblich der Name Ines Frotzscher in Reinschrift verewigt ist.«

»Unsere Ämter haben nach der Wende die Trägheit von denen im Westen abgekupfert, wie mir Einheimische versichert haben. Außerdem sprechen wir über Berlin. Die Bundeshauptstadt ist was Besseres. Das drückt sich auch in der Frist für die Bearbeitung solcher Anfragen aus.«

»Also hat der Amtsschimmel bisher nicht gewiehert?«

»Stumm wie ein Karpfen, der Zosse. Vergessen wird er aber nicht!«

Es tat gut, ein wenig zu frotzeln. Wir verabschiedeten uns mit etwas besserer Laune voneinander, als wir ins Telefonat gestartet waren.

Anschließend herrschte tagelang Funkstille zwischen den Polizeidienststellen in Essen und Potsdam. Unser Team kümmerte sich um andere Dinge, vornehmlich liegen gebliebene Akten, teilweise halfen wir anderswo aus. Zwischendrin überprüfte Möhrchen das Alibi Sylke Böhnings für die letzten Apriltage. Sie rief – wie vorgeschlagen - ihren Chef an. Niedergeschlagen erschien sie im Ausschnitt der Verbindungstür zwischen unseren Büros. »Ihr Alibi stimmt.«

Ich wollte es genauer wissen. »Wie ist dein Gespräch verlaufen?«

»Sie hatten eine Testreihe im Labor, wo sie arbeitet. Bevor ich ihren Chef, den sie selbst ja als Zeugen für ihre Anwesenheit genannt hat, sprechen konnte, hat seine Vorzimmertussi versucht, mich abzuwimmeln. Aus ihr habe ich die erste Bestätigung für das Alibi herauskitzeln können, dann hat sie mich wegen meiner Hartnäckigkeit doch verbunden. Der Chef von Sylke Böhning hat alles beinahe gleichlautend bestätigt.«

»Das heißt, dass unsere Verdächtige keinen Deal mit ihrem Chef hatte wegen seiner Zeugenaussage. Hätten ja eine Beziehung haben können oder so was und er hätte ihr damit einen Gefallen getan. Die Vorzimmerdame müssen wir aber als neutrale, zweite Zeugin ansehen, richtig?«

»So sieht das aus. Die Kandidaten Kriminalpolizisten haben keinen Punkt gemacht, wie mir scheint.«

Unzufrieden über dieses Ergebnis schlappte Möhrchen zurück in ihr Kontor. Damit war Sylke Böhning endgültig vom Verdacht des Doppelmordes befreit. Warum sollten wir ihr noch wegen der Falschaussage zur Gesprächsdauer mit den Frotzscher-Frauen aufs Dach steigen?

Der einzige Lichtblick, den ich mir in diesen Tagen selbst verschaffte, war eine kleine Finte im Umgang mit unserem Boss. Ich gewöhnte mir an, ihn jeden Mittag über unser Nichtstun im Potsdam-Fall Bericht zu erstatten. Immer dieselbe Meldung: »Leider keine Neuigkeiten im Potsdam-Fall, Herr Gelbarth!« Das konnte ich mir nur leisten, weil ich genau wusste, dass ihm kein Auftrag in dieser Sache einfallen würde. Insgeheim hoffte ich, seinem Informations- und Kontrollhunger auf diese Weise einen gehörigen Dämpfer zu verpassen.

Die Rechnung ging auf. Am Freitag war es mein Chef leid.

»Ach, Herr Siebert, bitte sprechen sie nur noch vor, wenn es wesentliche Fortschritte gibt.«

»Ich wollte mich nur bessern, Herr Gelbarth.«

»Durchaus lobenswert«, rang er sich ab. »Aber nicht notwendig. Ich danke Ihnen und wünsche Ihnen ein schönes Wochenende.«

Feixend verließ ich das Reich unseres Vorgesetzten. »Wesentlich« gab mir Spielraum für Interpretationen; und lange Leine liebe ich!

***

Wenn Ecki eine Pilstulpe in seiner Pranke hält, schaut nur noch der Fuß heraus.

»Du sag mal, Sigi. Sylke Böhnings Geschichte hast du ja vorhin erzählt. Aber hatte der Vater des Kindes, dieser Robert, nicht auch so einiges durchzustehen? Ich glaube, mich da an ein paar dunkle Flecken zu erinnern.«

»Stimmt. Man hat ihm ganz schön zugesetzt von Staats wegen. Die Zusammenhänge in diesem Fall waren total verrückt. Du hast recht: Da gibt es einiges zu erzählen, was wir erst später herausgebracht haben.«

»Nur bei Samtkragen natürlich! Guido, zwei Sammet«, ruft mein Tresenkumpel unserem Gastgeber zu.

Guido wird prompt tätig. Er zieht eine Flasche Klaren und zwei geeiste Pinnchen aus dem Kühlschrank. Anschließend greift er oberhalb des Tresens ins Regal, wo diverse Schnapsflaschen stehen, um den Boonekamp hervorzuzaubern. Die spitze Tülle für das Samthäubchen ist bereits aufgesteckt. Erst gießt er den kalten Klaren ein, dann setzt er mit ruhiger Hand, ganz langsam, wie es sich gehört, damit nichts verläuft, den Dunklen obenauf. Er verstaut die beiden Schnäpse wieder, wo sie hingehören, und stellt die Kurzen vor uns auf den Tresen. »Wohlsein!«

»Ah, Samtkragen, der Nerz des kleinen Mannes«, bringt Ecki den uralten, abgelutschten Spruch einmal mehr an den Mann.

»Hau weg das Gift«, fordere ich ihn auf. Dann frönen wir unserem Lieblingssport, dem einhändigen Synchrontrinken, den wir bis zur Perfektion trainiert haben. Mit einem Ruck verschwinden die beiden Kneipengemälde in unseren Schlünden. »Aaah.«

»Schön, dass er euch noch schmeckt, der Samtkragen. Wird hier kaum noch geordert«, lässt sich Guido hinter dem Tresen hören.

Ich zwinkere ihm zu.

»Ecki und ich sind Traditionalisten. Solange wir herkommen, und sei es mithilfe eines Rollators, musst du ihn für uns bereithalten. Sonst wären wir wirklich sauer auf dich.«

Guido lacht. »Wenn ihr euren Durst auf dem Level haltet, wie heute, dann dürfen sie euch gerne noch im Rollstuhl hereinschieben und ich halte immer 'ne Pulle Boonekamp bereit.«

Ecki bläst zischend Luft zwischen den Zähnen hervor. »Pffft. Dann wirst du kaum noch in der Lage sein, die Flasche ruhig zu halten, wenn du den Braunen auf den Korn applizierst. Schwätzer!«

»Komm, wir schließen einen Pakt«, posaune ich aus, was mir in diesem Moment auf der Zunge liegt. »Den letzten Samtkragen, den Guido als Wirt in dieser Kneipe ausschenkt, den trinken wir drei hier zusammen.«

»Das ist ein Wort. Abgemacht. Gebt mir die Hand drauf«, ruft uns Guido zu. Feierlich reichen wir ihm unsere Flossen über den Tresen.

Sehe ich da die Feuchtigkeit der Rührung in Eckis Augenwinkeln?

»Jetzt aber weiter im Text. An die Sonne mit Roberts Geschichte«, überspielt er den leichten Anflug von Sentimentalität.

»Erpressbar war er geworden, der Knabe. Wodurch, dazu

komme ich noch. Ich fange mal mit dem Gefängnis an.« Ich nehme einen tiefen Schluck Gerstenkaltschale und öle meine Stimme.

# Seine Geschichte

Einzelhaft. Seit Tagen. Eine nackte Zelle hinter vergitterten Glasbausteinen. Pritsche, Waschbecken, Lokus, Tisch und Hocker, Wandregal. Keine Ablenkung, keine Geräusche. Er fühlte sich tot, ohne gestorben zu sein.

Jederzeit konnte die Zellentür aufgerissen werden. Schroff forderte ihn dann der Gefängniswärter auf, ihm zu folgen. Vor ihm wurden Türen aufgeschlossen, hinter ihm abgeschlossen. Trostlose Gänge. Zelle an Zelle.

Das war nicht das Schlimmste. Unerträglich waren die Verhöre, die dieser Stasi-Mensch mit ihm führte. Regelmäßig wünschte sich Robert nach den ersten drei Fragen in die Einsiedelei seiner Zelle zurück. Die Stimme des Kerls konnte einschmeichelnd sein, wie das Säuseln des Windes im Laub eines Waldes. Sie lockte ihn, zeigte ihm auf, wie leicht es wäre, Hintermänner zu verraten, sich durch ein Geständnis Vorteile zu verschaffen.

Die Stimme konnte im nächsten Moment aufbrausen, aufs Gemeinste schimpfen, schreien wie eine Kreissäge, schneiden wie eine Klinge aus Damaststahl.

»Staatsfeind, Verräter, Auswurf« – das war noch die harmloseste Kategorie an Ausdrücken, mit denen er bedacht wurde. Immer eingehüllt in eine Wolke aus Zigarettenrauch. Der Schmeichler bot ihm einen Glimmstängel an, der polternde, wild gestikulierende Stasi-Arsch blies ihm den Rauch ins Gesicht.

Robert war bewusst, dass man ihn mürbe machen wollte. Aber selbst wenn er es geworden wäre – es gab nichts, was den Wissensdurst des Stasi-Offiziers gestillt hätte. Sollte er Beschuldigungen erfinden? Dann würden sie seine Aussage überprüfen und wenn sie dieser Überprüfung nicht standhielt, geriete er nur noch tiefer in den Schlamassel hinein. Ein Teufelskreis.

Die Zeit verging, ohne dass er ein Maß dafür besaß. Die Verhöre drohten Tag und Nacht. Sein Schlafrhythmus geriet völlig durcheinander. Er wusste irgendwann nicht mehr, wie lange er hier schon einsaß.

Wieder holte ihn der Wachmann ab. Tür auf, Tür zu. Immer dieselben Gänge entlang, immer dasselbe Büro, in dem die Verhöre stattfanden. Sie betraten den Raum gemeinsam.

Doch an diesem Tag war es anders. Dort, wo zuvor immer der Stasi-Mann gesessen hatte, eine Kippe im Mundwinkel, die Augen zusammengekniffen wegen des aufsteigenden Zigarettenrauchs, dort saß sein Onkel Theo!

Der Bruder seiner Mutter erhob sich und ging zu Robert auf die gegenüberliegende Schreibtischseite. Er nahm seinen Neffen in die Arme und tätschelte ihm den Rücken. Etwas, was er bei den seltenen Begegnungen zuvor nie getan hatte. Onkel Theo war immer abweisend und spröde gewesen. Seinen Eltern gegenüber, seiner Frau gegenüber, ihm gegenüber.

»Wollen wir sehen, wie wir den Vorfall aus der Welt schaffen können«, eröffnete der Onkel das Gespräch. Aus seinem Mund klang das wie ein Akteneintrag. Niemals sprach er auch später anders über die Verfehlung seines Neffen als von einem »Vorfall«.

Onkel Theo bot Robert den verhassten Platz vorm Schreibtisch an und setzte sich selbst wieder auf den Stuhl, von dem er aufgestanden war. Mit einer knappen Geste, einer kaum bemerkbaren Seitwärtsbewegung des Kopfes, schickte er den Wachmann weg. Der verschwand lautlos.

Die Stimme des Onkels nahm einen verschwörerischen Ton an.

»Ich bin hier, weil du ein Mitglied der Familie bist und mir leidtust. Wenn du mir in allem folgst, was ich dir jetzt vorschlage, schaffe ich den Vorfall aus der Welt. In einer Woche bist du hier raus. Einen Gefallen bist du mir dafür natürlich schuldig. Du musst mir nur dein Ehrenwort geben - mehr braucht es nicht.«

Nach dem Erlebten war Robert mehr als bereit, jedes x-beliebige Ehrenwort zu geben, das man von ihm verlangte. Er hätte selbst dem teuflischen Stasi-Mann sein hochheiligstes Ehrenwort gegeben. Willig, dabei völlig verwirrt wegen der neuen Situation, nickte er mit dem Kopf.

Onkel Theo holte tief Luft.

»Ich vertraue dir jetzt etwas an, von dem du niemandem etwas erzählen darfst, hörst du; niemandem!«

»Niemandem«, hörte er sich sagen, »und wenn ich sterben müsste, niemandem. Wenn du mich nur hier herausholst. Ich halte das nicht länger aus.«

Der Onkel grinste doppelbödig.

»Nun, sterben wirst du nicht müssen.« Dann packte er seine Pläne aus.

Leider könnten er und seine Frau, Tante Anna, keine Kinder bekommen. Die Gründe dafür seien nebensächlich. Roberts Tante habe deshalb zu viel Zeit. Sie entwickele leider keine Ideen, sie sinnvoll auszufüllen. Das Lächeln erstarb bei diesem Geständnis auf Onkel Theos Gesicht. Die Familie wusste, dass er zu Hause mächtig unter dem Pantoffel stand. Roberts Eltern hatten oft genug darüber gelästert.

»So hoch oben ist er angekommen und die Anna kommandiert ihn zum Kartoffel schälen ab.«

Der Onkel lullte ihn weiter ein: »Anna wünscht sich nichts sehnlicher als ein Kind. Sie hat oft davon geredet, eines zu adoptieren. Damit habe ich ein Problem. Ein fremdes Kind unter meinem Dach. Es fällt mir allzu schwer, mir so etwas vorzustellen. Fremdes Blut unter meinem Dach. Niemals! Nur ein mit mir verwandtes Kind könnte ich in mein Haus aufnehmen.«

Robert stutzte. Was für eine seltsame Formulierung: »Fremdes Blut«.

Onkel Theo fuhr unbeirrt fort. Sein Neffe könne sich ja denken, dass sein bedauerliches Versagen gegenüber Staat und Führung auch seinem Onkel schadete. Schließlich wäre der kein Niemand in der DDR. Also würde er dafür sorgen, dass der Vorfall aus den Akten getilgt würde. Aber dafür verlange er eine kleine Gegenleistung.

Sollte er so billig davonkommen? Er hing an den Lippen des Onkels.

»Ich stelle mir das so vor: Du suchst dir ein Mädchen, eine minderjährige, arglose Pute. Die schwängerst du. Ich kümmere mich darum, dass die Eltern des Mädchens es dazu überreden, das Kind zur Adoption freizugeben. Tante Anna und ich werden deinen Nachwuchs annehmen. Das Kind wird es gut bei uns haben, das verspreche ich dir. Du darfst dich allerdings niemals als sein Vater zu erkennen geben, hörst du! Unter keinen Umständen! Das bleibt unser beider Geheimnis. Na, was hältst du von dem Geschäft?«

Die von ihm geforderte Gegenleistung schien Robert harmlos. Eine Kleinigkeit, wie es aussah. Er hatte mit Schlimmerem gerechnet. Welche anderen Optionen gab es schon für ihn? Lebenslänglich in diesem Gefängnis hocken? Wenn es ihm nur gelänge, seine Schüchternheit zu überwinden ... Ach was, warum sollte ihm das nicht gelingen?

Er gab dem Onkel das Ehrenwort, das »Geschäft« wie vorgeschlagen durchzuziehen. Sie besprachen noch einige Details, dann brachte ihn der Wachmann zurück in die Einzelzelle.

Sechs Tage später ließen sie Robert frei. Ungläubig starrte er die Gefängnismauer von draußen an, gestern noch unüberwindbar für ihn.

Onkel Theo holte seinen Neffen mit dem Dienstauto ab. Der Chauffeur hielt Robert die Tür auf und ließ ihn zu seinem Onkel auf die Rückbank schlüpfen. Der Wagen setzte sich in Bewegung. Er war tatsächlich raus!

»Ich habe den Vorfall aus den Akten tilgen lassen«, erwähnte der Onkel wie beiläufig.

»Danke!« Mehr fiel Robert dazu im Augenblick nicht ein. Die Fahrt in diesem teuren Auto, die Entlassung aus den Klauen der übermächtigen Stasi - das hätte er gestern noch einen unwirklichen Traum genannt.

»Ich bringe dich nach Hause, Junge. Ich habe deinen Eltern Arbeit und eine Wohnung in Potsdam besorgt. Sie sind bereits umgezogen. Du fängst wie sie ganz neu an. Im dortigen Schießsportverein habe ich dich auch angemeldet. Wäre doch schade, wenn dein Talent verkäme. Verlernt hast du bestimmt nichts. Außerdem gibt es da garantiert ein paar hübsche junge Dinger, mit denen du dein Versprechen einlösen kannst. Ein halbes Jahr gebe ich dir. Innerhalb dieser Frist wirst du liefern, Kleiner!«

Das war nicht lang.

Der Chauffeur hielt vor einem unbekannten Haus.

»Ich kann nicht mit hineingehen. Deine Eltern wohnen in der zweiten Etage. Du gehst morgen zu diesem Club, dich vorstellen. Ansprechpartner und Adresse habe ich dir aufgeschrieben.«

Onkel Theo übergab ihm einen maschinengeschriebenen Zettel.

»Alle drei bis vier Wochen wird sich ein Mann bei dir melden. Ihm sagst du, wie weit du in unserer Sache bist.

Und noch einmal: Zu niemandem ein Wort! Auch nicht zu deinen Eltern! Die sind nicht eingeweiht. Das Ganze bleibt eine Vereinbarung zwischen dir und mir. Keiner sonst soll davon wissen.«

Der Chauffeur riss Roberts Tür auf und er stolperte auf die Straße. Das Auto brauste davon. Mit mulmigem Gefühl sah er an der Fassade des Hauses hoch. Was würde ihn dort oben erwarten?

Seine Mutter war zu Hause. Sie umklammerte ihn minutenlang. Fragen stellte sie ihm nicht. Onkel Theo hatte offenbar vorgebeugt.

Die Mutter führte ihn in sein Zimmer. Es war doppelt so groß wie sein altes. Die Möbel waren neu. Genau wie etliche Möbelstücke in der übrigen Wohnung. Besonders augenfällig war die Veränderung in der Küche. Hier waren nicht nur die Schränke ausgetauscht worden, sondern ebenso alle Geräte. Bis auf den Kühlschrank. Den hatten die Eltern aus der alten Wohnung mitgebracht. Ihm war klar, dass alle diese Veränderungen Schmiergeld waren.

Am Abend kam der Vater von der Arbeit zurück. Seine Begrüßung fiel weniger freundlich aus als die der Mutter. Aber auch er ließ sich nichts anmerken. Kein Wort darüber, wo er gewesen, warum er so lange weggeblieben war. Entweder, die Eltern waren darüber von der Stasi informiert worden und wollten alles verdrängen, oder Onkel Theo hatte ganze Arbeit geleistet. Vielleicht beides.

Der Kalender zeigte, dass er noch zwei Wochen Schulferien hatte. Im Anschluss daran, informierten ihn die Eltern, würde er das letzte Schuljahr auf einer Einrichtung in der Nähe absolvieren.

Ihm blieben also zwei Wochen, in denen er die wiedergewonnene Freiheit in vollen Zügen genießen konnte. Er versuchte, Anschluss an neue Freundeskreise zu gewinnen. Tagsüber strolchte er im Viertel herum, abends besuchte er entsprechende Treffs. Auch beim Schießsportverein wurde er vorstellig und absolvierte ein Probetraining. Sie waren dort überrascht, welche Treffsicherheit er besaß. Besonders mit der Pistole.

Merkwürdigerweise hielten sich seine Eltern mit Ermahnungen wegen seines Herumstrolchens zurück. Hatte Onkel Theo sie so tiefgehend eingenordet? Reichte sein Arm derart weit?

Eines Abends entdeckte er sie. Auf einem Jugendtreff. Zierlich, lange, blonde Haare, etwa seine Größe, vielleicht fünf Zentimeter kleiner. Anmutig bewegte sich das hübsche Mädchen auf der Tanzfläche.

Er war zu schüchtern, um Blickkontakt aufzunehmen. Stattdessen erkundigte Robert sich bei zwei Jungs, die neben ihm standen, wer das Mädchen sei.

»Vergiss sie«, antwortete ihm einer von ihnen. »Die ist spröde. Ein Flintenweib. Schießt im Verein.«

Er wurde hellhörig. War das seine Chance?

Roberts Geduld wurde auf die Probe gestellt. Erst einen Monat später begegnete er dem Mädchen auf der Schießbahn wieder. In der Zwischenzeit war er aufgrund seiner Treffsicherheit und überzeugenden Theoriekenntnissen dazu ausgeguckt, die Anfänger zu trainieren. Hatte Onkel Theo auch dabei nachgeholfen? Das hinterfragte er nicht mehr.

Die Pausen erlaubten ihm, bei den Schießübungen der Frauen zuzuschauen. Dort entdeckte er das Mädchen vom Jugendtreff. Sie war gut, die Zierliche. Nein, das war untertrieben. Sie war eindeutig unter den drei Besten!

Zunächst beobachtete er sie verstohlen, an einen Pfosten gelehnt aus dem Hintergrund. Dann schoss sie so oft ins Volle, dass es seinem Sportsgeist imponierte. Er konnte nicht anders, als anerkennend zu applaudieren. Sie sah zu ihm herüber. Ein kleines Lächeln umspielte ihre Mundwinkel. Dann konzentrierte sie sich wieder und schoss weiter.

Er ging zur Trainerin der Mädchen hinüber, die er mittlerweile gut kannte.

»Ein echtes Talent hast du da in deiner Truppe.«

»Ich weiß. Aber das ist nicht einfach. Die Mädels zicken halt gerne herum in dem Alter. Sie missgönnen sich gegenseitig den Erfolg.«

»Meinst du nicht, ein Einzeltraining könnte bei der da was bringen?«

»Dafür habe ich keine Zeit.«

»Ich hätte Zeit.«

Seine Sportkameradin sah ihn groß an. An ihren Augen sah

er, wie sie den Gedanken in ihrem Kopf hin- und her bewegte. »Warum nicht. Ich werde mit Gregor sprechen.«

Zwei Wochen später informierte sie ihn, dass alles geklärt sei. Sie rief die junge Schützin zu sich und stellte sie gegenseitig vor.

»Das ist Sylke. Drei Stunden Einzeltraining erhältst du bei Robert, an den üblichen Trainingseinheiten der Frauen kannst du weiterhin teilnehmen. Ich hoffe, du weißt diese Auszeichnung zu schätzen!«

Gleich in der ersten gemeinsamen Trainingseinheit merkte er, dass Sylke richtig ehrgeizig war. Ihre Schießresultate durften als exzellent bezeichnet werden. Viel konnte er ihr nicht mehr beibringen. Die zwingend notwendige Ruhe und Abgebrühtheit brachte sie von zu Hause aus mit. Das sichere Auge und die Fähigkeit zur Konzentration ebenfalls. Ein Diamant, an dem es nur noch wenig zu schleifen gab.

Aber es ging hier nicht um den Sport. Er hatte einen Auftrag zu erfüllen, seinen Teil des »Geschäfts«. Immerhin schien er dem Mädchen nicht unsympathisch zu sein. Verstohlen streifte sie gelegentlich wie unbeabsichtigt seinen Arm, ihr Lächeln, das sie ihm nach einem besonders gelungenen Schuss schenkte, enthielt nicht nur den Stolz über den Treffer, sondern auch den Wunsch nach Nähe.

Es dauerte nicht lange, bis sie ihm auf dem Gang zu den Umkleiden einen ersten Kuss schenkte.

Robert reagierte darauf scheu, überrumpelt vom Augenblick. Trotzdem er sich etwas bei der Kleinen ausrechnen durfte, kamen bei ihm keine Glücksgefühle auf. Er durfte nicht in Gefühlsduselei verfallen. Bitter bereute er, dass er diese Sportkameradin als sein Opfer auserkoren hatte.

»Du musst auf Angriff gehen«, forderte ihn der Kontaktmann von Onkel Theo auf, als er ihm von dem Mädchen erzählte. Eigentlich hatte Robert noch alles für sich behalten wollen, aber dann war der Kerl ungeduldig in ihn gedrungen, wie es um das »Geschäft« stände. Er hatte dem Druck nachgegeben.

»Mache ich. Warten Sie ab, die habe ich bald rum«, prahlte er. Gleich darauf erschrak er darüber, wie wenig seine Wortwahl zu seinen Gefühlen passte.

Der Kontaktmann merkte nichts davon und lobte ihn jovial. »Brav. Sag mir mal den Namen der Kleinen. Ich möchte mich ein wenig mit ihrer Familie beschäftigen.«

Nuschelnd verriet Robert den Namen. Es hörte sich an, als ob er an seinen Zähnen kleben bleiben wollte. Ihm war bewusst, dass er das Mädchen damit endgültig in seine Angelegenheit hineinzerrte und dadurch zum Verräter an ihrer Zuneigung wurde.

Der Kontaktmann notierte den Namen. Nebenbei, wie eine zugerufene Telefonnummer. Schon wandte er sich zum Gehen. Robert war für heute entlassen.

Alles fügte sich von selbst. Sie konnten die Hände nicht voneinander lassen, nutzten jeden unbeobachtet geglaubten Moment für Küsse und Zärtlichkeiten. Die Stunden, bis er sie wiedersah, wurden für ihn zur Prüfung, die Abschiede zur Qual. Ihr ging es ganz offensichtlich ebenso. Nannte die Welt so etwas Liebe? Woher sollte er das wissen.

Schließlich geschah, was ihm nur natürlich schien. Nach einem Umtrunk in den Räumlichkeiten des Vereins. Eine der Frauen hatte ein wichtiges Turnier gewonnen.

Er animierte sie mehr zu trinken, als ihr bekam. Als sie beschwipst genug war, verabschiedeten sie sich. In einer versteckt gelegenen Abstellkammer, in der nur alle Jubeljahre jemand etwas zu schaffen hatte, gab sie seinem Drängen nach. Eng umschlungen, nur die Unterleiber entblößt, erfüllte Robert sein »Geschäft« mit dem Onkel.

Als es passiert war, enttäuschender, als er es sich ausgemalt hatte, überfielen ihn Gewissensbisse. Rasch brachte er sie nach Hause. Beim Abschied befreite er sich aus ihren Armen, erwiderte ihren Kuss nur flüchtig. In der Nacht plagten ihn die Geister seiner Niedertracht.

Er traf sie noch wenige Male außerhalb der Sportstätten. Jeder von ihnen kannte verschwiegene Stellen, wo sie alleine waren.

»Verhütest du?«, fragte er sie nach einem ihrer Treffen. »Ja«, kam es wie aus der Pistole geschossen.

Robert verdrängte Onkel Theo und bildete sich ein, er könnte den Folgen seines Versprechens entkommen. Er würde einfach auf Zeit spielen.

Längst schickte der Herbst seine Vorboten, als sie sich zum letzten Mal in einem verfallenen Lagerhaus trafen. Sofort merkte er, dass etwas nicht stimmte.

Sylke heulte los. Ohne ein Wort gesagt zu haben. Er nahm sie in die Arme und strich ihr über den Kopf.

»Was hast du? Was ist los?«

»Ich bin schwanger.«

Die Nachricht traf ihn wie die Gerade eines Boxprofis. Seine widerstrebenden Gefühle brummten wie ein Schwarm aufgescheuchter Schmeißfliegen zwischen seinen Schläfen.

»Du hast doch verhütet!«

Ein Weinkrampf schüttelte sie. Die Antwort war überflüssig.

Hatte Onkel Theo doch erreicht, was er von Robert verlangt hatte! Möglich, dass er von der Schwangerschaft sogar eher erfahren hatte als der leibliche Vater.

Der Körper, den er an sich drückte, versteifte sich.

»Was machen wir jetzt?«

Was schon? War das Drehbuch nicht schon geschrieben?

In seiner Verzweiflung merkte Robert nicht, wie er verkrampft an Sylkes Haaren zog.

»Au!«

»Das kannst du wohl sagen. Autsch!« Und dann hörte er sich sagen: »Du hast mich hintergangen. Du hast behauptet, du verhütest. Das ist ganz allein deine Schuld. Hättest du mich nicht angelogen, wäre ich vorsichtiger gewesen.«

Die Worte waren einfach so aus ihm herausgesprudelt.

Eigentlich hätte er sie nur halten, drücken wollen, aber das Gift des »Geschäfts« hatte gewirkt.

Er distanzierte sich bereits von seiner Freundin und dem Kind.

Sylke begann zu zittern.

»Du musst mich unterstützen, hörst du. Geh mit zu meinen Eltern und wir beichten ihnen unsere Liebe. Noch wissen sie nichts davon. Aber sie werden uns helfen. Bestimmt helfen sie uns.«

»Das hast du dir alleine eingebrockt, also löffle deine Suppe gefälligst alleine aus.« Robert staunte selbst über seine Härte.

Sie japste nach Luft. Immer noch vermied Sylke, ihn anzusehen. Ihre Worte waren durch ihr aufgewühltes Schluchzen hindurch kaum verständlich.

»Das bist nicht du, der da spricht.«

Sie hatte ihn durchschaut! Seit wann? Wusste sie etwa vom Onkel?

Robert konnte nicht anders, als noch härter mit ihr umzuspringen.

»Geh. Ich habe genug von dir. Ich lege keinen Wert mehr auf Kontakt zu dir.«

Sylke löste sich von ihm und sah ihn aus verheulten Sehschlitzen an.

»Das meinst du nicht ernst.«

Er war schon zu sehr in seiner Rolle gefangen, als dass er hätte umschwenken können.

»Und ob. Verschwinde! Mit einem Babybauch bist du sowieso nicht mehr attraktiv.« Er schubste sie von sich weg.

»Nein! Ich will dich nicht verlieren. Wir schaffen das. Bestimmt!«

Dieses Entsetzen in ihren Augen! Nicht länger zu ertragen!

Er drehte sich um und lief davon.

Noch am selben Nachmittag bat er darum, das Einzeltraining mit seiner Kameradin abbrechen zu dürfen.

»Wegen persönlicher Differenzen.«

Auf Nachfrage, welcher Art diese seien, winkte er nur ab. Das wüssten demnächst sowieso alle hier im Schießsportverein.

Am Abend besuchte er Onkel Theo in seiner Villa am Stadtrand. Tante Anna war höchst überrascht, Robert vor ihrer Tür zu sehen. Sie führte ihn auf sein Bitten ins Arbeitszimmer ihres Mannes. Der hatte es sich in einem Ohrensessel bequem gemacht. Als Tante Anna die Tür hinter Robert geschlossen hatte, berichtete er von der Erfüllung des »Geschäfts«.

Der Onkel unterbrach ihn nicht. Erst, als sein Neffe fertig war, lobte er ihn: »Sauber, mein Junge. Den Rest überlass getrost mir. Ein wenig Schützenhilfe muss ich dir aber noch abverlangen.« Zufrieden sank Onkel Theo zurück in die Polster des Ohrensessels.

»Wie soll ich mich denn jetzt verhalten?«

»Ganz normal. Als wäre nichts gewesen. Nur die Beziehung zu der Kleinen, die musst du natürlich aufgeben. Findest bestimmt schnell eine Neue!«

»Sagst du es meinen Eltern?«

Die Behaglichkeit in der Stimme des Onkels erhielt unvermittelt den einschmeichelnden, dabei drohenden Unterton, den er so perfekt beherrschte.

»Nein, das bleibt unter uns. Kein Mucks, verstanden! Und noch etwas, mein Junge: Wir müssen deine Ex-Freundin als unzuverlässig erscheinen lassen. Dabei kannst du uns behilflich sein.«

Uns? Wer war »uns«? Die Partei? Die Polizei? Die Stasi? Für wen arbeitete Onkel Theo eigentlich?

Wobei sollte er behilflich sein? War seine Abmachung mit dem Onkel nicht erfüllt?

Robert begriff, dass er durch die Erledigung des »Geschäfts« nicht der Abhängigkeit von Onkel Theo entronnen war. Eine naive Fehleinschätzung! Er würde immer wieder damit behelligt werden, sich nützlich zu erweisen. Onkel Theo nützlich zu sein.

Über den Kontaktmann lieferte er den Dreck, um den man ihn bat. Zunächst Unwahrheiten über Sylke, die irgendwann niederkam und der man das Kind noch im Kreißsaal entriss. Dabei blieb es nicht. Wiederholt wurde er als Spitzel gedungen, zunächst, um Vereinskameraden auszuspionieren, später, um Kommilitonen an der Uni und Arbeitskollegen zu beobachten.

Wäre ihm doch bloß die Flucht gelungen!

Die gelang Robert erst nach der Wende, ganz legal. Sobald sich die Möglichkeit bot, übersiedelte er nach Essen im Ruhrgebiet.

# Lotte hilft weiter

Am Ende war es tatsächlich Lotte, die den Ermittlungen richtig Drive verpasste. Am kommenden Sonntagabend fiel der Startschuss zum Finale. Ich hatte mir den Nachmittag mit einer Fahrradrunde vertrieben, Lotte hatte sich, was mir gar nicht gefiel, wieder mit Frauke Lindemann verabredet. Zur Hunderunde im Borbecker Schlosspark. Ich kam gerade unter der Dusche her, ein Handtuch um die Lenden geschlungen, da überfiel sie mich mit ihren Neuigkeiten. Gleich im Flur.

Ganz aufgekratzt stand Lotte vor mir. »Du ahnst nicht, was ich herausgefunden habe!«

»Darf ich mir vielleicht erst einmal einen leichten Hausanzug überwerfen? Passt mir gerade nicht so wirklich, nackig im Flur.«

»Entschuldigung. Aber glaube mir: Es lohnt sich. Pass auf. Ich köpfe dir eine eiskalte Flasche Pils und schenke mir einen Rotwein ein. Du ziehst dir in der Zwischenzeit was an. Wir treffen uns am Küchentisch!«

Lotte machte mir ein Bier auf? Das genügte, um mich neugierig zu machen.

Meine Angetraute hatte bereits von ihrem Wein genippt, als ich meinen Stammplatz am Küchentisch bezog. Dort wartete ein frisch eingegossenes Pils auf mich.

»Schieß los!« Ich nahm einen durstigen Schluck.

»Also. Ich gehe da so mit Frauke durch den Park. Sie hat Brutus an der Leine. Wenn du mich fragst, hat sie den Hund absolut nicht im Griff. Er zieht sie fast von den Pinnen …«

Ich seufzte. »Zur Sache, Schatz.«

»Ja, ja. Drängle nicht. Das gehört zur Sache.«

»Weiter im Text«, bat ich.

»Wir kommen um eine Ecke. Plötzlich bleibt Brutus stehen. Dann hängt er sich so in die Leine, dass Frauke ihn nicht halten kann. Sie lässt los. Brutus stürzt in vollem Tempo auf eine Frau zu, die ich in diesem Moment am Ende des Weges entdecke. Ich befürchtete das Schlimmste. Wer weiß schon, was in so einem Vieh vorgeht ...«

Wie die Story hier anfing, langweilte sie mich bereits. »Bitte komme zum Punkt, Lotte!«

»Da bin ich jetzt. Brutus fletscht nicht etwa die Zähne und knurrt und bellt. Nein, schwanzwedelnd stürmt er auf die Fremde zu. Die Spaziergängerin geht leicht in die Knie - wirklich nicht viel, denn Brutus ist ja ein ganz schöner Wäscher -, und spricht ihn freundlich mit seinem Namen an. Der Wildfang fegt mit dem Schwanz, dass sein ganzes Hinterteil wackelt, ist ganz zahm, leckt der Frau die Hände, springt um sie herum. Es wird noch besser: Die Fremde gibt Brutus Kommandos. Sitz! Platz! Und der Hund gehorcht aufs Wort! Setzt sich auf die Hinterpfoten. Legt sich auf den Weg. Unfassbar, was?«

»Das ist wirklich merkwürdig. Kannte Frauke die Frau?«

»Nein. Sie war selbst ganz perplex. Wir haben uns begrüßt, dann hat die Frau noch ein Spielchen mit Brutus gemacht und wir haben uns getrennt.«

Ich war enttäuscht. »Das war alles?«

»Oh nein. Ich habe dir diese Frau noch gar nicht beschrieben. Sie war Frauke nämlich verblüffend ähnlich. Ihren Gesichtern nach hätten sie Schwestern sein können. Nur, dass die andere kurze Haare trug.«

Sollte das etwa …? War das möglicherweise …? Sylke Böhning?

»Lotte, ich muss ins Präsidium.«

»Was, jetzt am Sonntagabend?«

»Ja. Sofort. Mit dir zusammen.«

»Mit mir? Ich wollte jetzt die Beine hochlegen und meinen Wein austrinken.«

»Du wirst gleich ganz anders darüber denken«, teilte ich ihr meine Einschätzung mit und erklärte meinen Verdacht.

»Das wäre ja … Warum kennt diese Frau Brutus? Und Frauke nicht?«

»Genau. Komm, los!«

Wir stellten einen neuen Rekord auf meinem Arbeitsweg zum Polizeipräsidium auf.

»Nicht so schnell«, rief mir Lotte mehr als einmal hinterher. Drei, vier Schritte zügelte ich darauf meinen Vorwärtsdrang, um gleich wieder in gesundes Lauftempo zu verfallen.

Der Pförtner staunte nicht schlecht, mich um diese Zeit am Sonntag ins Haus kommen zu sehen. Noch mehr staunte er darüber, dass ich meine Frau im Schlepptau hatte, die er flüchtig von einem Betriebsfest kannte. Wir hielten uns nicht bei dem Mann auf, sondern hasteten in mein Büro. Ich schaltete den Rechner ein und suchte das Bild von Sylke Böhning. Kaum füllte es den Bildschirm, staunte Lotte: »Das ist die Frau. Ist sie das? Die Mutter aus dem Osten?«

»Darf ich vorstellen: Sylke Böhning, leibliche Mutter von Ines Frotzscher, deren Adoptivmutter Anna Frotzscher kürzlich in Wildpark West zusammen mit ihrer Mutter erschossen wurde.«

»Sigi, das ist mir richtig unheimlich. Sie kannte Brutus offenbar. Mehr noch: Diese Frau«, Lotte zeigte auf den Monitor, »war richtig vertraut mit dem Hund. Woher?«

»Das fehlende Glied in der Kette kann nur Jens Lindemann sein.«

»Wahnsinn. Ob die beiden ein Verhältnis miteinander haben?«

»Zum Beispiel. Das wäre für unseren Fall unerheblich. Wenn aber etwas anderes dahinter steckte …«

»Woran denkst du?«

»Ehrlich? Ich tappe noch im Dunkeln. Weißt du was, ich breche jetzt einfach die Regel und lege die Karten offen. Ich erzähle dir alles, was wir bisher ermittelt haben. Du bist zur Zeugin ernannt und vielleicht, vielleicht, fällt dir durch die Einweihung in die Geschichte noch mehr ein, was uns helfen könnte.«

Gesagt, getan. Eine total unwirkliche Situation. Ich saß mit meiner Frau am Sonntagabend in meinem Büro im Polizeipräsidium und berichtete ihr haarklein, wie der Stand der Dinge war. Lotte hörte aufmerksam zu und unterbrach mich selten. Beinahe eine Arbeitssituation. Neben mir hätte auch Möhrchen sitzen können oder Erich. Dass es mal dazu kommen sollte, hätte ich bis dahin für unmöglich gehalten.

Als ich meinen Bericht abschloss, sah ich meiner Holden an, dass sie schwer beeindruckt war. »Endlich verstehe ich, wie Polizeiarbeit geht.«

Wir verließen das Büro und das Polizeipräsidium.

»Schönen Abend noch«, rief uns der Pförtner hinterher. Viel war davon nicht mehr übrig.

Wir schlenderten nach Hause zurück, jeder von uns in eigene Grübeleien vertieft.

Plötzlich fiel Lotte ein: »Habe ich total vergessen: Frauke hat mir noch etwas erzählt, was wichtig sein könnte.«

»Was denn?«

»Als sie wegen ihrer Tablette zurückgegangen ist, damals, vom Strand aus, an dem wir zusammen gesessen haben …« Ich hörte nur halb hin. »… da hat sie Jens auf der Eisenbahnbrücke getroffen.«

Diese Mitteilung, im nachdenklich, unaufgeregten Ton vorgebracht, ließ mich einen Atemzug das Luftholen vergessen.

»Was sagst du da?«

»Ja. Mit dem Fahrrad. Der Freund, den er besuchen wollte, wohnte angeblich nicht weit von Werder entfernt und er hatte vor, mit dem Rad hinzufahren.«

Das wäre eine plausible Erklärung für dieses Zusammentreffen. Dennoch: Auf der anderen Seite der Eisenbahnbrücke lag Wildpark West. Dort wiederum am Havelufer die Villa, in der kurz darauf zwei Frauen ermordet worden waren. Zufall? Dass Sylke Böhning wahrscheinlich mit Jens Lindemann bekannt war, würzte die Sache.

Lotte zog einen ganz anderen Schluss: »Frauke wird wohl nicht bis auf die Brücke zurückgegangen sein, um eine Pistole zu holen. Meinen Verdacht kann ich damit begraben!«

Endlich!

Meine Beste schien enttäuscht wegen ihres selbst geäußerten Zweifels an der Schuld Frauke Lindemanns. Ich dachte lieber weiter über deren Mann nach. Hatte er eine Affäre mit Sylke Böhning, wie meine Hobbydetektivin als erste Eingebung geäußert hatte? Oder steckte mehr dahinter? Gab es vielleicht sogar eine Beziehung zwischen den Ermordeten und diesem Kerl? Wir würden überprüfen müssen, ob er überhaupt eine

Verabredung mit einem Freund gehabt hatte. Um ihn vorzuladen, war die Faktenlage allerdings zu dürftig. Wie sollte diese Überprüfung also stattfinden?

Ob Staudinger weiterhelfen konnte?

Mein Sonntag war jedenfalls kaputt. Während Lotte einen Taschentuchfilm im Fernsehen guckte, marterte ich meine grauen Zellen. Mich verfolgten die Spekulationen in den Schlaf hinein und als der Wecker die Arbeitswoche einläutete, hatte ich das Gefühl, gerade erst eingeschlafen zu sein.

Nach einer flüchtig geschmierten und hastig verschlungenen Marmeladenstulle war ich schon zum Polizeipräsidium unterwegs. Kaffee konnte ich dort trinken. Ich musste unbedingt mit Möhrchen über alles sprechen. Wir ergänzten uns nämlich gut im Konstruieren von Zusammenhängen.

Die kleine Rote trudelte im selben Moment wie ich im Polizeipräsidium ein. Wir trafen uns auf der Treppe unterhalb des ehrwürdigen Eingangsportals.

»Morgen, Sigi. Nanu? So früh auf den Beinen?«

»Guten Morgen allerliebste Kollegin. Du legst jetzt bitte ganz schnell einen Kaffee auf die Orgel und dann erzählt dir Onkel Sigi ein paar Merkwürdigkeiten.«

»Hast du schlecht geträumt?«

»Für einen Traum war das alles viel zu real. Husch, husch ins Büro. Wir müssen etwas besprechen.«

Als wir mit zwei dampfenden Tassen Schwarzgebräu in Erichs und meinem Büro saßen, packte ich Lottes Top News aus.

Die Kollegin staunte nicht schlecht. Sie fasste meine unsortierten Gedanken zusammen; »Der Reihe nach: Der Hund von Lindemanns begrüßt Sylke Böhning wie eine Bekannte. Er gehorcht ihr aufs Wort. Soweit ich mich mit Hunden auskenne, bedeutet das, sie hatte öfter Gelegenheit, mit ihm zu üben. Der Hund akzeptiert sie und trifft sie nicht zum ersten Mal.

Da Frauke Lindemann Sylke Böhning nicht kennt, kann Letztere nur über Jens Lindemann Kontakt zu dem Tier erhalten haben. Das kann kein einmaliger Zufall gewesen sein, denn dann hätte keine Gelegenheit bestanden, Kommandos mit dem Hund einzuüben.

Ergo sind sich Jens Lindemann und Sylke Böhning häufiger begegnet. Vielleicht haben sie sich sogar verabredet. Wo? Immer im Park? Warum? Haben sie etwas miteinander? Oder kannten sie sich bereits früher? Woher? Beide stammen aus den Neuen Ländern, richtig?«

»Genau. Sie könnten sich aus ihrer Jugend kennen. Beide haben eine gewisse Zeit in Potsdam gelebt, ehe sie in den Westen übergesiedelt sind.«

»Denkst du, was ich auch denke?« Die kleine Rote funkelte mich mit ihren saphirblauen Augen herausfordernd an.

»Ich kann es einfach nicht glauben. Heute Nacht habe ich diese Möglichkeit gesehen und ich habe mir die Birne verkrümmt, um weitere Anhaltspunkte aus dem Material, was wir gesammelt haben, herauszudestillieren. Es bleibt eine vage Spekulation: Jens Lindemann ist der Vater von Ines Frotzscher. Nach Aussage von Sylke Böhning hieß der aber Robert Maurer.«

»Auch das könnte gelogen sein. Andererseits sind Namen Schall und Rauch. Sollte ich wohl mal seine Personalien checken.«

Ich folgte Möhrchen ins Nachbarbüro. Sie tippte ein wenig auf ihrer Tastatur herum.

»Schau mal: Das ist interessant.« Ihr Finger zeigte auf einen Namen.

»Jens Robert Gärtner, geboren in Coswig, verheiratet mit Frauke Lindemann. Bei der Eheschließung den Namen der Frau angenommen. Gärtner, nicht Maurer.«

Möhrchen schmunzelte. »Maurer, Gärtner, Maler, Tischler ... Soll ich noch mehr Berufe aufzählen?«

Mir schwante, woran sie dachte. »Du meinst ...«

»Sylke Böhning hat schlicht und einfach die Unwahrheit gesagt. Wieder einmal. Sie hat den Vater ihres Kindes mehrfach getroffen. Sie weiß, wo er sich aufhält. Seinen Vornamen hatte sie uns bereits verraten, während sie ihre Geschichte ausgepackt hat. Den Nachnamen wandelte sie ab. Aber nicht raffiniert genug. In der Schnelle fiel ihr nichts Besseres ein, als bei den Berufen zu bleiben. Hätte genauso gut Müller sagen können.«

»Sollte es wirklich so zusammenhängen? Sofort rufe ich Staudinger an.«

In drei Sätzen stand ich neben meinem Telefonapparat. Die Finger wollten die Tasten vor Erregung nicht recht treffen, als ich die Nummer in Potsdam eintippte. Beim ersten Versuch verwählte ich mich. »Kein Anschluss unter dieser Nummer«. Ich nahm mich mehr zusammen. Das Freizeichen tutete lange, ehe jemand den Anruf annahm. »Staudinger, Kriminalpolizei Potsdam.«

»Guten Morgen Herr Staudinger. Siebert am anderen Ende. Wir haben etwas für Sie.«

»Entschuldigen Sie, ich streife zuerst meinen Regenmantel

ab. Es gießt bei uns in Strömen und ich komme gerade erst herein. Ich lege Sie kurz daneben.«

Mir erschien die Zeit endlos, bis er wieder an den Apparat kam.

»So, jetzt bin ich ganz Ohr.«

»Wir haben höchstwahrscheinlich den Vater von Ines Frotzscher gefunden …« Atemlos berichtete ich von unseren neuesten Erkenntnissen.

»Das ist ja großartig!«, rief Staudinger aus, als ich meinen Bericht mit letzter Luft zum Abschluss gebracht hatte. »Wir waren nämlich auch nicht untätig, wissen Sie. Wir haben uns im Schießsportverein umgehört. Einen Robert Maurer kennt dort niemand von den Veteranen, wohl einen Robert Gärtner. Von dem haben wir insgesamt drei Bekannte aufgetan, die noch aktiv im Sport unterwegs sind. Zwei von ihnen wussten von einer Geheimniskrämerei um eine Affäre mit einer gewissen Sylke. Leider erinnerte sich keiner der beiden an den Nachnamen und die alten Namenslisten sind verschwunden. Der Dritte hatte irgendwo gehört, dass unser Kandidat kurz nach der Wende in den Westen verzogen ist. Halten Sie sich fest: Nach seiner Auskunft ging er nach Essen.«

Ich schrie beinahe in die Sprechmuschel: »Das passt ja wunderbar!«

»Halten Sie Ihre Begeisterung noch etwas im Zaum. Das ist längst nicht alles. Vom selben Mann erfuhren wir noch etwas: Robert Gärtner ist der Neffe von Theo Frotzscher, dem verstorbenen Mann Anna Frotzschers. Ein Sohn seiner Schwester. Jetzt dürfen Sie ausflippen!«

Ich flippte nicht aus. Ich war sprachlos.

»Was hast du?«, fragte Möhrchen. Sie hatte nicht mithören

können, denn ich hatte in der Aufregung versäumt, das Telefon auf laut zu stellen.

»Moment«, raunte ich ihr zu, um gleich darauf weiter mit Staudinger zu reden: »Ines Frotzscher ist also entfernt verwandt mit ihrer Adoptivmutter. Sylke Böhning hat uns gegenüber keine Andeutungen gemacht, dass sie davon wusste.«

»Der Vater wusste garantiert Bescheid.«

»… hat es der Mutter aber nicht gesagt. Dann treffen sich die beiden zufällig in Essen wieder. Im Schlosspark. Es bleibt nicht bei dieser einen Begegnung. Wegen der verwandtschaftlichen Beziehungen weiß Jens Lindemann alias Robert Gärtner den Namen des Kindes. Sylke Böhning bettelt und bettelt, bis er ihn endlich preisgibt. Was haben die beiden wohl noch ausbaldowert?«

»Dazu passt, dass die Dame nur einmal bei der Stasi-Unterlagen-Behörde war. Der zweite Termin ist schlicht erfunden. Ihre Kollegin hat nämlich recht: So einfach gibt niemand den Namen des fortgegebenen Kindes heraus.

Leider ist die Beweislage mager. Mir sind die Hände gebunden. Keine Zeugen für die Ankündigung eines Besuchs, die Tatwaffe bleibt unauffindbar. Der Tatort war klinisch rein. Keine Spuren, die vom Täter stammen könnten. Dafür waren Ihre und die von Ihrer Frau umso deutlicher.«

Dafür hatte der Kollege etwas gut bei mir.

»Wir schnappen uns dieses saubere Elternpaar, Herr Staudinger. Sie hören von uns.«

»Wie gerne ich dabei wäre. Vielleicht kommt es ja noch dazu.«

»Wiederhören. Und danke für die Informationen.«

»Ganz meinerseits. Viel Erfolg.« Staudinger legte auf.

Möhrchen sprühte die Neugier quasi aus den Augen.

»Sprich endlich, Sigi. Was hast du erfahren?«

Ich setze meine Kollegin aufs Pferd. »Sobald Erich aufkreuzt, kassieren wir diesen Lindemann!«

Zum Glück dachte ich trotz allen Eifers daran, Oberrat Gelbarth über die Fortschritte zu unterrichten.

Er schnurrte wie ein Kätzchen. »Sauber, Herr Siebert. Bringen Sie ihn auf der Stelle hierher.« Ja, bei Erfolg war er gerne einer der Väter.

Erich kam nicht dazu, seinen Rechner zu starten. Ich fing ihn an der Bürotür ab und ging mit ihm zu seinem BMW. Auf dem Weg zum Parkplatz erfuhr er von mir das Wichtigste. Zehn Minuten später standen wir vor der Zentrale des Unternehmens, in dem Jens Lindemann arbeitete. Er hatte mir den Sitz seines Arbeitgebers während des Essens im Schloss Borbeck genannt.

Wir erkundigten uns bei einer Dame am Empfang nach dem richtigen Büro. Sie beschrieb uns die Gänge und Flure, die wir dorthin durchqueren mussten. Nach einem flotten Spaziergang durch das halbe, ausgedehnte Gebäude, standen wir vor einer offenen Tür, neben der unser Gesuchter auf einem Namensschild verewigt war.

Das Büro dahinter war leer.

Ich erkundigte mich nebenan, wo wir Jens Lindemann finden könnten.

Eine ausnehmend hübsche junge Frau, die dem neben mir stehenden Erich spürbar das Blut in die Leistengegend schießen ließ, antwortete uns: »Bedaure. Herr Lindemann nimmt gerade an einer Besprechung teil.«

»Dürfen wir hier auf ihn warten?«, war mein Kollege sich nicht zu schade, seinen niederen Instinkten nachzugeben.

Ich fuhr ihm in die Parade. »Nein, holen Sie ihn lieber her.«

»Das geht nicht«, protestierte die Hübsche.

»Doch, das geht«, behauptete ich und zückte meinen Dienstausweis. »Kriminalpolizei. Wir müssen Herrn Lindemann in einer Sache sprechen, die keinen Aufschub duldet.«

Die junge Frau sprang erschrocken von ihrem Stuhl auf. Sie humpelte um ihren Schreibtisch herum und in den Flur hinaus. Unter einem ihrer Schuhe trug sie eine Erhöhung. Erich wandte sich verschämt ab.

Keine fünf Minuten später erschien ein aufgebrachter Jens Lindemann im Rahmen.

»Das geht nicht Sigi, dass ihr mich aus der Besprechung holt. Sag, was los ist und dann verschwinde wieder.«

»Falsch. Du folgst uns. Und zwar auf der Stelle und ohne Umschweife.«

Mein selbstsicheres Auftreten versetzte den Gesuchten sichtlich in Alarm. Etwas heruntergekühlt fasste er nach: »Worum geht es denn?«

»Das werde ich dir auf dem Polizeipräsidium erklären. Auf Wiedersehen, meine Dame. Danke, dass sie den Kollegen für uns geholt haben.«

»Entschuldige mich bitte in der Gesprächsrunde, Katrin«, hinterließ Jens Lindemann noch, ehe er uns widerspruchslos folgte.

Auf dem Weg hinaus ließ unser Einkassierter nicht locker. »Nun sag, worum geht es?«

»Um deine Verwandten in Wildpark West. Die jetzt tot sind. Und um deine Tochter.«

Der hatte gesessen. Sein Gesicht wurde aschfahl. Unser Verdächtigter verstummte.

# Bewaffnung

Vom entgegengesetzten Ende des Tresens hören wir plötzlich lautes Krakelen. Ecki und ich gucken von unserem Bier auf. Ein Jugendlicher, vielleicht gerade sechzehn Jahre alt, hat sich vor einem anderen Jungen und einem Mädchen aufgebaut. Seine hasserfüllten Worte dringen durch das Gemurmel der acht, neun anderen Gäste zu uns durch.

»Was soll das? Warum spannst du mir Mireille aus? Mieser Stecher! Was denkst du dir dabei? Mireille und ich sind zusammen!«

Der Angesprochene bleibt erstaunlich ruhig.

»Da war nicht viel auszuspannen. Mireille ist freiwillig zu mir gekommen.«

»Ach? Und du hast nicht nachgeholfen? Wo hat sie den Ring denn her?«

»Ich kann beschenken, wen ich will.«

»Mit Kohle hast du sie gelockt. Hast ja die Taschen voll damit, bei den Eltern.«

»Ich glaube nicht, dass es daran liegt.«

»Woran sonst? Mireille gehört zu mir!«

»Meinst du nicht, du solltest Mireille selber fragen, zu wem sie gehört?«

»Brauche ich nicht. Sie weiß das.«

»Ich gehöre zu niemandem. Ich liebe Florian«, hören wir das Mädchen sagen. Ruhig, verständig. Dabei fasst sie den neben ihr stehenden Jungen um die Taille und schmiegt sich an ihn.

»Du miese Braut. Dich mache ich fertig. Aber erst mache ich den da fertig!«

Im Schummerlicht der Kneipe blitzt Stahl auf. Blitzschnell hat der Angreifer ein Springmesser aus der Hosentasche gezogen.

Ecki wird als Erster munter. Mit großen Schritten eilt er zum anderen Tresenende. Noch im Laufen ruft er: »Mach dich nicht unglücklich, Junge. Steck das Ding weg.«

Die Gäste, die dem Trio am nächsten stehen, treten erschrocken den Rückzug an. Die drei Jugendlichen stehen isoliert in der Ecke. Alle Augenpaare in der Kneipe hängen an Ecki und dem Messerhelden. Dessen Feindbild springt nun auf meinen Kumpel über.

»Lass mich in Ruhe, Fettsack. Wenn ich dir das Ding hier in die Schwarte ramme, spritzt es.«

Mittlerweile stehe ich hinter Ecki. Sein breites Kreuz behindert leider meine Sicht. Ich habe keine Chance, an seine Seite zu treten und bin zur Beobachterrolle abkommandiert. Ohne irgendeine Möglichkeit, einzugreifen, verfolge ich die Auseinandersetzung.

»Jetzt mach einen Punkt«, bleibt Ecki gefasst. Dabei bemerke ich, wie seine rechte Hand eine Stuhllehne packt.

»Halt dein blödes Maul. Ich mach euch alle drei fertig.« Entschlossenheit funkelt in den Pupillen des Aggressiven, den ich nur sehen kann, weil ich den Oberkörper weit zur Seite neige. Ich fürchte, Ecki fängt sich eine Verwundung ein. Seine Reaktionsschnelle dürfte unter dem reichlichen Alkoholgenuss gelitten haben. Ein klarer Vorteil für den Jugendlichen.

»Du legst das Messer hier auf den Tisch und dann verziehst du dich, mein Lieber. Ich bin Polizist. Ich werde dich im Auge behalten. Nicht ein Haar krümmst du den beiden.«

Totenstille im Raum.

Niemand der Anwesenden wagt, auf irgendeine Weise einzugreifen. Ecki steht alleine da.

Einen Moment habe ich den Eindruck, das Wort »Polizist« bringt die kleine Großschnauze zur Vernunft. Dann taumelt Ecki plötzlich zurück. Er tritt mir hart auf den Fuß, dass ich aufschreie. Viel größer als der Schmerz, ist die Angst um meinen Kumpel. Im nächsten Moment sehe ich seine Hand hochschnellen, die den Stuhl im Halbkreis vor seinem mächtigen Bauch herschleudert. Der Messerheld flucht laut. Seine Waffe fällt zwischen Eckis Beinen hindurch direkt vor meine Füße. Ich schnappe sie mir. Mein Kumpel schnellt nach vorn und dreht dem Jungen den Arm auf den Rücken. Alles Winden in seiner Stahlpranke nutzt dem schmächtigen Kerl nichts. Er gibt den Widerstand unter Fluchen und Beschimpfungen auf.

Ecki bleibt cool. »Guido, ruf mal meine Kollegen an. Ich habe ein Paket abzugeben.«

»Ist alles gut bei dir?«, finde ich die Sprache wieder.

Der Dicke lacht mich trocken über die Schulter an. »Klaro. Bist wohl aus der Übung? Du hättest nach allen Regeln unserer Kunst von der anderen Seite kommen müssen.«

Recht hatte er. Ich hätte um die andere Seite des Tresens herumgehen sollen, sodass wir den Angreifer von zwei Seiten in die Zange genommen hätten. Dumm von mir. Anscheinend hatte ich einiges verlernt.

Das angegriffene Pärchen bedankt sich bei Ecki. Dann macht es Anstalten, aus der Kneipe zu verschwinden.

»Hiergeblieben! Die Kollegen werden eure Aussagen hören wollen.«

Keine fünf Minuten später zuckt Blaulicht durch die Fenster. Zwei Polizeibeamte stürmen die Gaststätte.

»Ecki?«, fragt einer von ihnen verdutzt.

»Ah, ihr seid's. Legt dem Burschen hier mal zwei schöne Stahlarmbänder an. Ein wenig zu heißblütig, der Kleine.«

Es dauert gewisse Zeit, bis alle Formalitäten erledigt sind. Dann führen Eckis Kollegen den Heißsporn ab. Seelenruhig bezieht mein Kumpel seinen angestammten Platz und nuckelt sein Bier aus.

»Baah, abgestanden. Guido, ein Neues. Nein, zwei, für Sigi auch eins. Und zwei Samtkragen.«

Unser Wirt bringt das Bestellte.

»Die Rutsche geht aufs Haus. Wie du das gedeichselt hast, Ecki. Alle Achtung.«

»Täglich Brot«, behauptet mein Kumpel. Etwas zu dick aufgetragen für meinen Geschmack.

»Ich werde alt, was?«, erkundige ich mich kleinlaut.

»Du bist Rentner, Sigi. Dich geht das alles nichts mehr an. Sei froh.«

»Wie kommt so eine kleine Kröte dazu, bewaffnet durch die Gegend zu laufen?«

»Passiert immer häufiger. Keine Ahnung. Sie leihen sich vielleicht ein Rückgrat bei dem Ding, das sie ansonsten nicht besitzen. Betäuben ihre Angst zu leben mit geliehener Autorität. Machtfantasien. Frag doch lieber einen Psychologen.«

»Das ist doch nicht normal. Siebzehn ist der Bursche.«

»Die werden immer jünger. Neulich habe ich einem Dreizehnjährigen einen Totschläger abgenommen. Hatte ihm übrigens sein Vater aus dunklen Kanälen besorgt.«

»Schlimm. Wie Robert damals. Der kam sich wohl auch stark vor mit einer Waffe in der Hand.«

»Siehste. Ist vielleicht doch kein Phänomen der Neuzeit.«

Aber Anlass und Situation waren hier völlig anders gewesen. »Bist du wieder aufnahmefähig?«

Ecki lupft die buschigen Augenbrauen. »War was?«

Ich muss lachen. Aus Erleichterung, dass ihm nichts passiert ist. Trotz meiner Unfähigkeit.

»Okay. Wir haben also Jens Lindemann zum Polizeipräsidium gebracht …«

***

Die Kommunikation in Erichs Auto blieb recht einsilbig. Als wir unser Ziel erreichten, führten wir Jens Lindemann ohne weitere Umschweife in den Verhörraum. Ich klärte ihn über seine Rechte auf und schaltete das Aufzeichnungsgerät ein.

Seinem Verhalten nach befand sich unser Mordverdächtiger vermutlich noch im Irrglauben, wir hätten zu wenig gegen ihn in der Hand.

Das ließ er uns tatsächlich gleich zu Beginn wissen: »Ich lasse mir von euch nichts in die Schuhe schieben.«

»Das haben wir ganz bestimmt nicht vor. Das entspricht auch nicht unserer Aufgabe als Kriminalpolizisten. Wir werden dir Stück für Stück erläutern, wie wir die Sache sehen. Dann werden wir in Ruhe gemeinsam darüber reden. Zuvor sagst du uns bitte den Namen des Freundes, den du am Tag deiner überstürzten Abreise aus Werder treffen wolltest.«

Jens Lindemann nannte uns einen Namen.

»Wo wolltet ihr euch treffen?«

»Im Heim, wo er untergebracht ist. In Brandenburg an der Havel.«

»Du wirst uns bestimmt erklären können, warum du an diesem Tag zunächst in Richtung Wildpark West aufgebrochen bist. Soweit ich die Landkarte im Kopf habe, liegt das nicht auf direktem Weg nach Brandenburg.«

»Bin ich doch gar nicht.«

Mit süffisant gespitztem Mund spielte ich mein As aus: »Bist du. Deine Frau hat dich schließlich auf der Eisenbahnbrücke getroffen.«

»Ich wollte zuerst …« Seine Stimme versagte.

Ich sprach unseren Verdächtigen scharf an und sah ihm dabei direkt in die Augen: »Du wolltest nach Wildpark West und deine Tante sowie ihre Mutter über den Haufen schießen. Wolltest du uns das mitteilen?«

Jens Lindemanns Tonfall wurde schrill. »Nein. Nein. Nein! Auf keinen Fall lasse ich mir das anhängen!«

Erich mischte sich ein. »Die genaue Adresse des Freundes. Wir werden das überprüfen.«

Jens Lindemann nannte den Namen eines Heims, in dem sein Freund angeblich untergebracht war. Wegen der Folgen eines schweren Motorradunfalls. Erich notierte ihn.

Ich bemühte mich, möglichst unaufgeregt fortzufahren. Mit Konfrontation knackten wir diesen Verdächtigen nicht, das war mir klar geworden. Wir würden versuchen müssen, ihm Raum zu geben, damit er auspackte. Auf seine Art und in seinem Tempo.

»Jens, komm, gib dir einen Ruck. Du hast doch etwas auf dem Herzen, oder? Das spüre ich! Wir hören einfach zu«, säuselte ich.

Jens Lindemann starrte das Mikrofon an wie eine aufgerichtete Kobra. In seinem Gesicht arbeitete es. Mal strafften sich seine Konturen, wenn er energisch auf die Zähne biss, mal klappte sein Unterkiefer herunter und zwischen seinen Lippen entstand ein schmaler Spalt. Sein Brustkorb hob und senkte sich unter schwerer Atmung. Meine langjährige Erfahrung sagte mir: Gleich wird er reden.

Erich besaß nicht meine Geduld. Zweimal musste ich ihn mit eindeutigem Blick stoppen, sonst wäre er losgeplatzt. Dann hätten wir heute vielleicht nichts mehr erfahren.

Meine Einschätzung trog mich nicht. Endlich begann Jens Lindemann mit seiner Aussage. Schleppend würgte er Wort für Wort hervor, als wären sie Pfropfen auf einem Gefäß, das unter Überdruck stand.

»Mein Fehler liegt weit zurück. Ich war beinahe noch ein Kind. Du weißt ja, Sigi, dass ich in der DDR großgeworden bin. In Coswig, um genau zu sein. Das liegt an der Elbe. Später ist meine Familie nach Potsdam gezogen. Wegen meiner *Eskapade*, wie Vater sich auszudrücken pflegte. Er vermied strikt, ein Wort dafür zu gebrauchen, das zu viel über das Vorgefallene verriet.

Du musst wissen, ich habe mich in meinen jungen Jahren aufgebäumt gegen das Regime. Mit fünfzehn, sechzehn. Habe bei unpassender Gelegenheit keinen Hehl aus meiner kritischen Einstellung gemacht. Im Unterricht und auf dem Schulhof. Das hat mir und meinen Eltern 'ne Menge Schwierigkeiten eingebracht. Als ich später eingesehen habe, dass diese kleinen Nadelstiche ins Nirgendwo führten, wollte ich nur noch eines: weg!

Um nicht weiter aufzufallen, hielt ich ab jetzt die Schnauze. Wie ein richtiger Spion kam ich mir vor, täuschte ich doch alle über meine wahren Gedanken. Um ganz den Angepassten zu mimen, trat ich dem örtlichen Schießsportverein bei. Es stellte sich heraus, dass mir das Hantieren mit Waffen lag. Schnell war ich einer der Besten meiner Altersgruppe. Die Trainer machten mir Hoffnungen auf die Olympischen Spiele.

Zeitgleich, im Verborgenen, begab ich mich auf die Suche nach Gleichgesinnten. Der Spion suchte die Gelegenheit zur Flucht. Ich hörte mich in der Schule um und unter den Sportkameraden. Zufällig bekam ich ein Gespräch mit, in dem es um einen aus dem Schießsportverein ausgeschlossenen Schützen ging. Er habe sich verdächtig gemacht, politisch unsicher zu sein. Daraufhin sei er des Vereins verwiesen worden. Der, der das zu berichten wusste, nannte seinen Namen.

So bin ich auf Stephan gestoßen. Stephan Reumer. Nach ein paar Tagen hatte ich ihn ausfindig gemacht. Er hauste in einer ziemlich heruntergekommenen Bude, die ich nur einmal betreten habe. Dort war es uns für unsere konspirativen Treffen zu unsicher. Wir bevorzugten verschwiegene Ecken, zur Not trafen wir uns im Wald.

Schon bei unserem ersten Zusammentreffen stellten Stephan und ich fest, dass wir in politischen Fragen auf einer Wellenlänge lagen. Der neue Freund war ein Kerl nach meinem Geschmack. Großschnäuzig, anscheinend klar in der Birne – in meinen einseitig ausgerichteten Ohren – unangepasst, unbeeinflusst von seiner Familie und den offiziellen sozialistischen Parolen. Er besaß die Gabe, die Dinge zu sortieren, die große Weltpolitik auf unser kleines Leben herunterzubrechen. Stundenlang konnte er darüber philosophieren, die Kippe lässig im Mundwinkel, die Wodkaflasche in der Hand. Den Schnaps brachte ich ihm mit. Ich bekam nur wenige Schlucke davon ab.

Stephan wurde mein Held. Er übte in seiner scheinbaren

Unabhängigkeit eine unbeschreibliche Faszination auf mich aus. Ich schloss mich ihm an und wurde zu seinem Schatten im Geiste, ganz gleich, worum es ging.

›Man müsste abhauen‹, sagte mein Idol mehr als einmal.

Das entsprach genau meinen Gedanken, die ich jedoch nur ihm gegenüber auszusprechen wagte. Ja, man müsste abhauen, diese enge Welt verlassen, im Westen reich werden und auf dicke Hose machen. Abhauen!

Heute wundert mich, dass Stephan nicht auffiel in seiner Sorglosigkeit. Mithörer seiner Parolen gab es an jeder Ecke. Ein blinder Fleck im System, den ich mir nicht erklären kann. Mag sein, dass sie ihn als harmlosen Spinner eingeschätzt haben. Er hat wahrscheinlich einfach Glück gehabt, dass ihm die Stasi nicht aufgelauert hat. Ich passte jedenfalls höllisch auf, dass mich niemand mit ihm zusammen sah oder mir zu unseren Treffen folgte.«

Jens Lindemann kam langsam ins Reden. Seine Worte kamen flüssiger, wenn er auch äußerst leise sprach. Ich musste genau hinhören, um ihn zu verstehen. Ihn zu ermahnen, lauter zu sprechen, verkniff ich mir. Das hätte ihn in dieser Phase seiner Aussage mit ziemlicher Sicherheit zum Verstummen gebracht.

»Eines Tages traf ich Stephan morgens auf der Straße. Zufällig. ›Morgen haue ich ab‹, raunte er mir ins Ohr.

Das war mein Stichwort. ›Können wir uns heute Abend treffen?‹, fragte ich ihn.

›Am alten Güterbahnhof. Neun Uhr.‹ Weg war er.

Der Unterricht in der Schule ging komplett an mir vorbei. War Stephan der Mann, dem man sich anschließen sollte? Was, wenn sie uns erwischten? Was, wenn man auf uns schösse? Quatsch. Wir waren Helden, Spione. Uns konnte keiner. Wir würden es schaffen. Garantiert! Ungefähr so sausten die Gedankensplitter durch meinen Kopf. Zwischen den Polen Angst und Selbsttäuschung hin und her.

Als es abends endlich so weit war, stahl ich mich aus dem Haus. Mit weichen Knien ging ich zum alten Güterbahnhof, ständig auf der Hut, dass mich niemand verfolgte. Ich werde mich so auffällig verhalten haben auf diesem kurzen Weg, dass mich jeder Spitzel gleich ins Visier genommen hätte. Heute weiß ich, dass man uns nicht entdeckt hat.

Stephan wartete auf der Laderampe auf mich. Seine Kippe glühte in der Dunkelheit. Beklommen näherte ich mich ihm.

›Na, Kötel in der Buchse?‹, erkannte Stephan sofort meine Verfassung.

Ich leugnete natürlich meinen offensichtlichen Zustand.

Stephan legte mir entgegen seinem üblichen Wortreichtum in kurzen Sätzen seinen Plan auseinander. Der bestand eigentlich nur darin, möglichst nahe an die Grenze heranzufahren, die Dunkelheit abzuwarten und dann die Absperrungen zu überwinden.

Er zeigte mir im Schein seiner Taschenlampe ein gebogenes Etwas aus massivem Draht, an dem eine Schlaufe aus irgendeiner Textilie befestigt war.

›Na? Eine Ahnung, was das ist?‹

Ich hatte keinen Vers darauf.

›Das ist ein Haken, mit dem du den Grenzzaun hochklettern kannst. Da sind doch so Rauten eingestanzt. Du legst dir das Ding ums Handgelenk, drückst die Schlaufe vorne zusammen und kannst dich dann mit dem Draht in die Rauten einhaken.‹ Während er mir das erklärte, demonstrierte er das

Gesagte durch entsprechende Handbewegungen. ›Für dich habe ich gleich welche mitgebracht. Hier!‹

Stephan kramte in seinem Rucksack und gab mir ein Paar dieser Kletterhilfen. Dass man sich technisch auf die Überwindung des Grenzzauns vorbereiten musste, darüber hatte ich mir überhaupt keinen Kopf gemacht. Ich erinnerte mich, irgendwo ein Zaunsegment von der Republikgrenze gesehen zu haben. Wie es konstruiert gewesen war, hätte man sich unweigerlich die Fingerkuppen aufgeschlitzt, wäre man ohne eine solche Vorrichtung hinübergeklettert. Mir wurde schmerzlich bewusst, dass ich mich in allen Angelegenheiten der Flucht voll auf Stephan verlassen hatte.

Mein Idol hatte auch ein Paar Stiefel präpariert, an deren Spitzen ebenfalls Haken befestigt waren. Er ließ seine Taschenlampe im geöffneten Rucksack darüber wandern.

›Solche musst du dir selbst anfertigen. Ich hatte kein zweites Paar geeigneter Schuhe.‹

›Hab ich kapiert. Wann soll es denn losgehen?‹

›Morgen um elf. Dann fährt der Zug.‹ Mir blieben kaum mehr als dreizehn Stunden zur Vorbereitung.

›Na, Bammel? Kommste nun mit?‹

Die Frage traf mich wie der Hieb mit einem Gummiknüppel. Dreizehn Stunden, um eine Flucht anzutreten. Weg von den Eltern, weg aus der vertrauten Umgebung. Hinein ins Ungewisse. Unter Lebensgefahr. Ich bewunderte Stephan, dass er augenscheinlich so ruhig bei dieser Vorstellung blieb. Seine Haltung war es, die meine Zusage, ihn zu begleiten, im Endeffekt hervorkitzelte.

Wir besprachen noch ein paar Details, insbesondere, wer welche Utensilien mitbrachte. Dann nahm Stephan einen der

Stiefel aus dem Rucksack und zeigte mir an diesem Exemplar genauer, was er damit angestellt hatte.

›Hast du das Klettern damit geübt?‹, wollte ich wissen.

Mein Vorbild lachte nur zur Antwort. ›Ein Kinderspiel, damit zu klettern. Das muss man nicht üben!‹

Spätestens bei dieser Aussage hätte ich hellhörig werden müssen. Die Katastrophe war vorprogrammiert. Hinter meiner Angst, die mir den Blick verschleierte, lauerte sie auf uns beide.«

Jens Lindemann legte eine Pause ein. »Kann ich ein Glas Wasser bekommen?«

Ich gab Erich ein Handzeichen, sich darum zu kümmern. Er verschwand und kehrte mit einer Flasche Mineralwasser und einem Glas zurück. Während seiner Abwesenheit schwiegen unser Verdächtiger und ich uns an.

Erich stellte Flasche und Glas vor Jens ab. Ich goss ihm ein. Gierig nahm er einen großen Schluck. Dann füllte er sich selber nach und trank das Glas in einem Zug bis zum Boden aus. Das brachte seinen Redefluss wieder in Gang.

»Vor mir lag die aufregendste Nacht meines Lebens. Erst als Stephan verschwunden war, fielen mir die Lücken in seinem Plan auf. Wir hatten nicht über die Selbstschussanlagen gesprochen, nicht darüber, wie wir vom Zielbahnhof in Grenznähe kommen würden, nicht darüber, ob Stephan das Gelände und die möglichen Wege kannte. Ich zweifelte an seinem Vorhaben, zweifelte an meiner Zusage, ihn zu begleiten. Dann sagte ich mir wieder, dies sei meine Chance. Die Einzige. Wer wusste schon, ob eine Weitere kommen würde. Ich versuchte, mir selbst Mut zuzureden, den klaren Verstand auszuknipsen. Eine Fähigkeit der Jugend?

Auf dem Rückweg nach Hause beschloss ich, mir eine Waffe zu besorgen. Damit man sich zur Not wehren konnte. Als Mitglied in einem Schießsportverein lag es nahe, wo ich eine Pistole herbekommen konnte. Was für eine Idiotie aus heutiger Sicht!

Ich brach durch ein schräg gekipptes Fenster in die Räumlichkeiten des Schießsportvereins ein. Einen Schlüssel zum Waffenschrank besaß ich nicht, aber ich wusste, wo der Zeugwart einen versteckt hielt. Er war für Fälle, in denen er seinen zu Hause vergaß, mit einem Klebestreifen unter einem alten Sofa befestigt. Das hatte ich irgendwann zufällig mitbekommen.

Ich ertastete den Schlüssel unter der Sofakante und riss ihn mitsamt Klebestreifen ab. Der Waffenschrank stand ein paar Räume weiter. Hoffentlich hatte niemand die Zimmertüren verschlossen!

Leider hatte jemand ausgerechnet bei dem Raum, in dem der Waffenschrank stand, daran gedacht. Ich war gezwungen, mir den Werkzeugkasten des Zeugwarts zu holen. Mit einem großen Schraubenzieher machte ich mich am Türrahmen zu schaffen. Nach einer Viertelstunde Arbeit gelang es mir endlich. Mit lautem Getöse splitterte die Zarge und das Schließblech brach heraus.

Ich suchte mir eine passende Pistole und zwei Päckchen Munition aus. Dabei fiel mein Blick auf die Haken, von denen die Gewehre im Waffenschrank in Position gehalten wurden. Sie schienen bestens geeignet für die Präparierung meiner Schuhe. Ich drehte zwei von den Haken heraus und steckte sie ein. Zu den Haken wanderten noch eine Beißzange und ein Stück Draht aus dem Werkzeugkasten.

Als ich gegen elf zu Hause eintrudelte, lief mir meine Mutter entgegen. Sie war in heller Aufregung. Mein Vater war an diesem Tag auf Nachtschicht, das wusste ich.

›Wo kommst du her?‹

›Spazieren.‹

›Sag mir das nächste Mal gefälligst Bescheid, wenn du das Haus verlässt.‹

Ich versprach es und verkrümelte mich in mein Zimmer. Im Dunkeln wartete ich darauf, dass Ruhe in der Wohnung einkehrte. Erst über eine Stunde später traute ich mich, das Licht einzuschalten. Ich legte Pistole, Munition, Zange und Draht nebeneinander auf den Fußboden. Dann kramte ich ein altes Paar Arbeitsschuhe, die meinem Vater gehörten, aus dem Schuhschrank im Flur. Heldentode bin ich gestorben aus Angst, meine Mutter könnte mich dabei erwischen. Spätestens da hätte ich merken müssen, dass ich nicht die Nerven für eine Flucht hatte!

Ein wenig Werkzeug besaß ich selbst. Ich überlegte, wie ich die Haken aus dem Waffenschrank einigermaßen stabil an den massiven Schuhen befestigen konnte. Dazu musste ich zunächst ein Loch in die Spitze der stählernen Kappen des Schuhs bohren. Ich benutzte dafür einen Dorn, der eigentlich zum Vorbohren in Holz gedacht war. Völlig stumpf und verbogen war das Teil, als ich meine Arbeit schweißgebadet beendete.

Ich nahm einen der gemopsten Haken zur Hand und schraubte ihn schräg durch die stählerne Kappe des Schuhs in die Sohle hinein. Ich erkannte, dass der Schuh so niemals mein Gewicht aushalten würde – im Gummi fand das Gewinde des Hakens keinen ausreichenden Halt. Ich überlegte, wie ich verhinderte, dass er bei Belastung ausriss. Irgendetwas musste ich an der Stelle, an der sein Gewinde aus der Stahlkappe austrat, dagegensetzen. Nur was?

Mein Blick schweifte durchs Zimmer. Eine Holzlatte – schoss es mir durch den Kopf.

Unter dem Bett wurde ich fündig. Um den Rahmen mit dem Metallgeflecht, auf dem die Matratze auflag, am Durchrutschen zu hindern, war eine rechteckige Latte als Auflage am Bettgestell angebracht. Vorsichtig, um ja keinen Lärm zu verursachen, nahm ich erst die Matratze, anschließend das Gitter heraus. Die Latte war verschraubt. Es wäre einigermaßen einfach, sie zu entfernen. Einen passenden Schraubenzieher besaß ich in meinem Fundus.

Es wurde eine kraftzehrende Angelegenheit. Teilweise waren die Schrauben so fest angezogen, dass ich den Schraubenzieher millimeterweise unter Zuhilfenahme einer Pumpenzange weiterdrehte. Einmal rutschte ich ab und das Werkzeug klatschte gegen den Bettrahmen. Ganze zehn Minuten horchte ich, ob Mutter davon aufgewacht war. Es blieb aber ruhig und ich traute mich irgendwann, weiterzuarbeiten.

Endlich hielt ich die Latte in Händen. Mit einer kleinen Metallsäge schnitt ich passende Stücke ab. Wieder viel Schweiß und ein Geräusch, das sich nicht vermeiden ließ. Das Ratschen des Sägeblatts dröhnte in meinen Ohren!

Dann war es geschafft. Ich drehte die Haken so weit in die Schuhe hinein, dass jeweils die Spitze des Gewindes an der Unterseite herausschaute. An einem der Schuhe presste ich eines der Lattenstücke bündig gegen die Sohle und drehte den Haken mit aller Kraft ins Holz hinein. Jetzt machte das Ganze einen stabilen Eindruck. Zur Probe schlüpfte ich in den

Schuh hinein. Meine Konstruktion behinderte den Fuß kein bisschen. Ich hatte den Eindruck, so könnte es klappen. Also präparierte ich den anderen Schuh auf die gleiche Weise.

Das Reststück der Latte wanderte zurück an die alte Stelle im Bettrahmen. Rein optisch stellte ich solcherart die gewohnte Ordnung wieder her. Wer nicht daruntersah, würde nichts von meiner kleinen Operation bemerken.

Draußen dämmerte es bereits. In einer Stunde würde ich wie gewohnt geweckt. Ich zog meine Schultasche vor, räumte sie komplett aus und ersetzte ihren Inhalt durch alles, was ich zur Flucht zu benötigen glaubte. Hoffentlich bemerkte Mutter den dicken Bauch der Tasche nicht. Sie war deutlich voller gestopft als üblich.

Ich beseitigte die Spuren meiner Bastelei, zog mich aus und schlüpfte ins Bett. Zum Glück hielt das Reststück der Latte meinem Gewicht stand. Schlafen konnte ich natürlich nicht. Ich war viel zu aufgeregt. Außerdem hätte mich eine Stunde Wegnicken nur noch müder gemacht, als ich es nach durchgearbeiteter Nacht ohnehin war.

Pünktlich klopfte es an meiner Tür. Ich antwortete Mutter wie gewohnt. Bald saß ich bei ihr am Küchentisch. Erst jetzt ging mir auf, dass ich sie auf Jahre oder gar lebenslang nicht wiedersehen würde. Mir wurde schwer ums Herz. Wie gedankenlos ich das hier durchzog! Ich schämte mich.

Mutter bemerkte nichts. Sie war immer schon ein Morgenmuffel gewesen. Lustlos nagte sie an ihrem Frühstücksbrot herum. Verstohlen beäugte ich sie. So, wie ich sie jetzt vor mir sah, wollte ich sie in Erinnerung behalten.

Schließlich wurde es Zeit aufzubrechen. Ich drückte Mutter an der Haustür zum Abschied, was sie endlich stutzig machte, reichte uns doch normalerweise ein flüchtig dahingeworfener Gruß.

›Is' was, Junge?‹

›Nein, nein‹, beeilte ich mich zu lügen. ›Mir war einfach danach.‹

Ohne mich noch mal umzudrehen, gab ich Fersengeld.

Bis es so weit war, trieb ich mich in Coswig herum. Immer auf der Hut, keinem Bekannten zu begegnen. Der Zeiger rückte unerbittlich vor.«

Jens Lindemann legte eine Pause ein. Auf seiner Oberlippe hatten sich feine Schweißtropfen gebildet. Er nahm einen weiteren Schluck Wasser.

Erich begann, mit dem Knie zu wippen. Er war einfach zu ungeduldig, um Menschen in dieser epischen Breite zuzuhören. Am liebsten wäre ihm gewesen, der Verdächtige hätte sein Verbrechen kurz geschildert und eine halbe Stunde später hätte sein unterschriebenes Geständnis auf dem Tisch gelegen. Diese Verhörsituation, in der jemand reden, seine Geschichte erzählen wollte, war nur schwer auszuhalten für ihn.

Mir war bewusst, dass ein Geständnis auch diesen Anfang nehmen konnte, quasi beiläufig im Redefluss passierte, weil die eigentliche Tat bloß eine Folge der langen, umständlichen Vorgeschichte war. Ich besaß ausreichend Geduld, unserem Kandidaten mein Ohr zu schenken, bis er endlich bereit sein würde, über das zu reden, warum wir hier mit ihm zusammensaßen. So wie das Ganze gerade lief, hieß zum Ziel gelangen geduldig warten.

# Ein Stoffel als Chef

Erich stand auf, um seine Unruhe zu bändigen. Er ging kurz hinaus und kehrte mit einem Wasser für sich zurück. Die ganze Zeit über starrte Jens Lindemann die Tischplatte an. Man hatte das Gefühl, er war so weit in seine Erinnerungen eingetaucht, dass er uns gar nicht mehr wahrnahm. Als Erich sich wieder gesetzt hatte, führte er seine Aussage fort.

»Ich traf Stephan, wie verabredet. Wir lösten die Fahrkarten. Der Zug traf pünktlich ein. Wir suchten uns freie Plätze und starrten schweigend aus den Fenstern. Jeder von uns bezähmte seine Unruhe mit eigenen Gedanken.

Wir fuhren bis Eisenach.

›Wie kommen wir von hier weiter?‹, fragte ich Stephan nach dem Aussteigen.

›Wart's ab‹, hielt er mich im Dunkeln.

Eine Weile drückten wir uns im Umfeld des Bahnhofs herum, dann zogen wir unsere Bahnen immer weiter. Endlich fand Stephan, wonach er gesucht hatte: Eine unbeobachtete Schwalbe, die ungesichert am Straßenrand stand und auf uns zu warten schien. Es dauerte nur ein paar Sekunden, bis er ihren Motor gestartet hatte. Ich sprang hinten auf und wir knatterten davon.

Ich hatte Stephans Sorgfalt bei seiner Vorbereitung unterschätzt. Er besaß eine Vorkriegs-Karte, in der Wege verzeichnet waren, die unsere offiziellen DDR-Karten nicht enthielten. Darin war ein Planquadrat eingezeichnet, mitten im Wald, wo wir auf den Einbruch der Dunkelheit und damit unsere Chance warten würden.

Die Schwalbe war zum Glück vollgetankt, sodass wir die Fahrt nicht unterbrechen mussten. Zwei Kilometer entfernt vom Ziel, legten wir sie abseits des Weges auf den Waldboden und tarnten sie notdürftig mit ein paar abgebrochenen Ästen.

Dann näherten wir uns der Grenze zu Fuß. Als wir nahe am Rand der Sperrzone eine passende Senke für unseren Aufenthalt entdeckten, machten wir es uns darin so bequem wie möglich.

Ich hockte mich ins trockene Moos und warf Stephan einen bewundernden Blick zu. Der packte zwei Stullen aus. Sogar daran hatte er gedacht. Mein Rucksack enthielt nur eine Flasche Wasser.

Stephan biss herzhaft in eines der Brote hinein und reichte mir das andere.

›Wir müssen heute Nacht Kraft zum Klettern haben‹, raunte er mir mit vollen Backen zu.

Weniger überzeugt war ich von der Wodkaflasche, die mein Idol neben sich hinstellte.

›Du willst dir hoffentlich keinen antrinken?‹, flüsterte ich besorgt.

›I wo. Ist viel zu wenig drin. Ich konnte den Rest doch nicht verkommen lassen. Wer weiß, wann wir die Knete haben, drüben Nachschub zu kaufen.‹

Viertelvoll war die Flasche noch, wie ich erschrocken feststellte. Ich würde jedenfalls keinen Schluck aus dieser Pulle nehmen. Wenn meine Nerven auch danach schrien.

›Zeig mal, was du alles eingepackt hast‹, forderte Stephan mich auf.

Nach und nach holte ich meine Brocken aus der Schultasche hervor und breitete sie vor mir aus. Bei der Pistole stutzte Stephan.

›Donnerwetter. Wo hast du die denn her?‹

›Aus dem Verein. Bin ich gestern noch eingestiegen.‹

›Guter Junge. Die könnte hilfreich sein.‹

Mein Kumpan nahm die Kanone in die Hand.

Ich habe keine Ahnung, warum das Teil geladen und obendrein nicht gesichert war. Das widersprach allen Vorschriften im Verein. Jedenfalls richtete Stephan die Waffe auf einen benachbarten Baumstamm und betätigte den Abzug. ›Peng‹, zischte er dabei zwischen den Zähnen. Gleichzeitig löste sich ein Schuss. Der Knall hallte im ganzen Wald wider.

›Verdammte Scheiße‹, fluchte Stephan. ›Wir müssen auf der Stelle weg hier.‹

Er sprang auf und ließ die Pistole einfach fallen. Da hörten wir von Weitem schon Schritte durchs Unterholz knacken. Ängstlich spähte ich über den Rand der Senke. Zwei Soldaten kamen auf uns zu …«

Die Tür zum Verhörraum wurde jäh aufgerissen. Es erschien der, den wir jetzt am wenigsten gebrauchen konnten: Oberrat Gelbarth.

»Na, haben wir schon sein Geständnis?« Breit über beide Backen grinsend, sah unser Chef Erich und mich an. Den Verdächtigen ignorierte er völlig. Das sollte wohl witzig sein.

Jens Lindemann verstummte spontan. Entsetzt richtete er seinen Blick auf Gelbarth. »Haben wir nun?«, legte der in diesem Moment unpassend nach.

Ich benötigte ein paar Sekunden, um mich zu sammeln. Wut kochte in mir hoch.

Was für ein Tölpel!

»Herr Gelbarth, wir sind noch nicht so weit«, versuchte ich meine Ruhe wiederzufinden.

»Also nicht. Dann kann ich ja wieder gehen.« Schon war der Chef durch die Mitte.

Erich und ich hatten Jens Lindemann gar nicht mehr beachtet – so schockiert waren wir über den unbedachten Auftritt unseres Vorturners.

Er rückte erst wieder in mein Bewusstsein, als er sich selbst bemerkbar machte: »Warum erzähle ich das überhaupt? Ich will einen Anwalt sprechen.«

»Wie? Ach … Natürlich. Vorher kannst du aber deine Aussage noch abschließen.« Ein magerer, unbeholfener Versuch meinerseits.

»Einen Anwalt will ich. Vorher sage ich kein Wort mehr.«

So war es. Jens Lindemann schwieg ab jetzt hartnäckig. Gutes Zureden half genauso wenig wie das Aufzeigen möglicher Konsequenzen. Schließlich ließen wir ihn abführen.

Als ich mit Erich alleine war, machte ich meinem Unmut lautstark Luft.

»Gelbarth, dieser Obertrottel! Wir hätten Jens fast so weit gehabt. Da schneit dieser Armleuchter herein und zerdeppert das ganze Porzellan.«

Erich versuchte mich zu beschwichtigen.

»Wer weiß, wann der Kerl mit seinem Roman zu Ende gewesen wäre. Der versucht uns doch nur zu verkackeiern mit seiner ollen Kamelle. Lenkt damit von seinem Doppelmord ab. Oder siehst du auch nur den Ansatz einer möglichen Verbindung zwischen diesem Teil seiner Vergangenheit und dem Potsdam-Fall?«

»Nein. Leider noch nicht«, gab ich enttäuscht zu.

»Freu dich auf die Mittagspause, Sigi. Heute gibt's Schni-Po. Da lacht des Kriminalisten Magenwand!«

»Wie kannst du jetzt ans Fressen denken? Schnitzel-Pommes – und wenn schon. Tage und Wochen hängen wir jetzt dran, wegen diesem Oberarsch. Der Anwalt wird schon dafür sorgen, dass wir stecken bleiben. Keinen noch so winzigen Beweis haben wir auf der Faust.«

Wir verließen den Verhörraum. Möhrchen saß an ihrem Bildschirm, als Erich und ich ihr Büro stürmten.

»Das hat aber lange gedauert. Hat er gestanden?«

»Nein«, bellte ich lauter, als beabsichtigt. Das bereute ich sofort und versuchte, der Kollegin das Geschehen in sachlichem Ton auseinanderzulegen.

»Das war keine Glanzleitung vom Chef, zugegeben. Aber immerhin kannst du jetzt in Potsdam anrufen und den Kollegen auf diese Fluchtgeschichte hinweisen. Vielleicht bringt ihn das weiter.«

»Das mache ich morgen. Für heute habe ich die Schnauze voll. Ich gehe in die Kantine. Kommt jemand mit?«

»Ach. Auf einmal. Ich dachte, essen ist dir jetzt nicht wichtig.«

Erich grinste mich feist an. Ich klopfte ihm auf die Schulter.

»Komm. Recht hast du. Begleitest du uns, Möhrchen?«

Die kleine Rote lehnte ab. Ich sah, dass sie wieder irgendeine Diät ausprobierte, denn sie packte eine Tupperdose aus und löffelte eine weiße, zähe Masse. Sah aus wie Quark.

Über die Mittagspause hinweg, beruhigte ich mich etwas. Als Erich und ich vom Essen zurückkehrten, setzten wir uns mit unserer Kollegin zu einer Lagebesprechung zusammen. Wir erörterten, was die Brandenburger nun alles für uns tun könnten.

»Zunächst sollten sie herausfinden, was da an der Grenze damals weiter passiert ist. Wir brauchen ein komplettes Bild von allem. Vielleicht gibt es da ja doch einen Zusammenhang mit dem Doppelmord, den wir nur nicht sehen«, meinte Möhrchen.

»Und sie sollten feststellen, ob dieser Lindemann häufig bei seiner Tante zu Besuch war oder eher selten«, brachte Erich einen Vorschlag ein.

Die kleine Rote wiegte den Kopf. »Anna Frotzscher hat ihm geöffnet und ihn nach Aussage von Lotte spontan eingelassen. War er angemeldet? Oder ging er wie selbstverständlich ein und aus? Wäre das nicht die präzisere Fragestellung?«

Erich verzog das Gesicht. Präzision war nicht unbedingt seine Leidenschaft.

Ich ließ mich nicht davon beeindrucken und spann den Faden einfach fort.

»Die Angaben zu diesem Freund sollten ebenfalls überprüft werden. Und, ob es eine Absprache wegen des Treffens gab. Die Uhrzeit zum Beispiel.«

»Ganz wichtig scheint mir noch die Beziehung von Vater und Tochter«, ergänzte Möhrchen die Frageliste. »Weiß Ines Frotzscher, wer ihre Eltern sind? Besteht Kontakt zwischen ihr und Jens Lindemann? Wie sieht dieser Kontakt aus? Spannungen? Enttäuschungen?«

Ich pflichtete ihrer Überlegung bei. »Genau. Und wie war ihr Verhältnis zu den Adoptiveltern? Liebevoll? Konfliktbeladen?

Und noch etwas: Wir sollten im Hotel die genauen Zeiten

erfragen lassen, wann welcher Lindemann am Tag des Doppelmords zurückgekehrt ist und ob sie etwas von Jens Lindemanns Telefonat mit seiner Firma mitgehört haben. Kinder, da kommt einiges zusammen. Eigentlich wollte ich das Gespräch mit Staudinger auf morgen verschieben. Jetzt scheint es mir sinnvoller, nicht unnötig Zeit verstreichen zu lassen. Bringen wir es hinter uns.«

Wieder lief der Draht nach Potsdam heiß. Wir sprachen zu Dritt mit Staudinger.

»Zu einem Punkt kann ich bereits etwas sagen«, schepperte der Lautsprecher meines Telefonapparats. »Ines Frotzscher geht bislang davon aus, dass Anna und Theo Frotzscher ihre leiblichen Eltern sind. Sie wurde wohl nicht über die Adoption aufgeklärt. Deshalb hatte ich ihr auch verheimlicht, dass die Frau auf dem Foto, also Sylke Böhning, ihre leibliche Mutter ist. Ich sehe es nicht als Aufgabe der Polizei an, solche persönlichen Angelegenheiten zu klären.«

»Da stimme ich Ihnen zu, Herr Staudinger. Nur scheint genau das in diesem Fall der Dreh- und Angelpunkt zu sein. Sie sollten trotzdem nachfassen, Herr Staudinger.«

»Also gut. Ich kläre sie auf. Sie muss uns ja noch etliches über ihr und das Verhältnis von Robert Gärtner zu ihren Adoptiveltern sagen. In diesem Zusammenhang kann ich wohl nicht weiter schweigen.«

»Da kommt kein Neid auf«, hörte ich Erich sagen und ich sah an Möhrchens Gesichtsausdruck, dass auch sie froh war, nicht die Überbringerin dieser Nachricht sein zu müssen.

»Ist schon komisch«, meinte Staudinger, »der Fall dreht die Richtung. Lag er gestern noch hier bei uns auf dem Schreibtisch und wir haben Essen bemüht, uns weiterzuhelfen, scheint es mir gerade genau umgekehrt zu laufen. Meine Dame, meine Herren: Stets zu Diensten!«

Wir lachten zu viert ein kleines, befreiendes Lachen. Dann beendeten wir den Anruf mit durcheinandergemurmelten Grüßen.

»So, weiter im Text. Was ist noch zu tun?«, fragte ich in die Runde.

Möhrchen war wieder die Fixeste.

»Wir sollten dringend mit Lindemanns Frau sprechen. Wir müssen sie ausquetschen, was sie von der Vergangenheit ihres Mannes weiß und was sie in Bezug auf seine Aussagen bestätigen kann oder auch nicht.«

Ich schenkte ihr einen anerkennenden Blick. »Das hat was. Begleitest du mich?«

»Gerne, Sigi.«

»Und was soll ich machen?«, meldete sich Erich verschnupft zu Wort.

»Das, was du am liebsten tust: Die Bandaufnahme in eine ordentliche Schriftform bringen.«

Mein junger Kollege stöhnte auf. »Scheiße. Warum habe ich das gewusst?«

Möhrchen versuchte an diesem Nachmittag mehrmals, Frauke Lindemann telefonisch zu erreichen. Erst gegen siebzehn Uhr gelang es ihr. Sie vereinbarten, dass wir sofort zu ihr durchstarten würden.

Bis dahin half ich Erich, ein Protokoll vom vormittäglichen Gespräch mit Jens Lindemann anzufertigen. Er war mir richtig dankbar dafür.

»Sigi, bist doch ein Kumpel«, lobte er mich. Ich will nicht

verhehlen, dass ich mich darüber aufrichtig freute. Pfeifend verabschiedete sich unser Kollege in den Feierabend.

Als es so weit war, fuhren wir in Möhrchens klapperigem Uralt-Auto nach Borbeck. Ich zeigte ihr das mir bekannte Haus. Wir parkten ein gutes Stück weiter die Straße hinunter.

Frauke Lindemann öffnete uns, noch bevor wir bei ihr anklingeln konnten. Sie sah verheult aus.

»Was sind das für Sachen, Sigi?«, fragte sie mich vorwurfsvoll.

»Das werden wir dir drinnen erklären. Übrigens habe ich hier Frau Schmittkowski mitgebracht.«

»Guten Tag. Kommt herein.«

Möhrchen und ich wurden in das kühle, modern eingerichtete Wohnzimmer geführt. Brutus lag auf dem Sofa. Er sprang herunter und bellte uns wütend an.

»Aus!«, schrie Frauke Lindemann ihren Hund an. Den beeindruckte das wenig. »Wartet hier. Nehmt schon mal Platz. Ich verfrachte ihn in die Küche.«

Wir wählten die nicht durch Brutus angewärmte Sofaecke. Frauchen zerrte unterdessen am Halsband ihres Lieblings. Nur mit Mühe gelang es ihr, den Hund zu bewegen. Als sie endlich die Küchentür hinter sich schloss, sah sie aus, wie nach einem Ringkampf.

»Der Hund braucht einen Mann«, entschied sie, als sie dem Sofa gegenüber auf einem Sessel Platz nahm.

Wir überhörten die Anspielung auf Jens' Verhaftung.

»Er hat mit mir telefoniert. Ich bin völlig perplex, was ihr ihm da vorwerft! Jens kann doch niemanden umbringen!«

Der Augenblick, Farbe zu bekennen, war gekommen. Ich legte die Finger meiner Hände zusammen.

»Dir ist bekannt, dass dein Mann eine Tochter hat?«

»Was?« An dem verstörten Blick Frauke Lindemanns erkannte ich, dass dies völlig neu für sie war.

»Eine uneheliche Tochter. Wahrscheinlich ein Ausrutscher aus Jugendjahren.«

Die Wahrheit darüber behielt ich im Moment lieber für mich.

»Sie heißt übrigens Ines Frotzscher. Ist dieser Name irgendwann zufällig bei euch gefallen?«

»Nein«, jammerte die Ahnungslose. »Hat er mir nie von erzählt. Wer ist die Mutter?«

»Eine gewisse Sylke Böhning. Die Zwei kennen sich aus dem Schießsportverein, in dem sie zu DDR-Zeiten gemeinsam trainiert haben. Das hat sie uns erzählt. Damals wurde Jens noch Robert Gärtner gerufen. Du und Lotte seid der Frau übrigens gestern im Schlosspark begegnet.«

»Was? Sie lebt hier? Gestern im Park, meinst du? Etwa die, die so gut mit Brutus klarkam?«

»Exakt die. Warum hatte sie Brutus derart im Griff? Was meinst du?«

Frauke Lindemann zog ein Taschentuch aus der Jeanstasche und schluchzte hinein.

»Entschuldige Sigi, das wird mir zu viel!«

Möhrchen besaß mehr Einfühlungsvermögen als ich. Sie unterbreitete uns einen klugen Vorschlag: »Brutus muss wahrscheinlich Gassi gehen um diese Zeit, wenn Sie gerade nach Hause gekommen sind. Sollten wir nicht einfach eine Runde im Park drehen? Beim Gehen redet sich's leichter.«

»Ja, stimmt. Der arme Kerl platzt bestimmt schon«, ging Frauke Lindemann gerne auf den Vorschlag ein.

Während Frauchen in der Küche ihren Hund anleinte, informierte ich Lotte per Handy, dass es später würde. Bald danach liefen wir zusammen hinter dem Hund in den Park hinein.

Auf den ersten paar hundert Metern schwiegen wir uns an. Dann kam Frauke von sich aus ins Reden.

»Davon habe ich nichts, aber auch gar nichts gewusst. Überhaupt hat sich Jens immer bedeckt gehalten, was sein Leben vor seinem Umzug nach Essen angeht. Außer zu seinen Eltern hatten wir zu niemandem aus seiner Verwandtschaft Kontakt. Und selbst die haben wir nur alle fünf Pfingsten besucht. Im Nachhinein kommt mir das merkwürdig vor. Aber eine Tochter?«

Brutus erleichterte sich und markierte fleißig Bäume. Dass ausgerechnet er die Spur, die wir gerade verfolgten, gelegt hatte! Ein unerzogener, kräftiger Rüde hatte die entscheidende Verbindung aufgezeigt, bevor sie die Polizei mit ihrem mächtigen Apparat ausgetüftelt hatte. Das passiert im Berufsleben eines Kriminalbeamten bestimmt nicht allzu oft!

Möhrchen nutzte die Gelegenheit, dass Frauke Lindemann zur Sprache zurückgefunden hatte, behutsam aus.

»Die Adoptivmutter der Tochter Ihres Mannes ist mit ihm verwandt. Ihr verstorbener Gatte war sein Onkel. Diesen Teil der Familie kennen Sie vermutlich auch nicht?«

»Nein. Alles Unbekannte.«

»Die Frotzschers wohnten in Wildpark West.«

»Ach? Warum sagen Sie *wohnten*?«

»Sie wissen nicht, dass die Morde, die wir Ihrem Mann vorwerfen, seine Verwandten betreffen? Anna Frotzscher, seine Tante und gleichzeitig die Adoptivmutter seiner Tochter und Anna Frotzschers Mutter?«

»Das hat er mir nicht erzählt am Telefon! Das wird ja immer schlimmer!«

»Ermordet wurden sie an dem Tag, als Sie mit Ihrem Mann überstürzt aus Werder an der Havel abgereist sind!«

»Wie grausam! Und wegen diesem Zufall wollt ihr Jens die Geschichte in die Schuhe schieben?«, fragte Frauke, eigentlich nur mich.

Ich wich ihr aus.

»Als du zurück bist, wegen deiner Herztablette, da hast du Jens doch auf der Eisenbahnbrücke getroffen, richtig?«

Sie blieb stehen. Trotzdem Brutus wie wild an der Leine zog, brachte sie keinen weiteren Schritt zustande. Möhrchen nahm ihr den Hund ab. Sie holte die Leine ein und griff in das Halsband. Nicht gewohnt, solcherart in seinem Bewegungsdrang eingeschränkt zu werden, gab der Brocken einen Moment Ruhe.

»Ich habe ihn dort getroffen. Richtig.«

»Welche Klamotten trug er? Kannst du dich noch daran erinnern?«

»Seine schwarze Trainingshose. Das Modell, wie ich es auch an dem Tag anhatte, nur für Männer. Und ein weißes T-Shirt.«

»Besitzt er ein schwarzes Kapuzenshirt?«

»Ja.«

»Hatte er eine Packtasche auf dem Fahrrad?«

»Ich weiß nicht mehr genau. Hat er aber eigentlich immer, wenn wir auf Tour gehen.«

»Hat Jens gesagt, wo er hinwollte?«

»Nein. Für mich war klar, dass er zu seinem Freund unterwegs war.«

»Hast du beobachten können, wohin er seinen Weg fortgesetzt hat? Ist er hinter der Brücke in die gleiche Richtung abgebogen, wie wir damals?«

»Ich habe ihm eine Weile nachgesehen. Es schien mir, er nimmt denselben Weg, den wir nach Wildpark West gefahren sind. Ich habe mich noch gefragt, warum er nicht gleich mit uns losgefahren ist.«

Frauke Lindemann hatte diese Antworten wie in Trance gegeben. Ihr war bewusst geworden, dass sie ihren Mann mit diesen Aussagen belastete. Tapfer war sie bei der Wahrheit geblieben. Das bestätigten mir ihre glasigen Augen, ihre gekrümmte Körperhaltung, der Klang ihrer Stimme. Sie tat mir aufrichtig leid. Möhrchen sah ich an, dass sie unsere Begleiterin am liebsten vor weiteren Nachforschungen verschont hätte.

Trotzdem gab es noch mehr zu klären.

»Wann ist Jens von seinem angeblichen Besuch zurückgekehrt?«

»Weiß ich nicht. Nachdem ich meine Tablette genommen hatte, bin ich alleine zu einer Fahrradrunde aufgebrochen. Was sollte ich sonst mit der Zeit anfangen? Dabei habe ich mich etwas verirrt. Als ich zurückkam, haben wir sofort gepackt und sind nach Hause aufgebrochen.«

»Wann etwa?«

»Ich weiß es nicht mehr.«

Nun gut. Mussten Lotte und ich eben überlegen, um welche Uhrzeit wir von der Abreise der Lindemanns erfahren hatten und von diesem Zeitpunkt zurückrechnen.

»Hat Jens Genaueres dazu gesagt, warum ihr an diesem Tag abreisen musstet?«

»Probleme in der Firma.«

»Wie hat er es erfahren?«

»Er wurde angerufen.«

»Warst du bei diesem Telefonat zugegen?«

»Nein. Er hat mich nur darüber informiert.«

Ich legte meine Professionalität als Kriminalpolizist ab und wurde zum Privatmann Sigi Siebert. Tröstend legte ich einen Arm um das zitternde Bündel.

»Danke, Frauke. Du bist eine tapfere Frau.«

Als sie sich etwas beruhigt hatte, verabschiedeten Möhrchen und ich uns und ließen Frauchen und Hund im Schlosspark zurück. Die Fortsetzung der Gassirunde würde ihr guttun. Die kleine Rote übergab die Leine. Schon spurtete Brutus los und riss seine Besitzerin mit sich fort.

»Ein Mistkerl, der Hund«, stellte Möhrchen fest.

»Dem fehlt eine starke Hand. Und Konsequenz. Was meine laienhafte Meinung angeht. Umso erstaunlicher, dass ihn Sylke Böhning in den Griff bekommen hat.«

»Manche haben eben Talent dafür. War es das für heute?«

»Glaub wohl. Für morgen notierst du dir bitte im Kopf, dass wir klären, ob Jens Lindemann wirklich aus dem Urlaub zurückbeordert wurde. Ein Indiz mehr, falls er darüber geschwindelt hat.«

»Mach ich. Dann bringe ich dich jetzt wohl nach Hause?«

»Wenn du so lieb wärst …«

Ich bin manchmal ein Kauz. Von Lotte und Erich ließ ich mich wie selbstverständlich überallhin kutschieren. Möhrchens Angebot machte mich dagegen verlegen.

Die kleine Rote schmiss mich unmittelbar vor meinem Zuhause raus. Nachdem mich Lotte an der Wohnungstür abgegriffen und flüchtig begrüßt hatte, kam sie ohne Umschweife auf die Arbeit ihres Mannes zu sprechen.

»Was muss ich hören, Sigi? Ihr habt Jens verhaftet?«

»Ja. Er ist höchst verdächtig, der Doppelmörder zu sein. Allzu viel spricht gegen ihn.«

»Ich habe mit Frauke telefoniert. Sie hat Höllenangst um Jens. Sie ist total perplex und hat von seinen Heimlichkeiten nicht den geringsten Schimmer.«

»Ich bin im Bilde. Komme gerade von ihr.«

Lotte schaute mich entgeistert an. »Frauke soll ihren Mann belasten?«

»Du wolltest sie belasten. Erinnere dich. Vor Tagen war ich es, der sie vor deinen Verdächtigungen in Schutz nehmen musste.«

Meine Angetraute, eben noch ein Viermaster, hart vor dem Wind, strich die Segel.

»Stimmt. Einen scheiß Job hast du, Sigi Siebert. Bin ich froh, dass du mich normalerweise damit in Ruhe lässt.«

Na also. Endgültig Schluss mit Einmischen. Endlich.

# Rückschläge

Der nächste Tag brachte uns herbe Rückschläge.

Er fing eigentlich ganz harmlos an. Erich war mit Möhrchen zu Jens Lindemanns Brötchengeber aufgebrochen, um die Umstände der plötzlichen Heimfahrt zu klären. Ich saß im Büro und sann über blinde Flecke nach, die mir den Blick auf tiefere Schichten im Fall verwehrten. Völlig in diese Gedanken versunken, riss plötzlich Oberrat Gelbarth die Tür auf.

»Morgen, Herr Siebert. Man hat mir ausgerichtet, der Anwalt ist gerade bei unserem Verhafteten. Um zwölf Uhr will er mit uns und seinem Mandanten konferieren.«

Was für eine beschissene Zeit. High Noon!

»Hoffentlich sind meine Kollegen bis dahin zurück.«

»Das ist egal. An diesem Gespräch werden nur Sie und ich teilnehmen. Auch der Staatsanwalt hat sein Erscheinen zugesagt. Von unserer Seite treffen wir uns eine halbe Stunde zuvor im Verhörraum. Wenn Sie bitte dazustoßen würden.«

Höchststrafe! Ich unter lauter Muftis. Das konnte heiter werden!

»Danke für die Info«, verabschiedete ich meinen Chef.

Pünktlich brach ich zum mitgeteilten Termin auf. Gelbarth saß bereits da, die Staatsanwaltschaft verspätete sich um zehn Minuten. Leider schickten sie uns in Vertretung des eigentlich Zuständigen einen jungen Heißsporn, den ich nur flüchtig kannte. Mir schwante nichts Gutes.

In Windeseile brachten wir Justitias Nachwuchs auf Stand. Dann ging die Tür auf und ein schmieriger Kerl trat ein, gefolgt von Jens Lindemann. Braune, schulterlange fettige Haare, Mittelscheitel. Ein Typ, bei dem man nach dem Händeschütteln besser die Finger nachzählte.

Es stellte sich heraus, dass der Öl-Lappen tatsächlich der Anwalt war. Unterwürfig biederte er sich bei dem Vertreter der Staatsanwaltschaft an.

»So jung und bereits ein so verantwortungsvolles Amt. Meine Anerkennung!«

Zu meinem Leidwesen sah ich dem Gelobten an, dass Schleimi ihn eingewickelt hatte.

Ohne weitere Vorrede kam der Anwalt anschließend zur Sache: »Mein Mandant versteht nicht, warum er verhaftet wurde. Ich will es dem Ermittlungsdruck zuschreiben, dass Sie trotz dieser desaströsen Indizienlage einen Unbescholtenen verdächtigen. Jeder der gegen ihn vorgebrachten Punkte lässt sich aufklären und wird sich in Wohlgefallen auflösen. Mein Mandant und ich sind sicher, dieses Gebäude erhobenen Hauptes zu verlassen.«

Wenn das keine Ansage war! Sie beeindruckte Gelbarth sichtlich, der schon jetzt unruhig auf seinen vier Buchstaben hin und her rutschte.

Nacheinander legte uns der Anwalt seine Sicht der Dinge auseinander. Jens Lindemann schwieg dazu.

»Mit den Ermordeten verwandt zu sein – nun, keiner von den am Tisch Sitzenden legt jemanden um, nur weil er mit ihm verwandt ist. Haha. Mein Mandant hat den Kontakt zu seiner Tante, Anna Frotzscher und ihrem Mann, Theo Frotzscher, gleich nach seiner Übersiedelung in die alten Bundesländer abgebrochen. Er kannte nicht einmal ihre aktuelle Adresse.«

Dann kam der Nachwuchs dran.

»Seine Tochter, Ines Frotzscher, hat mein Mandant in frühen Jahren bei seinen Verwandten kennengelernt. Als er Potsdam verließ, war er Mitte dreißig, seine Tochter ein Teenager. Aus Rücksicht auf sie hat er ihr gegenüber nie angedeutet, in welcher Beziehung er zu ihr stand. Er war überzeugt, dass sie es bei Tante und Onkel guthatte und für sie gesorgt war.«

Zu Sylke Böhning ließ er sich gleich danach aus.

»Die beiden haben sich zufällig im Schlosspark getroffen. Sylke Böhning und mein Mandant waren sich einig, die Vergangenheit ruhen zu lassen. Sie haben nur kurz und oberflächlich über ihre gemeinsame Tochter und ihre Adoptiveltern gesprochen. Ihre weitere Aufmerksamkeit galt dem Hund. Da sich Sylke Böhning mit Vierbeinern auskennt, hat sie meinem Mandanten ein paar Tipps zum richtigen Umgang mit dem Tier gegeben. Sie hat den Hund auch ab und zu selbst trainiert. Er wurde zum Mittelpunkt ihrer Treffen.«

Einschmeichelnd säuselte die Stimme des Schmiersacks über unsere Köpfe. Er fixierte hauptsächlich den Jungen von der Staatsanwaltschaft.

Mir wurde dieses Gesülze zu bunt.

Ich unterbrach den Kotzbrocken: »Jens, hat dir Sylke Böhning nach ihrer zweiten Potsdam-Reise nicht die Telefonnummer von Anna Frotzscher gegeben? Und hast du dich nicht dafür interessiert? Immerhin war sie deine Tante.«

Jens Lindemann hub zu einer Antwort an. Der Anwalt unterband das, indem er dazwischenfuhr. »Jens? Man kennt sich?«

Ich knirschte mit den Zähnen. »Flüchtig.«

»Nun, spielt ja auch keine Rolle«, grinste Schleimi und sah dabei Gelbarth frech ins Gesicht. »Mein Mandant hat, wie erläutert, Anfang der Neunziger den Kontakt zu seiner Verwandtschaft abgebrochen. Er besaß kein Interesse an dieser Information.«

Es war mir unmöglich, diesem Kerl die Bühne für sein Solostück zu überlassen.

»Und an seinem Kind? Überhaupt kein Interesse?«

»Habe ich dazu nicht bereits Stellung bezogen?« Die geschauspielerten, großen Augen des Frettchens sahen mich wie ein unaufmerksames Kind an. In meiner Faust zuckte es. Der war verdammt gut – von seiner Seite betrachtet.

Ich biss weiter um mich.

»Wie erklären Sie im Namen Ihres Mandanten den in falscher Richtung gestarteten Besuch bei seinem Freund? Wir wissen vom Zusammentreffen von Jens und seiner Frau Frauke auf der Brücke.«

»Ah, die Gattin meines Mandanten kennen Sie auch? Privat, meine ich …«

»Flüchtig.« Ich biss mir auf die Unterlippe, um nicht ausfallend zu werden.

»Nun, Herr Lindemann, möchten Sie gegebenenfalls selbst etwas dazu sagen?«

Dieses raffinierte Schwein! Das hatten sie einstudiert! Wenn der Anwalt nicht selbst alles beantwortete, wirkte es eben authentischer. Es würde kaum lohnen, hinzuhören.

Jens Lindemann räusperte sich.

»Mein Freund hatte vor Jahren einen Unfall, wissen Sie. Mit dem Motorrad. Er ist querschnittsgelähmt vom Kopf an und seine halbe Gesichtshälfte trägt Brandspuren. Ich hatte ehrlich vor, bei ihm im Heim vorbeizusehen, wusste aber nicht, ob ich diesen Anblick ertragen würde. Daher habe ich meinen Besuch nicht angemeldet. Als Frauke mit euch los ist, hat mich der Mumm verlassen und ich bin einfach losgefahren, um mein schlechtes Gewissen zu verdrängen.«

Perfekt! Darauf war er nicht selbst gekommen, das stand für mich fest.

Es klopfte an der Tür. Möhrchen streckte ihre rote Wuschelmähne herein.

»Guten Tag, die Herren. Sigi, darf ich dich kurz sprechen?«

»Ist gerade ganz schlecht.«

»Es ist äußerst wichtig.«

Es half nichts. Ich würde Gelbarth und Justitias Nachwuchs mit dem Verdächtigen und dem Schmierenkomödianten alleine lassen müssen.

»Entschuldigen Sie mich bitte kurz«, murmelte ich und verschwand zu Möhrchen vor die Tür.

Erich wartete dort ebenfalls auf mich. »Wie läuft's?«

»Ausgesprochen scheiße. Wenn ihr nichts Kluges für mich habt, spaziert unser Mörder hier raus.«

»Leider nein«, seufzte Möhrchen. »Jens Lindemann wurde wirklich auf seiner Arbeit gebraucht. Nur scheint es, dass er das selbst fingiert hat. Wir haben uns das genau angesehen. Deshalb hat es so lange gedauert …«

»Voran, Mädchen. Da drin haben sie ihn gleich freigeboxt«, unterbrach ich sie.

Möhrchen kapierte. »Kurzform: Jens Lindemann hat eine Ausschreibung an einen Lieferanten weitergegeben. Ein wesentlicher Teil der Unterlagen fehlte. Das erste Sondierungsgespräch mit dem Lieferanten war für den Tag seiner ungeplanten Rückreise anberaumt. Um elf Uhr. In diesem Gespräch wurde die Unvollständigkeit der Unterlagen bemängelt. Da niemand sonst den fehlenden Teil finden konnte, hat man Jens Lindemann angerufen und gebeten, sich darum zu kümmern. Er hätte nicht unbedingt abreisen müssen. Ist er aber.«

»Daraus drehen wir ihm keinen Strick. Danke euch beiden. Ich muss wieder rein.«

Die Gesprächsrunde erwartete mich stumm. Sie waren sich anscheinend bereits einig geworden.

»Haben Sie noch etwas anzumerken, Herr Siebert?«, fragte mich Gelbarth. Eine Spitze konnte ich mir nicht verkneifen.

»Nein. Wenn Herr Lindemann gestern bereits so auskunftsfreudig gewesen wäre, hätte er die Nacht zu Hause im Bett verbringen können. Nur eines noch, Jens: Warum hast du Frauke nichts von alldem erzählt?«

Meine Freude war riesig, als ich merkte, dass die Gegenseite nicht auf diese Frage vorbereitet war. Selbst der schmierige Anwalt schluckte dreimal, ehe er statt des Angesprochenen antwortete.

»Ich glaube, die Beziehung meines Mandanten zu seiner Frau trägt nichts zur Aufklärung der Anschuldigungen gegen ihn bei.«

Stummes Kopfnicken aller am Tisch, außer von mir.

Knabe Staatsanwalt zog das Fazit: »Mir scheint hier eine reine Indizienlage vorzuliegen, die auf tönernen Füßen steht. Einen Beweis für eine Täterschaft des Herrn Lindemann kann ich nicht erkennen. Wir werden auf eine Vorführung beim Haftrichter verzichten.«

Wie zwei Blitze verschwanden Jens und sein Anwalt, kaum, dass sie sich verabschiedeten. Auch der Junge von der Staatsanwaltschaft hatte es eilig, sodass ich mit Gelbarth alleine zurückblieb.

»Tja, Herr Siebert. Da waren Sie wohl etwas voreilig. Diese Blamage hier hätten Sie uns ersparen können.«

Natürlich. Gestern noch auf der freudigen Gewinnerseite, heute die Schuld für das vergebliche Bemühen dem Untergebenen in die Schuhe schieben. So kannten wir ihn, den Boss!

Wortlos, weil ich sonst für mich schädliche Redewendungen hervorgestoßen hätte, verließ ich den Verhörraum und flüchtete in den geschützten Hafen meines Büros. Möhrchen und Erich warteten schon auf mich.

»Ist er weg?«, fragte die kleine Rote.

»Auf und davon. Einen guten Anwalt hat er. Trotzdem war er es, das habe ich untrüglich im Gefühl.«

Erich donnerte die Faust auf den Tisch »Wie sollen wir den bloß kriegen?«

»Da gibt es nur eine Möglichkeit: Sylke Böhning knacken.«

»Die?«, zweifelte Möhrchen, »die ist doch genauso abgewichst wir er. Solche Eltern möchte keiner haben.«

Ich erstarrte wie elektrisiert. »Sag das bitte noch mal.«

»Was? Dass die beide abgewichst sind?«

»Nein, das andere?«

Möhrchen war irritiert. »Was meinst du?«

»Das mit den Eltern.«

»Dass niemand solche Eltern haben möchte?«

»Genau. So knacken wir sie!« Ich weihte meine Kollegen in meine spontane Idee ein.

Außer dieser Idee verlief der Tag weiter mit Rückschlägen.

Staudinger meldete sich. »Nichts Brauchbares, Herr Siebert. Leider!« Er betete die Liste seiner Misserfolge herunter. »Den Freund gibt es, er ist in miserabler Verfassung. Ein Besuch seitens Lindemann war nicht angekündigt. Einen Beweis für eine Anmeldung bei den Frotzschers ist nicht zu erbringen. Wir haben das ganze Haus auf den Kopf gestellt, um eventuell eine schriftliche Notiz zu finden. Wir haben die Telefonkontakte ihres Anschlusses noch mal durchgesehen. Nichts Auffälliges. Keine Zeugen, kein noch so unwesentlicher Hinweis aus der Bevölkerung. Und im Hotel erinnert man sich an gar nichts. Die Putzhilfe der Frotzschers arbeitet bei ihnen, seit sie die Villa Mitte der Neunziger bezogen haben. Ein Neffe hat in dieser Zeit weder angerufen, noch ist einer persönlich erschienen. Alles Nieten!«

»Und der Vorfall an der Grenze?«, fragte ich der Form halber frustriert.

»Ach, der! Im wahrscheinlichsten Zeitraum ist es am bezeichneten Grenzabschnitt zu drei Fluchtversuchen gekommen. Man hat alle Flüchtlinge festnehmen können.«

»Findet sich unter den Namen ein Robert Gärtner?«

»Nein. Seltsam ist, dass zu einem der Fluchtversuche alle Akten spurlos verschwunden sind. Keine Verhörprotokolle, keine Einlieferung in Strafanstalten: Nichts, nothing, nada. Auch auf Querverweise in anderen Fällen von Republikflucht, die in den Zeitraum passen, sind wir bisher nicht gestoßen. Eine Quelle besagt, dass ein Soldat von einem Flüchtling getötet wurde. Wahrscheinlich bei dem Fluchtversuch, über den sonstige Unterlagen fehlen. Diesen Fall Jens Lindemann alias Robert Gärtner zuzuschieben, scheint mir aufgrund der dürftigen Aktenlage unmöglich. Was brächte es auch? Da kann er sich jederzeit auf Notwehr herausreden. Und die ist längst verjährt.«

Ich hörte Staudingers Frust durchs Telefon. Trotzdem konnte ich ihm nicht ersparen, unseren Misserfolg zu beichten. Ohne Unterbrechung seinerseits, betete ich ihm die Episode von heute Mittag herunter.

»Au weia«, kommentierte Staudinger. »Dann feiern wir heute wohl den Tag der Rückschläge?«

»Könnte man so sagen. Aber ich sehe noch eine kleine Chance.« In groben Zügen erläuterte ich Staudinger meine Idee von vorhin.

»Mensch, Herr Siebert, wenn das klappt! Sollten wir genauso einstielen. Aber sind wir keine Schweine, wenn wir das versuchen?«

»Wir sind Kriminalpolizisten. Mordermittler. Wir sind aufgefordert, die Wahrheit herauszufinden. Dazu bedarf es manchmal unpopulärer Mittel. Und das tierische Attribut »Schwein« dürfte wohl eher auf die Täter zutreffen.«

»Hier geht es aber um Zeugen. Wie weit darf man dabei gehen, wenn man sie benutzt?«

»Bis zur Wahrheit«, behauptete ich unerschütterlich.

»Leider. Aber Ihr Vorschlag könnte klappen. Was sollten wir auch sonst noch unternehmen? Wir sehen uns!«

»Wir sehen uns! Tschüss Herr Staudinger.« Ich legte auf.

Möhrchen sah mich groß an.

»Ich soll Sylke Böhning bestimmt bitten, noch mal herzukommen.« Die kleine Rote ist einfach auf Zack. Sie weiß oft im Voraus, woran ich als Nächstes denken werde.

»Ja. Mach es nicht zu dringend. Sie kann gerne nachmittags kommen. Aber wir sollten das Gespräch mit ihr noch diese Woche führen.«

»Ich versuche, was ich erreichen kann.«

Eine Viertelstunde später informierte mich Möhrchen, dass

es Donnerstag, sechzehn Uhr würde. Zeit genug, die Wunden zu lecken.

»Das war wohl ein Reinfall«, kommentierte Erich zum wiederholten Male die misslungene Überführung Jens Lindemanns.

»Sagen wir so: Die Gegenseite hat einen Etappensieg erzielt. Wir kriegen den Burschen am Ende dran, glaubt es mir«, bekräftigte ich meinen Willen, den Mörder hinter Gitter zu bringen.

Möhrchen blieb sachlich. »Was willst du denn mit Sylke Böhning besprechen?«

»Ich werde ihr alles vor die Füße knallen, was wir wissen. Entweder sie wird jetzt schon weich oder die Finte mit Staudinger zieht.«

Zwei saphirblaue Augen sahen mich eingeschüchtert an. »Das wird richtig schwer. Taschentuchkino. Müssen wir durch, weiß ich. Wohl ist mir dabei nicht.«

Ich konnte den Donnerstagnachmittag kaum abwarten.

Endlich saßen Möhrchen und ich mit Sylke Böhning im Verhörraum. Erich hatte ohnehin etwas vorgehabt. War mir lieber so. Ich wollte es diesmal mit weiblicher Intuition probieren.

Heute zeigte uns die Vorgeladene die eiskalte Schulter. Von wegen Taschentuchkino. Keine unserer Fragen brachte sie aus dem Gleichgewicht. Sie bestätigte uns alles exakt so, wie sich Jens Lindemann mithilfe seines Anwalts herausgeredet hatte. Sie hätten sich zufällig im Schlosspark getroffen und hauptsächlich sei es um den Hund gegangen. Sie hätten nur wenig über die Frotzschers und ihre gemeinsame Tochter gesprochen. Es wäre zu spüren gewesen, dass Jens Lindemann nicht ihre Gefühle für das gemeinsame Kind teilte. Für ihn sei das Vergangenheit, vergessen und begraben – daher hätte sie das Thema ruhen lassen.

Der schmierige Rechtsverdreher hatte in der Zwischenzeit wirklich hervorragende Arbeit geleistet. Alles klang wie einstudiert, fein säuberlich aufeinander abgestimmt. Was nach meinem Gefühl Sylke Böhnings Verwicklung in die Tat nur bestätigte.

Es gab aber auch Themen, die unabhängig von diesen Treffen mit Jens Lindemann zu durchleuchten waren. »Ich hätte gerne von Ihnen gewusst, was Sie während Ihres Besuchs der Frotzschers mit Anna erörtert haben«, schnitt ich eines davon an.

»Das habe ich Ihnen bereits gesagt.«

»Sie haben gesagt, das Gespräch wäre nach kurzer Zeit beendet gewesen. Uns liegt eine Zeugenaussage vor, dass Sie länger als behauptet mit den Frotzschers zusammen waren. Worum ging es? Was hat Sie so lange dort aushalten lassen, wenn Sie wirklich geschmäht worden sind?«

Man sah Sylke Böhning an, dass ihr unbehaglicher wurde. Doch sie hatte sich im Griff.

»Dieser Besuch war eine einzige Katastrophe für mich. Ich war erregt. Ich habe nicht auf Einzelheiten geachtet. Außer daran, dass ich niedergemacht worden bin, kann ich mich an nichts Konkretes erinnern.«

»Kein noch so winziges Detail, das uns in der Mordsache weiterbringen könnte? Zum Beispiel nichts von Besuchen ihres Neffen? Von Anrufen? Von Ereignissen, die in der Vergangenheit liegen und im Zusammenhang mit einem möglichen Tatmotiv stehen könnten?«

»Ich sagte bereits, ich habe keine Erinnerung mehr daran.«

»Kam der Vorfall an der innerdeutschen Grenze zur Sprache? Jens Lindemanns Fluchtversuch?«

Ein kleiner Schatten huschte über ihr Gesicht. »Nein.« Ihre Miene drückte etwas anderes aus. Sie hatte uns erneut eine Lüge aufgetischt.

Jetzt schlug Möhrchens große Stunde.

»Eines verstehe ich nicht, Frau Böhning. In den Gesprächen, die wir bereits mit Ihnen geführt haben, klang es für mich so, als wollten Sie unter allen Umständen vermeiden, dass Ihre Tochter die wahre Identität ihrer Mutter erfährt. Das scheint bei Ihnen ein sehr emotional belegtes Thema zu sein. Dazu passt Ihre Aussage, dass Sie es bei Ihrem zweiten Besuch in Potsdam, trotz anderer Pläne, nicht fertiggebracht haben, Ines aufzusuchen. Und dann treffen Sie nach Jahrzehnten zufällig ihren Vater wieder und Ihre gemeinsame Elternschaft spielt überhaupt keine Rolle bei Ihren Gesprächen? Von den Frotzschers wollten Sie angeblich noch mehr über die Kindheit Ihrer Tochter wissen, darüber, wie sie aufgewachsen ist. Das gaben Sie als Grund für Ihren Besuch an. Und mit dem Vater des Kindes wollen Sie sich nur oberflächlich darüber ausgetauscht haben? Erklären Sie uns das bitte.«

Ich liebe Möhrchen! Rein platonisch, versteht sich. In diesem Augenblick hätte ich sie jedenfalls küssen mögen.

Sylke Böhning befiel eine gewisse Unruhe. Ihr Blick flackerte. Die kleine Rote hatte den richtigen Nerv getroffen. Sekunden verstrichen, ehe sie sich zu einer Antwort gesammelt hatte.

»Das mag seltsam klingen. Doch irgendwie habe ich bei Anna Frotzscher mit meiner Tochter und ihrer Vergangenheit abgeschlossen. Ich habe mir verordnet, sie aus meinem Leben zu streichen. Sie frisst mich sonst auf, verstehen Sie. Deshalb möchte ich unbedingt vermeiden, dass Ines mich kennenlernt. Auch das dürfte Ihnen in unseren Vorgesprächen deutlich geworden sein.«

Sie war klug, diese Frau. Zu klug, um in unsere Fallen zu tappen. Was mir meine Finte umso mehr als letzten Weg erscheinen ließ, ihren Panzer zu durchbrechen.

»Wir danken Ihnen, Frau Böhning. Sie dürfen gehen.«

Ohne ein Wort des Abschieds nahm die Vorgeladene ihre Handtasche und verschwand.

»Die lügt wie gedruckt«, äußerte Möhrchen ungeschminkt ihre Eindrücke. »Die hat panische Angst davor, ihrer Tochter unter die Augen zu treten. Weil sie ihr dann die Freigabe zur Adoption erklären muss und dass sie bei Fremden aufwachsen musste.«

»Und dass sie mit Jens Lindemann nur oberflächlich über ihre gemeinsame Tochter gesprochen hat, nehme ich ihr auch nicht ab.«

»Niemals stimmt das!«, bestätigte Möhrchen und ihre Augen funkelten dabei so zornig, wie ich es selten bei ihr gesehen habe. Höchstens, wenn sie Rochus auf Erich hatte.

Freitagvormittag nahm ich einen Anruf von Staudinger entgegen.

»Ich habe gerade meinen Dienstreiseantrag gestellt. Bin in exakt einer Woche bei Ihnen!«

»Wissen Sie schon, wann Sie eintreffen?«

»Ich nehme den Nachmittagszug am Donnerstag. Dann kann ich jederzeit bei Ihnen aufschlagen. Gibt es ein empfehlenswertes Hotel in der Nähe Ihres Dienstsitzes?«

Ich nannte ihm drei Übernachtungsbetriebe.

»Na prima. Gibt es zwischenzeitlich was Neues?«

Staudinger pfiff durch die Zähne, als ich ihm von Möhrchens Fangfrage erzählte.

»Da freue ich mich schon drauf, Ihre Kollegin kennenzulernen.«

»Haben Sie bereits Vorarbeit für das Treffen in Essen geleistet?«

»Etwas. Aber der schlimmste Brocken steht mir noch bevor. Das wir ganz schön haarig werden.«

»Darum beneide ich Sie nicht. Gibt es denn ansonsten in Potsdam neue Erkenntnisse?«

»Nein. Wir suchen immer noch Querverweise in den Akten. Die Kollegen haben schon Staublunge.«

»Na, das scheint mir eher ein Krankheitsbild zu sein, wie es bei uns für Kumpel im Bergbau typisch ist.«

»Darf ich mich denn überhaupt ins Ruhrgebiet wagen? Da ist doch alles mit Kohlenstaub und Ruß verseucht.«

»Gut aufgepasst in der Schule. Sie können Ihr Weltbild ja nächste Woche überprüfen.«

»Stimmt. Also bis nächste Woche.«

»Viel Erfolg bis dahin!«

»Wünsche ich auch!«

Der Kollege würde auf seiner beruflich motivierten Reise eine steile Lernkurve hinlegen, was den rußigen Pott anging!

Also der nächste Freitag. Mein Nervenkostüm hielt die Anspannung bis dahin kaum aus. Gleich nach meinem Telefonat mit Staudinger informierte ich die Kollegen, wie es in Potsdam stand und anschließend diskutierten wir, was für die nächste

Woche vorzubereiten sei. Ich beauftragte Möhrchen, mit allen Beteiligten einen Termin am Vormittag zu vereinbaren.

Am Wochenende war Lotte damit beschäftigt, Frauke Lindemann zu trösten. Sie hatte schwer daran zu knabbern, von ihrem Mann über so viele Dinge im Dunkeln gelassen worden zu sein. Frauke vertraute Lotte an, dass ihr Mann weiterhin zu allem schwieg. Meine Holde schätzte, dass der Abnabelungsprozess bei ihr bereits eingesetzt hatte. Das lief auf Scheidung hinaus.

»Finale!«, grölt Ecki. Er stößt beim Sprechen mittlerweile etwas mit der Zunge an. Ich muss darauf achten, dass er keinen Schnaps mehr trinkt, wenn ich meinen Fall heute noch zu Ende bringen will.

»Wenn man so will. Diese Auseinandersetzung mit dem schmierigen Anwalt hatte mich richtig gefuchst. Und dann der dummdämliche Kommentar von Gelbarth. Der hohlen Nuss könnte ich heute noch in den Allerwertesten treten.«

»Jetzt macht sie endlich fertig, diese Kuh!«, fordert mich mein Kumpel auf. Anscheinend hat er keine Lust mehr, länger zuzuhören. Oder es mangelt ihm bereits an Konzentration.

»Guido, zwei Pils. Der Sigi kommt zum Finale!«

»Oh, darf ich dabei sein?« Unser Wirt ist anscheinend unterbeschäftigt. Ich sehe mich um. Tatsächlich. Unbemerkt sind Ecki und ich zu seinen letzten Gästen geworden.

»Klar darfst du. Ist lange abgeschlossen, der Fall. Setzt dich zu uns«, ermuntere ich Guido.

Unser Gastgeber bringt ein Bier für sich selbst mit und setzt sich auf der anderen Seite des Tresens auf einen Barhocker uns gegenüber. »Bin ganz Ohr!«

Ich hebe mein Glas. »Dann wollen wir mal. Prost!«

***

Montag bis Donnerstag berieten wir weiter, wie wir den Freitag gestalten wollten. Möhrchen, Erich und ich redeten uns in dieser Woche die Köpfe heiß. Jeder von uns brachte eigene

Vorstellungen ein, wie wir den großen Tag angehen sollten. Immer wieder verwarfen wir einen Ansatz, feilten einen nach, suchten nach Alternativen, kauten die erfolgversprechendsten Taktiken von vorn durch.

Oberrat Gelbarth hatte in dieser Woche zum Glück Urlaub. Sonst hätte er sich bestimmt eingemischt. Ich würde es voll auf meine Kappe nehmen, dass ich ihn nicht über das informiert hatte, was Freitag anstand. Möhrchen und Erich bewunderten meinen Mut, waren andererseits dankbar dafür, dass ich die Verantwortung für die Heimlichkeiten gegenüber dem Chef tragen und dass uns kein unberechenbarer, neunmalkluger Vorgesetzter in die Parade fahren würde.

Schließlich, nach mehreren Runden der Vorbereitung und Diskussion, einigten wir uns auf Sitzverteilung, Rollenzuordnung und Vorgehen. Möhrchen würde sich in ihrem Büro im Hintergrund halten, Staudinger würde ein Platz in Erichs und meinem Büro zugewiesen. Sylke Böhning würden wir auf dem zweiten Besucherstuhl mitten in unserer Runde platzieren. Der Verhörraum war Jens Lindemann und seinem Schmierlappen zugedacht. Natürlich hatte er darauf bestanden, dass er den Anwalt mitschleppte.

Endlich wurde es Freitag. Selten war ich so aufgekratzt im Büro aufgelaufen. Um die vereinbarte Zeit traf Staudinger mit seiner Begleitung ein: Ines Frotzscher. Eine blonde, zierliche Frau in den letzten Dreißigern, deren Erscheinen sogleich das Charmemonster in Erich erweckte. Ihr war große Nervosität anzumerken. Nachdem wir uns alle gegenseitig vorgestellt hatten, nahm Möhrchen sie fürsorglich unter ihre Fittiche. Ausnahmsweise blieb die Verbindungstür zwischen ihrem und unserem Büro geschlossen.

»Haben Sie Ines Frotzscher gut vorbereiten können, auf das, was ihr heute bevorsteht?«, fragte ich den Brandenburger Kollegen, nachdem die beiden Mädels verschwunden waren.

»Wir haben gestern Abend noch lange gesprochen. Natürlich ist es ein Schock für sie, dass ihre Mutter die Bekanntschaft mit ihr unter allen Umständen vermeiden will. Und dass sie auf noch zu klärende Weise der Anlass für den Mord an ihrer Adoptivmutter sein könnte. Auf der anderen Seite macht sie das wütend und letztlich wird es diese Wut sein, die wir gleich gebrauchen können. Eine Garantie für ihre Reaktion kann ich natürlich nicht abgeben. Ein Quäntchen Glück werden wir brauchen!«

»Wie steht sie zu ihrem Vater?«

»Auf den ist sie besonders schlecht zu sprechen. Sie kennt ihn von frühen Kindertagen her. Sie haben sich sogar einigermaßen verstanden, damals. Aber nie ist ihr in den Sinn gekommen, dass der Cousin, als den sie ihn kannte, ihr richtiger Vater sein könnte. Das war für sie Theo Frotzscher. Als ich ihr erzählt habe, was Ihnen Sylke Böhning über die Umstände ihrer Zeugung anvertraut hat, da ist sie regelrecht ausgeflippt. Das trägt sie ihrem Vater besonders nach, dass sie sozusagen ein Kind auf Bestellung ist. Mehr noch, als dass er sie über seine Vaterschaft im Unklaren gelassen hat.«

Absolut nachvollziehbar, wie ich fand.

Staudinger erkundigte sich, wie wir vorgehen wollten. Natürlich war er gespannt darauf.

Erich antwortete ihm: »Gleich wird Sylke Böhning hier hereinkommen. Ich stelle sie Ihnen vor und Sie fragen nach ein paar Dingen, die wir hier in Essen bereits herausgekitzelt haben. Sie weiß ja nicht unbedingt, dass wir in regelmäßigem

Austausch standen. Da sie die Antworten parat hat, wird sie sich in Sicherheit wähnen.«

»Dann kommt ihr.«

Der Kollege kapierte schnell. Ich nicke bestätigend.

»Genau. Ich werde das Gespräch auf ihre Tochter lenken.«

»Dann geht die Tür auf und das Kistenkasperl tritt ein«, verstand Staudinger unsere Absicht sofort.

Erich lachte laut auf. »Haha, Kistenkasperl. Eigentlich ein Kistengreterl.«

Auch wir mussten lachen. Verhalten.

»Beruhige dich, Erich. Die Tür ist nicht dick«, ermahnte ich den jungen Kollegen. Trotzdem war es gut, dass sich unsere Stimmung etwas entspannte.

Pünktlich auf die Minute klopfe es an unserer Bürotür. Eine selbstsichere Sylke Böhning trat ein. Nachdem wir die Vorstellungsrunde hinter uns gebracht hatten, bugsierte Erich sie auf den freien Platz. Staudinger stellte seine harmlosen Fragen. Unsere Besucherin blieb wie zu erwarten abgebrüht und selbstsicher. Bald hinterließ sie den Eindruck, dass selbst die geringste Erregung, wenn sie überhaupt bestanden hatte, von ihr abgefallen war.

Der richtige Zeitpunkt für meinen Einsatz war gekommen. »Warum wollen Sie eigentlich verhindern, dass Ihre Tochter Sie kennenlernt?«

Erste Anzeichen einer fallenden Fassade.

»Das muss ich nicht erklären.«

»Ich habe aber den Eindruck, dass wir bei unseren Ermittlungen weiterkommen, wenn wir Sie gemeinsam zu einem Gespräch bitten.«

Unruhe.

»Was sollte das bringen? Halten Sie Ines heraus!«

»Ich glaube, sie ist ungewollt Auslöser der Tat.«

Ihre Stimme wurde schrill. »Nein. Das ist doch konstruierte Kacke. Wie sollte das zusammenhängen?«

Ich gab meinen zigmal mit meinen Kollegen durchdiskutierten Schuss ins Blaue ab.

»Sie hatten zweierlei Absichten. Sie wollten Rache nehmen an Anna Frotzscher, dafür, dass sie Ihnen das Kind weggenommen hat und dafür, was Sie sich bei Ihrem Besuch von ihr anhören mussten. Und Sie wollten Ihrem Kind als Widergutmachung das Erbe sichern.«

Sylke Böhning flippte aus.

»Das brauche ich mir nicht bieten zu lassen. Ich gehe!« Sie sprang auf. Erich war jedoch schneller. Er fing sie an der Tür ab, indem er sich einfach davorstellte. Wo er mit seinem breiten Kreuz steht, gibt es selbst für einen kräftigen Mann kein Durchkommen. Echte Türsteherqualitäten.

Ich blieb der durchgesprochenen Taktik treu.

»Doch, das bieten wir Ihnen. Und ich biete Ihnen noch mehr. Dass Sie den Vater Ihres Kindes im Schlosspark trafen, brachte Sie erst auf die Idee. Sie erpressten ihn mit seiner Vergangenheit und haben ihn so zum Mörder an seiner Tante und ihrer Mutter gemacht.«

»Das halte ich nicht aus«, schrie Sylke Böhning und hechtete zur Verbindungstür zu Möhrchens Büro. Damit hatte ich nicht gerechnet. Kein Drehbuchautor hätte den dramaturgischen Faden besser gesponnen!

Die Beschuldigte riss die Tür auf. Ein kurzer Moment des Triumpfes durchzuckte ihr Gesicht, wie ich am mir zugewandten Profil erkannte. Unmittelbar darauf schwappte dieser

Ausdruck um in blankes Entsetzen. Ihre Lippen begannen, zu zittern. Dann formten sie ein einziges Wort, einen Namen: »Ines …«

Möhrchen hat mir irgendwann anvertraut, was auf ihrer Seite der Zwischentür unterdessen besprochen worden war. Wochen später in einem Vier-Augen-Gespräch. Sie ging nicht gerne mit ihren Glanztaten hausieren.

Meine Kollegin machte nicht den Fehler, einen Tisch zwischen sich und Ines Frotzscher zuzulassen. Sie setzte sich mit ihr nebeneinander, auf ihrer Schreibtischseite. Dann goss die kleine Rote zwei Tassen von ihrem Zaubertrank ein und schob eine davon ihrer Besucherin zu. Behutsam begann sie das Gespräch: »Hat Herr Staudinger Ihnen von Ihrer Mutter erzählt?«

Ein unsicherer Blick aus grünen Augen. »Ja.«

»Es muss ein Schock sein, so etwas zu erfahren.«

»Ja.«

»Wissen Sie schon, wie Sie damit umgehen wollen?«

»Nein.«

»Ich kann mir das gar nicht vorstellen. Meine Mutter war immer meine Vertraute, eine Freundin. Ich bin als Scheidungswaise aufgewachsen, müssen Sie wissen. Meinen Vater habe ich nur selten gesehen.

Meine Mutter hat mir viel von dem mitgegeben, was ich heute bin. Sie war nicht mit allem einverstanden, was ich gemacht habe, bestimmt nicht. Sie stand mir aber bedingungslos zur Seite in allem. Als ich ihr mitteilte, ich wolle Polizistin werden, war sie wenig erfreut darüber. Sie zählte mir die Gefahren in diesem Job auf. Irgendwann hat sie verstanden, wie ernst es mir damit war und gab ihren Widerstand auf. Trotzdem sie gegen meine Berufswahl war, hat sie mir Mut zugesprochen, wenn ich mich mit den Prüfungen gequält habe. Ich bin nicht besonders sportlich, bin schon als Kind eher ein Pummel gewesen. Es hat mich unsagbar angestrengt, meine Leistungen für die Aufnahmetests zu steigern. Wie oft wollte ich hinschmeißen! Dann hat Mutter mich zur Seite genommen und mich gefragt: ›Ist der Beruf immer noch dein Traum?‹ Er war es und ich wusste dann, dass ich mich weiter fordern würde, um es zu schaffen. Obwohl sie nie ganz einverstanden war mit meiner Berufswahl, hat sie mich motiviert.«

»Meine Mutter hat mich niedergemacht. Ich wollte nur eins: raus!«

Diese Aussage war es, die Möhrchen zeigte, dass sie auf dem richtigen Weg war.

»Sie meinen Anna Frotzscher?«

»Ja. Die. Meine richtige Mutter durfte ich ja nicht kennenlernen.«

Die kleine Rote wagte behutsam den nächsten Schritt.

»Ich war dabei, als Ihre Mutter uns diese bedauerliche Geschichte erzählt hat. Ihr ist übel mitgespielt worden. Man ließ ihr keine Chance, ihre Mutterrolle selbst auszufüllen.«

»Ist sie wirklich Anstifterin für einen Mord? Herr Staudinger hat so etwas angedeutet.«

»Leider sieht es so aus. Ich glaube, sie hat sich da verrannt. Hat das Falsche getan, um etwas, was ihr wichtig ist, zu erreichen.«

Ines Frotzscher betrachtete ihre lackierten Fingernägel. Dann begann sie, nervös ihre Hände zu kneten.

»Was halten Sie von so einer Mutter? Taucht aus dem Nichts

auf und mischt sich in mein Leben ein. Ohne sich zu erkennen zu geben.«

Möhrchen ergriff die Hände ihrer Besucherin und hinderte sie so an der verzweifelten Geste. Ich kann mir ihre Augen dabei genau vorstellen. Saphirblau, verständnisvoll, beschwörend.

»Wie soll ich eine Antwort darauf geben? Wie sollte ich mich in ihre Lage versetzen? Ich weiß nur eins: Es gibt Situationen im Leben, in denen man sich auf Grundsätzliches besinnen muss, weil nur das zur Lösung führen kann. Wir dürfen uns nicht ablenken lassen von tausend kleinen Eindrücken, Ereignissen, Verfehlungen. Nur der Kern zählt!«

»Wie meinen Sie das?«

»Ich habe an reichlich Fällen hier in der Mordkommission mitgearbeitet. Was mich dabei antreibt, ist, die Wahrheit herauszubringen. Nur die Wahrheit beinhaltet für alle Beteiligten die Chance, in die Welt zurückzufinden. Sie nimmt den Schuldigen die Mühe ab, sich weiter zu verstecken, Lüge auf Lüge zu türmen, um doch wieder entlarvt zu werden. Nur Wahrheit und Aufrichtigkeit sind in der Lage, Vertrauen herzustellen. Wenn Sie irgendein Interesse daran haben sollten, Ihre richtige Mutter kennenzulernen, dann sollten Sie uns helfen, dass sie alles gesteht, was sie zum Mord an Ihrer Adoptivmutter beigetragen hat. Sollte irgendetwas davon verheimlicht werden, wird niemals ein Vertrauensverhältnis zwischen Ihnen beiden entstehen können. Der Kern ist die Wahrheit. Alles andere darf für jetzt und hier getrost ausgeblendet werden.«

Ines Frotzschers Kaffee wurde unangerührt kalt. »So wie zwischen Ihrer Mutter und Ihnen?«

Möhrchens Augen wurden feucht. »Ja. So wie zwischen Mama und mir.«

In diesem Augenblick wurde die Tür aufgerissen. Ines Fotzscher stand von ihrem Stuhl auf.

»Ja, ich bin es …«, hörten wir durch den Türausschnitt und dann ein zaghaftes »… Mutter.«

Ich behaupte nicht, geahnt zu haben, wie die Begegnung ausgehen würde. Alles wäre drin gewesen. Jedenfalls waren Möhrchen, Erich und ich auf alles gefasst. Sogar unserem Sani hatten wir Bescheid gegeben, er solle vorsichtshalber bereitstehen.

Unvorstellbarerweise war es Ines Frotzscher, die unsere Arbeit übernahm.

»Hast du etwas mit dem Tod von Anna zu tun, Mutter?«

Sylke Böhning stand immer noch im Türrahmen. Erste Tränen rollten ihr über die Wangen. Sie sagte nichts, streckte nur ihre Arme aus.

Die Stimme von Ines Frotzscher wurde fester: »Sag mir erst, ob das stimmt. Dann darfst du mich in die Arme nehmen.«

Woher besaß diese zarte Frau solche Kraft?

Sylke Böhning taumelte zurück auf ihren Platz. Ihr Kinn zitterte. Schluchzen erfasste ihren Körper in Wellen. Man sah ihr an, dass ihr Widerstand gebrochen war. Wir mussten nur noch abwarten.

Möhrchen kam mit Ines Frotzscher herüber. Jede von ihnen lehnte sich an einen Pfosten der Verbindungstür. Beide verschränkten ihre Arme. Ich bewunderte die Entschlossenheit, die in Ines' Miene zu lesen war. Lag das an Staudingers Vorarbeit?

Minuten verstrichen, ehe Sylke Böhning die Sprache wiederfand. Wir gewährten ihr die Zeit.

»Ines, glaube mir, ich wollte nur dein Bestes. Mit deiner Fortgabe hat man mir eine tiefe Narbe in die Seele gerissen. Alle wollten es, ich ganz bestimmt nicht.«

Staudinger reichte ihr das dritte Taschentuch. Stockend sprach sie weiter.

»Verurteile deine Mutter bitte nicht, Kind. Als ich deine Adoptivmutter aufgesucht habe, hatte ich gehofft, dir näherzukommen. Dadurch, dass ich etwas über dich erfuhr. Stattdessen hat mir Anna Frotzscher die Augen geöffnet, wie alles zusammenhing, damals. Dass Robert auf mich angesetzt worden ist, wie man einen Bullen zur Kuh sperrt. Dass die ganze Adoptionsgeschichte abgekartetes Spiel war. Und anschließend hat sie mich auf das Übelste beschimpft. Als Hure, als Rabenmutter. Und ihre Mutter, diese grässliche Alte, ist darin eingefallen. Man hätte glatt meinen können, die beiden wären Opfer gewesen und nicht ich.

Ich habe krampfhaft versucht darüber hinwegzuhören, denn ich wollte ja unbedingt etwas über dich erfahren. Schließlich wurdest auch du in den Dreck gezogen. Ungezogen seist du, aufmüpfig, undankbar. Man müsse dringend das Testament ändern, in dem du noch als Alleinerbin aufgeführt seist. Wegen deinem sentimentalen Stiefvater. Aber der sei zum Glück endlich unter der Erde.

So ging es in einem fort bei diesen boshaften Weibern. Nur, um mich weiter zu verhöhnen, haben sie mich zum Schluss darüber aufgeklärt, aus welchem Grund dein Vater erpressbar war. Er hat einen Soldaten an der alten DDR-Grenze erschossen, wusstest du das? Sein Onkel hat ihn aus dem Knast geholt. Er war ein hohes Tier mit Einfluss. Dadurch wurde sein Neffe Robert erpressbar. Ein Werkzeug. Und ich hatte mir eingebildet, er hätte mich aufrichtig lieb. Benutzt hat er mich. Benutzt als Gebärmaschine für diese vertrocknete Anna.«

Wieder war Sylke Böhing nicht fähig, weiterzusprechen. Alle im Raum schauten betreten auf einen anderen fiktiven Punkt. Der Triumpf der Aufklärung ist manchmal mit großer Bitterkeit verbunden!

Staudinger fasste sich als Erster von uns.

»Das war ein Pfund in Ihrer Hand, um ihn zu erpressen. Dabei ging es nicht um eine mögliche Strafe, richtig? Sie drohten ihm damit, sein Ansehen zu ruinieren, seine Ehe und sein Leben zu zerstören.«

»Ja, ja, ja«, heulte Sylke Böhning. »Ich redete mir ein, es sei kein Zufall, als ich ihn im Schlosspark traf. Es ist nach diesem schrecklichen Besuch bei seiner Tante über mich gekommen. Mein ganzes verzweifeltes Leben, in dem ich mich nach Liebe verzehrt habe. Nach Geborgenheit, nach Zuwendung. Und alles nur für kurze Zeit bei meinem Mann gefunden habe. Robert sollte geradebiegen, was er verbockt hatte. Er sollte verhindern, dass das Testament geändert wurde.«

Ich hatte genug gehört.

»Möhrchen, Erich, protokolliert das Ganze hier. Herr Staudinger, folgen Sie mir bitte.«

Wir verließen das Büro.

Kaum war die Tür hinter uns zugefallen, fragte der Brandenburger Kollege: »Wohin jetzt?«

»Seit einer halben Stunde sitzen Lindemann und sein Anwalt in unserem Verhörraum. Wir werden ihnen Sylke Böhnings Geständnis brühwarm um die Ohren klatschen. Auf die Fresse dieses Rechtsverdrehers freue ich mich besonders!«

Wie prophezeit, saßen unsere beiden Delinquenten mit zusammengesteckten Köpfen im Verhörraum und tuschelten miteinander. Auch hier verzichtete ich nicht auf eine Vorstellungsrunde.

Die Haare des Öl-Lappens waren heute noch fettiger. Strähnig hingen sie auf die Schultern seines fadenscheinigen Sakkos herab.

Innerlich schmunzelnd bemerkte ich, dass Staudinger sich nach der Begrüßung per Handschlag die Rechte in seiner Hosentasche an einem Taschentuch abwischte.

Wir setzten uns an den Tisch, jeder an einer anderen Kante. Ich eröffnete die Partie.

»Wir haben soeben ein Geständnis von Sylke Böhning erhalten, dass sie den leiblichen Vater ihrer Tochter, also dich, Jens, zum Mord an Anna Frotzscher und ihrer Mutter angestiftet hat.«

»Das ist nicht möglich«, warf der Anwalt ein. Mir kam es so vor, als wollte er mehr einwenden. Wahrscheinlich, dass diese Wendung nicht den Vereinbarungen zwischen den Beteiligten entsprach, die er ausgehandelt hatte. Er zähmte sich jedoch.

Jens Lindemann klappte nur der Unterkiefer herunter. Mit einer Mischung aus Bewunderung und aufkeimender Wut fixierte er mich.

»Was hast du dazu zu sagen, Jens?«

»Mein Mandant wird …«

»Sie halten den Mund«, fuhr ich den Anwalt an. »Ihre Rolle in Sachen Verlauf der Ermittlungen wird noch zu klären sein.«

Der Schmierige sackte in sich zusammen. Hatte ich doch

richtig gelegen damit, dass er mehr wusste und am äußersten Rand der Legalität beraten hatte.

»Diese Schlampe. Warum habe ich mir seinerzeit ausgerechnet sie ausgesucht? Mit jeder anderen wäre ich fertiggeworden.« Er verstummte.

»Weiter bitte. Die Stunde, reinen Tisch zu machen, ist angebrochen.«

Flehend sah Jens Lindemann seinen Rechtsbeistand an. Der hatte begriffen, dass er besser den Mund hielt.

Ich versuchte die zweite Einfallstür zu einem Geständnis. Dabei senkte ich die Stimme zu einem vertraulichen Flüstern. »Was ist weiter passiert, damals, bei deinem Fluchtversuch?«

In Jens' Gesicht arbeitete es, wie schon bei seiner ersten Aussage zu den Vorfällen. Dass er durch die Ereignisse an der deutsch-deutschen Grenze ein Leben lang geprägt worden war, war allzu offensichtlich. Schleppend beantwortete unser Verdächtiger meine Frage.

»Als sich der Schuss gelöst hatte, habe ich Stephan die Waffe sofort abgenommen. Ich habe ihn für seinen Leichtsinn beschimpft. Dann kamen auch schon die Soldaten. Stephan lief in Panik los. Sie riefen ihn an, er solle stehen bleiben. Er war so kopflos, weiterzurennen. Da haben sie ihn abgeknallt. Wie ein Stück Vieh.

Ich bekam eine Heidenangst. Mein Verstand hakte aus. Ich legte auf einen der Soldaten an und eröffnete das Feuer. Der erste Schuss traf. Wie gesagt, ich war ein guter Schütze.

Der andere Soldat rief mich an, ich solle die Waffe wegschmeißen und mit erhobenen Händen aus meinem Versteck kommen. Ich war derart schockiert, auf einen Menschen geschossen zu haben, dass ich ihm willenlos gehorchte. Er hat mich festgenommen. Sein Kamerad war gerade zwanzig Jahre alt. Meine Kugel hatte seine Halsschlagader durchtrennt. Er war binnen Sekunden gestorben.«

So schwer es mir fiel, ich musste ihm weiter zusetzen.

»Und diese Geschichte hat Sylke Böhning von deiner Tante erfahren? Damit hat sie dich erpresst?«

»Ja!« In diesen zwei Buchstaben lag das ganze Gewicht der Bleiplatte auf Jens' Brust.

»Den Namen eurer Tochter hatte sie von dir erfahren? Und auch, dass deine Verwandten sie adoptiert haben?«

»Nur den Namen von Ines. Leider ist der nicht allzu häufig. Von meiner Tante habe ich ihr nichts erzählt. Den Rest hat sie selbst herausgefunden.«

»Wie habt ihr euch getroffen?«

»Ich gehe doch täglich die letzte Runde mit Brutus im Park. Aus Fernsehen mache ich mir nichts. Wir nehmen uns immer eine, anderthalb Stunden. Auf einem dieser Gassigänge kam uns im Dunkeln eine Frau entgegen. Wie ich mit einer Stirnlampe vor dem Kopf – deshalb habe ich ihr Gesicht nicht gleich erkannt. Brutus hat sie beschnüffelt und sie hat ihn am Kopf gekrault. Als sie von ihm aufsah, wusste ich sofort, wen ich vor mir hatte. Sylke wurde das im selben Moment klar.«

Jens verstummte.

»Weiter«, trieb Staudinger ihn an.

»Nach dem ersten Schock hat sie mich beschimpft. Sylke hatte kurz zuvor ihre Stasi-Akte eingesehen. Ich habe sie verleumdet und das hat sie aus den Unterlagen herausgelesen. Sie verlangte von mir den Namen unseres Kindes. Nachdem sie Ines in Potsdam ausfindig gemacht hatte, ging es erst richtig los. Sie ist so wechselhaft.

Mal gurrte sie wie eine Taube. ›Denk an unsere Tochter. Von uns hat sie nichts gehabt. Da soll es ihr doch wenigstens in Zukunft gut gehen‹.

Im nächsten Augenblick stand ich vor einer Raubkatze. ›Warum zögerst du? Du hasst deine Verwandtschaft doch genauso wie ich, diese alten Giftspritzen. Du weißt doch, wie man mordet. Keinen Mumm in den Knochen, was?‹

Schließlich fing sie damit an, mir zu drohen. ›Wenn du es nicht tust, mache ich dich fertig. Ich verbreite deine Geschichte vom Mord an der Grenze. Die Presse wird sich freuen. Die späteren Ereignisse werden sie genüsslich ausschlachten. Was glaubst du, wie das ankommt, dass du Beziehungen in den Apparat besaßest und mein Leben auf dem Gewissen hast?‹

Später kam Frauke mit ins Spiel. ‚Deine Frau wird begeistert sein, eine Stieftochter zu haben. Du hast ihr doch von ihr erzählt, oder? Nein? Dann weiß sie bestimmt auch nicht, was für ein Scheißkerl du bist. Wie du Frauen ausnutzt.‹ ›Weiß deine Frau eigentlich, dass du später V-Mann der Stasi warst? Dafür wird sie bestimmt allergrößtes Verständnis haben!‹

Sylke hat mich besoffen gequatscht, wenn wir im Schlosspark verabredet waren. Sie hat darauf bestanden, dass wir uns regelmäßig dort trafen. Du kennst ihre Gefühlsschwankungen nicht.«

Einen leisen Eindruck hatte ich davon erhalten.

»Letztendlich hast du ihr nachgegeben und den Doppelmord geplant?«

»Ich wollte endlich Ruhe vor ihr haben. Sie hat mir versprochen, aus meinem Leben zu verschwinden, wenn ich es tue. Außerdem war ich total stinkig auf meine Tante, dass sie gequatscht hatte. Wie sollte ich sichergehen, dass sie die Klappe hielt? Ich hatte keine Ahnung, dass Onkel Theo, ihr Mann, sie so vollständig ins Bild gesetzt hat. Tante Anna konnte meinem Leben genauso gefährlich werden wie Sylke.«

Staudinger sicherte das Geständnis ab. »Sie geben also zu, den Mord an Anna Frotzscher und ihrer Mutter geplant und am fraglichen Tag in ihrer Villa in Wildpark West ausgeführt zu haben?«

»Ja.«

Mehr mussten wir im Moment nicht wissen.

Ich ließ Jens Lindemann abführen. Wir hatten gehört, was wir hören wollten. Sein Anwalt verschwand wie eine Ratte im Abwasserkanal.

Staudinger klopfte mir auf die Schulter. »Gratuliere, Herr Siebert.«

»Die Glückwünsche muss ich zurückgeben. Sie haben Ines Frotzscher anscheinend genau richtig vorbereitet. Ohne das, wären wir heute nicht am Ziel.«

»Ehrlich gesagt: Als wir heute Morgen hier angekommen sind, war sie noch nicht so weit. Ich möchte wissen, was Ihre Kollegin mit ihr angestellt hat, während sie alleine mit ihr zusammensaß.«

»Fragen wir sie einfach.«

Wir schlenderten den Gang entlang zu Möhrchens Büro. Sie saß noch nebenan und war mit Sylke Böhning und ihrer Tochter beschäftigt. Ich winkte sie durch die Verbindungstür heran. Wir besprachen uns im Flur.

»Herr Staudinger meint, du hättest Ines Frotzscher heute Morgen erfolgreich bearbeitet. Was hast du ihr gesagt?«

Möhrchen grinste verschmitzt. »Frauengeheimnis!«

Da war für den Moment nicht mehr herauszuholen, das wusste ich genau.

Die kleine Rote verschwand wieder. Ich bildete mir ein, selbst ihre üppige Lockenpracht strahlte allergrößte Zufriedenheit aus.

Staudinger rieb sich das Kinn. »Schade, dass uns die Grenzen unserer Bundesländer trennen. Aus uns würde bestimmt ein gutes Team.«

»Aus wem jetzt? Aus Ihnen und Möhrchen?«

»Aus uns allen vier natürlich.«

»Wir wären unschlagbar!«, behauptete ich.

Eine große Last fiel von uns ab. Selbst härtesten Kripoknochen schlagen manche Verhöre aufs Gemüt. Wir lachten so laut los, dass sich zwei Kollegen, die zufällig an uns vorbeikamen, erschrocken zu uns umdrehten.

Lotte war außer sich, als ich ihr spät am Abend vom Ausgang des Falls berichtete. Zuvor war ich noch mit Möhrchen, Erich und Staudinger zu Guido gegangen, um unseren Erfolg gebührend zu begießen. Ines Frotzscher war unter Aufsicht einer Polizistin bei ihrer Mutter geblieben. Ich wollte mir nicht ausmalen, wie es in ihr aussah.

Lotte sah mich streng an. »Schweine seid ihr, richtige Polizistenschweine. Die Gefühle der Menschen derart ausnutzen. Schämst du dich nicht?«

»Ein Doppelmord war aufzuklären. Erinnere dich.«

»Was hat die arme Frau gelitten!«

»Und ihren Ex-Liebhaber zu einem Gewaltverbrechen angestiftet.«

»Du hast auch auf jeden Topf einen Deckel, was?«

»Das liegt an meinem Beruf, meinst du?«

»Das ist mein Sigi! Verdammt, nie mehr werde ich Detektiv spielen. Was da herauskommen kann und wie mich das belasten würde.«

»Einer muss den Job machen«, fiel mir darauf nur eine meiner Lieblingsweisheiten ein. Etwas, womit ich mich selbst oft in den düsteren Momenten meines Berufs beruhige. Auf so viele Dinge gibt es keine vernünftigen Antworten und es hilft manchmal darüber hinweg, wenn man sich an Gewissheiten festhalten kann.

Ich wünschte Lotte eine gute Nacht, drückte ihr einen flüchtigen Kuss auf die Stirn und versank wie ein Stein in den Federn.

# Sigis Nachgedanken

Guido hat noch zwei weitere Pils mit uns getrunken.

»Ich erinnere mich tatsächlich noch, wie ihr dort zu viert am Tisch gesessen habt. Ziemlich geschafft, aber redselig. Mann, Sigi. Jetzt kann ich einschätzen, wie es zuvor bei euch rundgegangen ist. Da sind die Schicksale, die einem Kneipenwirt gewollt oder ungewollt unter die Weste gedeut werden, ein Lachsack gegen!«

»Die ganze Geschichte von Jens Lindemann bekamen wir erst später zu Gehör. Wie ihn der Onkel ausgenutzt hat und so. Der hat was mitgemacht!«

»… mitgemacht«, echot Ecki lallend und zusammenhanglos. Zum Schluss der vielen Erzählerei hatte ich die eine oder andere Rutsche ausgelassen. Dieses Zusatzpensum war für Ecki anscheinend zu viel gewesen.

Mein Bedarf, am Tresen zu philosophieren, war noch nicht vollständig gestillt.

»Ich bin so froh, Polizeibeamter gewesen zu sein. Ein Richter hätte ich nie sein wollen. Die Frage von Schuld und Unschuld beantworten. Ein gerechtes Strafmaß finden. Wisst Ihr, was für mich im Grunde diesen Doppelmord verursacht hat?«

Ecki bekommt einen Schluckauf. »Hick. Nöö.«

Guido schüttelt nur stumm den Kopf.

»Die Mauer ist schuld. Und das ganze System, das sich dahinter verschanzt hat. Ohne die innerdeutsche Grenze hätte Jens Lindemann – ich bleibe bei Jens und nenne ihn nicht Robert Gärtner – nie flüchten müssen. Es wäre nie zu diesem Vorfall am Grenzzaun gekommen. Er wäre nicht erpressbar geworden, hätte Sylke Böhning nicht für die Zwecke seines Onkels missbraucht. Und damit wäre der Grund für den Doppelmord in Werder entfallen.«

»Könntest du, hick, recht haben.«

Guido wiegt den Kopf, sagt aber nichts. Ich sehe ihm an, dass er Feierabend machen will.

»Du hast den Kanal wohl voll, Ecki?«, fragt er rhetorisch.

»Mmh. Hick.«

Nun gut. Würde der ganze alte Fall eben ohne Diskussionsergebnis zu den Akten gelegt. War eh Geschichte.

Ich gebe Guido das Signal zum Aufbruch.

»Bestell dem Ecki mal vorsichtshalber ein Taxi. Und dann rechne bitte ab.«

Unser Lieblingskneipier nickt und greift zum Telefon. Dann zählt er Striche und Zahlen auf meinem Bierdeckel zusammen und nennt mir die Zeche.

Ecki blickt sich stumpf in der Kneipe um. »Hick.«

Die Kneipentür klappt. »Taxi!«

Ich helfe meinem Tresenkumpel auf die Beine. »Tschüss Guido!«

»Tschüss ihr zwei. Bis dann!«

»Hick. Tschüüüüüüüüüüüüüssssss.«

Ecki spricht seinen Abschiedsgruß wie einen Brechreiz aus. Es wird höchste Eisenbahn für ihn, ins Bettchen zu kommen. Ich greife ihm unter den linken Arm und führe ihn hinaus. Draußen bugsiere ich ihn auf den Beifahrersitz des Taxis. Der Fahrer hilft ihr beim Anschnallen.

»Bringen Sie ihn mir wohlbehalten nach Hause! Hier haben Sie einen Zehner. Ist nicht weit. Wird reichen.« Ich sage dem Taxifahrer Eckis Adresse an.

Der Wagen braust los. Ich starre den Rücklichtern nach, bis sie um die nächste Straßenecke verschwinden.

# Autors Nachgedanken

Werder an der Havel kenne ich von einem Urlaub her. Damals wusste ich noch nicht, dass Landschaft, Ort, das nahe liegende Wildpark West und Potsdam einmal Schauplätze eines Kriminalromans aus meiner Feder werden würden. So geht es Autoren gelegentlich.

Durch die persönlich gewonnenen Eindrücke war es mir hoffentlich möglich, die Schauplätze dieses Romans authentisch zu beschreiben, ihnen gerecht zu werden. Das gilt selbstverständlich auch für die erwähnten Lokalitäten meiner Heimatstadt Essen.

Die Häuser, in denen die Protagonisten zu Hause sind, existieren allerdings nicht. Sie sind erdacht. Wie alle im Roman vorkommenden Personen ebenfalls durch Autors Fantasie zum Leben erweckt wurden.

Es gilt Dank zu sagen meinem Verleger Detlef Knut, meinem Lektor Helge Hoffmann und meiner Frau Liane. Sie alle haben ihren Beitrag geleistet, damit die Geschichte zwischen Buchdeckel gelangt.

Bedanken möchte ich mich auch bei meinen langjährigen Wegbegleitern von der Band »Hausmusik«. Mädels und Jungs: Ihr seid spitze!

# Dank an die LeserInnen

Liebe Leserinnen,
liebe Leser,

diese Geschichte ist hier zu Ende. Wir hoffen, sie hat Ihnen gefallen und Sie sind ein paar Stunden in die Welt dieser Geschichte eingetaucht, haben geschmunzelt, gelacht, mitgefühlt und mitgelitten. Das freut uns. Wenn Sie weiterhin Bücher dieser Autorin, dieses Autors oder unseres Verlages lesen möchten, dann reden Sie über dieses Buch. Oder twittern Sie, schreiben Sie einen kurzen Blogbeitrag oder eine Leserbewertung in Ihrem bevorzugten E-Book- oder Online-Shop.

Mund-zu-Mund-Werbung ist für AutorInnen und Verlage wie Sauerstoff für jedes Lebewesen – sie ist lebenswichtig. Lesermeinungen sind Motivation und Ansporn, so dass Sie schon bald ein weiteres Buch Ihrer Lieblingsautorin oder Ihres Lieblingsautors lesen können.

Wenn Sie mehr über unsere Bücher erfahren wollen, melden Sie sich für unseren Newsletter an.

Herzliche Grüße

Ihre
edition oberkassel